Garielle Lutz

Geschichten der übelsten Sorte

wb

Garielle Lutz

Geschichten der übelsten Sorte

Aus dem Englischen von Christophe Fricker

Weissbooks

Originaltitel: »Stories in the Worst Way«
Originalverlag: Alfred A. Knopf, Inc., New York 1996

Die Arbeit des Übersetzers am vorliegenden Text wurde vom Deutschen Übersetzerfonds gefördert im Rahmen des Programms »NEUSTART KULTUR« aus Mitteln der Beauftragten der Bundesregierung für Kultur und Medien.

Deutscher Übersetzerfonds

NEU START KULTUR

Die Beauftragte der Bundesregierung für Kultur und Medien

FSC
www.fsc.org
MIX
Papier aus verantwortungsvollen Quellen
FSC® C014889

Umschlagfoto: Vannessa Ba[illegible], Toronto
Umschlag, Gestaltung und Satz: Harald Hohberger Grafikdesign, Berlin
Druck und Bindung: Friedrich Pustet GmbH & Co. KG
ISBN 978-3-86337-194-4
www.weissbooks.de
info@weissbooks.de

für

Gordon Lish

und

Lisel Virkler

INHALT

SORORALISTISCH

Was gibt es Schlimmeres, als dabei beobachtet werden zu müssen, wie man sich nur mit dem eigenen Leben behelfen kann? Bei mir gab es eine begrenzte Anzahl an Erfahrungen, mit Menschen, der ich noch nichts hinzufügen und die ich noch nicht einschränken konnte, an der ich aber geschickt scheiterte, und zwar, und das ist die Krux, am helllichten Tag. Beispielsweise betraf ich jüngst eine der Frauen hier, ein fruchtbares Machwerk von einem Mädel. Wir arbeiteten nebeneinander her, Dateneingabe und -recherche, Frühschicht, in einer teppichlosen, ungekühlten Nische im Erdgeschoss eines backsteinartigen Flachbaus. Ich habe sie mir über die Trennwand aus lochgehefteten Nachschlagetelefonbüchern hinweg, die unsere Arbeitsfläche zweiteilte, dauernd hereingezogen. Ich behielt sie seitwärts im Blick, wenn sie ihre Tagesration Hustenbonbons staffelförmig auf einem quadratischen Papiertaschentuch in Stellung brachte. Lässt sich von den Armen anderer Menschen sagen, dass sie Atmosphäre haben? Könnte man sie, wenigstens, als Aromensysteme aus Knochen und Daunen auffassen? Ihre genossen, allein um meinetwillen, innige Sichtbarkeit über jenen kleinen taubengrauen Kästchen der Tastatur.

Und erst ihr Zeitvertreib! Sie haben sicher mindestens schon mal gehört von diesen Folien, in die heutzutage alles eingeschweißt wird? Sie zog also die durchsichtige Plastik von der Pappe ab, auf der sie verankert war, befreite ihre Einkäufe (schon wieder ein Handykabel, vielleicht, oder ein weiterer Bleistiftspitzer oder eines dieser vertrackten Zahnaufhellungssets), und dann verstaute sie, was gerade zur Hand war, in der Plastikblase (blutgrelle Zahnseideparabeln; saxofonförmige schwarze

Plastikteile, von denen in Läden einst Sockenpaare hingen; wichtige Wäschekammern; popelige Taschentücher), befestigte sie wieder auf der Pappe und klebte die somit gesonderten Reliquien auf eine der Korkfliesen an der Wand eines Ganges, wo jeder, darunter nur ich, sie sehen musste.

Unsere Tage enthielten, wie sich herausstellte, viel Ähnliches. Der Morgen kam scheibchenweise, füllte sich selbst erst nach und nach, rief kleine Erbstücke des vorigen Tages herbei, Gedenkressourcen in Form von, sagen wir, Staub, der plötzlich so dick war, dass wir ihn vom Bildschirm daumen konnten – und schließlich gab es dann wertige Stunden, die uns trugen, bis wir endlich von unseren Maschinen schwinden konnten.

Meine Augen fielen ihr mutig zu.

Das Gesicht der Frau war angemessen voll, planetengleich. Da waren Dinge, die ich immer für etwas anderes hielt – auf ihrem Kinn zum Beispiel ein bläulicher Strich: Tinte, dachte ich. Ein verpfuschter Teint, demnach, ein Merkmalsgewimmel.

Untersuchungsfrage: Wann werden Menschen einander zur Umwelt, in die sie eindringen dürfen? Solche Gedanken machte ich mir, da ich kürzlich erst meinerseits eine Zeit der Geschlechtsverborgenheit beendet hatte, in der ich dafür sorgte, dass mein Leben sich auf keinem Teil meiner selbst abzeichnete, der offen zutage lag. Inzwischen arbeitete ich mit meinem Körper aber immerhin so weit zusammen, dass die ausschlaggebende Tilde eines Oberlippenbartes sich hissen durfte.

Einmal führte ich sie also, nach Feierabend, unter der Rippenkuppel meines Regenschirms (das eine gerissene Feld nur über meinem Hinterkopf), ins Restaurant. Wir schwitzten wirr über unseren tiefen Suppen und sahen einander zunächst nicht an. Ich umschluckte mein Essen wohl, ohne viel zu mir zu nehmen. (Man hat mir mal gesagt, ich schlucke Luft.) Schließlich ging ich sie an, erklärte das Übliche – dass sich die Menschen zu kleinen häuslichen Gemeinschaften zusammentun und augenscheinlich zusammen aufstehen.

Ich wurde dann so verstanden, dass ich nicht damit rechnete, je bekocht zu werden, dass ich aber wahrscheinlich nie aufhören würde, Kochgerüche zu erwarten. Ich brachte auch meine Eltern ins Spiel – wie ich ihr Abkömmling war, aus nicht allzu großer Höhe herabgekommen; wie ich einen Fuß in ihnen hatte; wie ich in meinem Spiegelbild auf dem bleichsüchtigen Bildschirm manchmal eine aufgewärmte Version ihrer verärgerten Gesichter erkannte; wie sie zweifellos in genau jenem Moment mit meiner lautesten Stimme sprachen.

Sie wiederum erzählte mir, dass sie als Schülerin einmal am späten Vormittag nach Hause geschickt worden war, mit Kohlenstäbchen und Klumpen linienlosen Papiers, und erst dann wiederkommen sollte, wenn sie ihre häuslichen Lebensumstände abgepaust hatte: die Laubsägearbeiten am oberen Ende der Wände, die Nagelköpfe und Äste der Dielenbretter, jedwede Unebenheit des Haushalts. Immer wieder auf das losgehen, was nicht richtig passt, sagte sie. Die Leute würden immer entweder reich oder durchforsteten ihre Sachen.

Sie ließ ihre Arme so langsam in meine Richtung ausrollen, so sehr im Verborgenen, über die Tischplatte, während sie sprach, dass ich es erst bemerkte, als sie meine Handgelenke schon im Griff hatte.

Und dann ihr Zimmer: ein ungeselliger Halbkreis aus Klappstühlen. So ein faltbarer Notenständer mit Dreifuß – ein leierharfenförmiges Regal, auf dem die Noten stehen sollten, doch hier stand ein Telefonbuch. Ein Waschbecken und ein tripsender Wasserhahn und ein Stapel Handtücher, Gesichtstücher, Badetücher, Waschlappen. Kein Bett, nur ein paar Matten, die wir ausrollen mussten. Die Lampe machte ein blechernes, frustriertes Geräusch, als ich sie ausknipste. Ich habe sie wohl ausgepackt, ihr die Unterwäsche abgeschält, meine Finger in sie getunkt, bis sie feucht waren, und dort mit ihnen herumgewackelt, wie auf der Suche, um herauszufinden, was sie da drinnen aus sich gemacht hatte.

Danach: Beckenwäsche, Schwammbad.

Denn manchmal bewahrheitet sich die Welt wie auf Zuruf, finden Sie nicht? Die Dinge bevorzugen sich selbst: Wonach man auch greift, ein Schimmerarm oder unbekannte Gegenden – es ist bereit, sich endlich handhaben zu lassen. Und dann wieder kann man sich kaum heraushalten aus all dem, was man noch kann. Nicht Schlaf – man vertraut vor allem darauf, ein bisschen schmalzige Ruhe zu bekommen. Daraus folgt also (oder nicht?), dass es selbst im schwächsten Licht noch Orte gibt, an denen man sich regelrecht voneinander trennen kann. Bestenfalls habe ich also bei ihr etwas nicht allzu Großes oder Hervorragendes zerbrochen.

Die Zeit kam allerdings, dass ich sie an der Strippe hatte.

»Sororalistisch«, sagte sie. »Als Schwester.«

Sie kündigte oder wurde befördert, versetzt, kurz danach. Ich setzte es mir in den Kopf, einmal noch in das Restaurant zu gehen. Ich ging mit einem dicklichen, kumpelhaften Teil der *Courier-Tribune* hin – dem mit den unermüdlichen Eilmeldungen. Schieläugige Esser ließen mich auf sie wirken, da ich mich zu meinem Eckchen vorstocherte. Wie böse konnte ich es gemeint haben? Eine

Frau setzte sich hin, allein, um mich von ihrem Tisch aus zu beobachten – eine deutlich ältere Frau, ein anders vergebliches Zusammenspiel von Müffelndem und Geräuschen. Ich weiß noch, wie ich im Zuge der Mahlzeit (ich hatte eines der riesigen, beschäftigungsintensiven Tagesgerichte bestellt) die Seiten meiner Zeitung aufstörte, wie ich sie besudelte, sie mit dem plötzlichen Auskommen meiner Augen melancholisierte, die Geschichten entgenauigte, bis darin nur noch ein fahles und stures Sinnen von Leuten war, die trübe aus ihren schwierigen Städten zu mir vordrangen.

Ich ließ es mit dem Lesen gut sein und brachte die Zeitung ein letztes Mal zum Erliegen, starrte die Frau gegenüber an, mit den Nachrichten und allem, was ich damit gemacht hatte, noch immer vor Augen. Ich zwang sie ihr auf – *bestätigte* sie so. Schon dadurch stand sie auf und ging, mit ihrem von einer aufmüpfigen Organrasselbande vorwärtsgewurmtem Körper. Ich jedenfalls musste mich entschieden haben herauszufinden, wie viel Druckerschwärze ich von meinen Händen abseifen konnte.

Zum Herrenklo musste man durch eine Tür gehen, hinter der sich, nach kaum mehr als einem halben Meter, eine weitere befand, die schwerer war, ungestrichen. Und bevor man die aufmachen konnte, musste man sich Platz verschaffen, indem man nämlich die, durch die man sich gerade gekämpft hatte, noch einmal, auch um fast einen halben Meter, öffnete.

WACHSEIN

Drei Stunden nachdem ich meinen Telemarketingjob gekündigt hatte, bekam ich eine neue Stelle – ich sollte Führungskräften im mittleren Management beibringen, wie man unverdiente Angestellte auszeichnet. Ich hielt also zum Beispiel am Montag einen Vortrag, um dann früh am nächsten Morgen, wenn ich wahrscheinlich noch dabei war, das Eine oder Andere aus dem Schlaf ins Wache zu befördern, einen Anruf zu bekommen, mit der Bitte, ganz schnell zu kommen und denselben Leuten den gleichen Vortrag noch einmal zu halten. Das führte normalerweise zu einer Beauftragung für zwei oder drei Wochen, bei derselben Klitsche und für dieselben lädierten Männer und Frauen, die es irgendwann begriffen und das Quiz bestanden, das aber zugegebenermaßen auch schwierig war.

Jeden zweiten Samstag wurde mir die runtergemutterte Version des Jungen zugestellt. Der Bus hielt außerplanmäßig vor dem Gebäude, in dem ich wohnte, und er stieg aus, in eine riesige Daunenjacke eingekrümelt, mit dem Süßigkeitenatem einer langen Fahrt. Ich fuhr uns in ein familienfreundliches Restaurant, wo wir einander gegenüber auf die Plätze einrasteten, und dann stellte er mir die Fragen, die seine Mutter ihm vorformuliert hatte. Ich gab auf jede eine pestizidartig wirkende Antwort.

Sobald das Essen da war (Kindertellerkonzentrate für ihn, Riesenhamburger für mich), neigte ich ihm das Gespräch zu, vielleicht manchmal etwas zu steil. Ich wollte in seinem Innenleben wildern, egal worum es ging. Er spreizte die Hände auf dem Tisch, mit lattengeraden Armen, und krückte sich auf.

Wenn wir satt waren und im anspruchslosen Dunkel eines Kinos saßen, wo er die gestelzte, mit römischen Zahlen versehene Fortsetzung eines Films beglotzte, verstopfte ich mir die Ohren und plünderte mein eigenes Herz.

Ich wohnte in einem Apartment, würde es aber nicht als apart oder reizvoll definieren. Mein Leben war in drei Zimmer und ein Bad eingekistet, eines von dutzenden, die sich über einer Seitenstraße auftürmten. Ich war überzeugt, dass die Wände manchmal mitten in der Nacht durchlässig wurden, so dass es von einer Wohneinheit in die andere troff. Wenn alle schliefen, außer mir, entschwebten die Mieter und trafen sich mit ihren Nachbarn. So ließen sich jedenfalls meine Träume erklären, die so wenig mit meinen Erfahrungen in Einklang standen.

Eines Abends pflanzte ich mich in der einzigen Schwulenkneipe der Stadt an, die von älteren, selbstverelendeten Typen frequentiert wurde. Ich schwappte an einer Cola, bis mich ein Nies-blonder ansprach, ein Mittdreißiger, dessen leicht bemuskelte Arme sich aus zu kurzen Hemdsärmeln herausdünnten. Er dirigierte mich durch ein Gassengewirr zu seinem Apartment. Es war winzig und luftlos und wulstig. Er war überall blond, nur nicht zwischen den Beinen; der Haarkranz dort war colafarben und wirkte frisiert, bemüht. Er durfte sich in mich hineinklemmen. Meine Gedanken schossen pfeilgerade vom Allgemeinen zum Besonderen: ein Junge, gefühliges schwarzes Schaf, dem ich im Wahlfach Weltkulturen in der Oberstufe gegenübergesessen hatte, niedergeschlagen wegen seiner mädchenhaft schnörkeligen Arme.

Ich spürte etwas.

Ich butterte ein paar Worte über meine Gefühle.

Fakten, Namen, Sehenswertes entstellten meine Tage. Ich bekam ein eigenes Büro, wobei mir klargemacht wurde, dass das keine Beförderung war, nur eine Umnutzung von Flächen. Ich überarbeitete meine Vorträge. Mittags aß ich in einem Diner, dessen Papierplatzdeckchen gelangweilte Kinder unterhalten wollten. Ich hatte immer mehrere Stifte dabei, aber die blieben in der Tasche. Außer einem. Einmal malte ich mir etwas aus.

Die Nächte waren Schlickschufterei.

Nach Feierabend war ich mir nicht zu schade dafür, mich in einen großen Supermarkt zu schummeln und beinahe zufällig fünf oder sechs Sachen auszusuchen, um dann zu der langen Kassenreihe zu gehen und die Gesichter der Kassierer auszulesen (Frauen schieden aus), bis mir einer auffiel, der aussah, als hätte er sich ein bisschen zu viel vom Leben gegönnt, und der meinen Einkäufen und meinem unterstellten Bedürfnis nach ihnen die großzügigst-mögliche Deutung zuteilwerden lassen würde. Bei dem stellte ich mich an. Wenn ich dran war und er meine Sachen bongte, waren wir einander im Geiste nah. Ich machte ihn wuschig, indem ich ihn anschaute. Alles, mein ganzes Leben hing nun von seiner Antwort ab, von der Gewissheit, dass er antworten würde.

Meine Lektüre bestand darin, Wörter auf der jeweiligen Seite herumzuschubsen, bis sie sich meinem Willen fügten. Ich wollte, dass sie mir sagten, was ich antworten sollte, wenn nachts das Telefon klingelte und die unvertraute, erwartungsfrohe, unbetrunkene Stimme einer Frau, die sich verwählt hatte, mich fragte: »Mit wem spreche ich?«

Fast eine Woche lang schämte ich mich für meine Weigerung, mich auf eine erste Bitte hin an einer kleinen Schulaufgabe zu beteiligen. Mir kam während meiner halbstündigen Mittagspause in der Innenstadt ein Junge entgegen, mit öligem Buschbart und Klemmbrett: »Ich soll zehn Leuten sagen, wofür ich stehe, und sie dann diesen Zettel unterschreiben lassen. Ich darf erst wieder zurück, wenn ich zehn Leute hab.«

Er hatte mir sein Klemmbrett entgegengewedelt. Ich sah sechs oder sieben gefälscht wirkende Unterschriften auf einem Stenoblatt.

Ich ging weiter. Ich wusste doch schon, wofür der Junge stand: Tierschutz, Fassbier, All-you-can-eat, Ewige Kalender hinten auf Telefonbüchern, Sadomasochismus als Ausdruck echter Fürsorge, das Recht auf uneingeschränktes Fotokopieren.

»Sie mich auch!«, rief er mir nach.

Eine Kreuzung weiter sprach mich eine zerfetzt aussehende Frau an, um mir zu sagen, dass sie für Einigkeit und Freude stehe. Sie zeigte mir ihr Klemmbrett und ich unterschrieb.

Manchmal abends war ich am traurigsten, wenn Straßen aufhörten. In einer mittelgroßen Stadt wie dieser hörten alle irgendwann auf – gossen sich in größere Straßen, flanschten sich an Autobahnen, versackgassten, krachten seitwärts in Alleen, ohne je wieder den Faden aufzunehmen. Wenn eine Straße aufhörte, war mir nach Zeitungen von anderswo und den Werbebroschüren ferner Kaufhäuser zumute. Ich wollte erfahren, was die Bewohner jener Städte hatten und ich hier nicht.

Ich lernte langsam, vom Schlaf ausgemustert zu werden.

Da wurde ich rausgeschubst, noch angezogen, auf mein neues Laken, das sein Versprechen nicht einlöste und keine neuen Aussichten bot. Neben mir, auf dem Boden, noch unweggeworfen, lag die Plastikverpackung des Lakens. Darauf stand: »ACHTUNG: DIESE UMVERPACKUNG IST KEIN SPIELGERÄT!« Ich ließ sie da liegen, um nicht zu vergessen, dass alles nur ein Platzhalter für etwas anderes war.

Samstag wieder mein Junge: mein Folgeprojekt, meine Zielgerade, eine lebenlange Form, die ich einer Frau entlümmelt hatte, sobald ich Frauengesichter auseinanderhalten konnte – als Frauen, die Frau an sich teilbar schien in kleinere Einheiten, jede personalisiert mit sprechenden Details und Eigenschaften. In diesem Fall war, wenn mein Gedächtnis mich nicht täuscht, die Frau ein vielbenutzter, unbewohnbarer Rotschopf gewesen, tätig im Gesundheitswesen.

Meine Ex: Mir war klar, dass sie viel über das nachgedacht hatte, was sie mir erschöpfte.

Neben einer Frau hatte ich Eltern gehabt. Sie waren es gewesen, die mir, an meinem siebten Geburtstag, gesagt hatten, ich sei nun alt genug, mir eine eigene Eiswaffel zu kaufen. Sie saßen auf einer Bank auf der Promenade und sahen auf den Sand und die Sonnenschirme hinunter. Ich trug die Schiene, die die Ärzte an der falschen Stelle angebracht hatten. Ich klaute Kleingeld, purzelte durch die Gegend und quietschte in Richtung der Verkaufsstände. Eine Stimme wurde hörbar und sagte, sie hätte gerne eine Eiswaffel.

Die Dame am Tresen sagte: »Gibt's hier nicht.«

Ich hatte wohl einen Gesichtsausdruck, einen verstörten, der sie weiterreden ließ. »Ich bin nur die Limo. *Sie da* ist das Eis«, sagte sie und zeigte über eine Trennwand hinweg, ein paar notdürftig vernagelte Bretter, auf die Dame am nächsten Stand. Beide unter derselben niedrigen Decke.

Der Nachmittag war glasig und überdeutlich.

Das hieß? Dass ich auf der Stelle erwachsen wurde? Dass ich Jahre später nur mit großer Mühe und viel Willensanstrengung den erstbesten, däumigen, ungeblasenen Schwanz ablehnte und stattdessen darauf wartete, zur Not auch Schlange stehend, dass ich meine elende Fleischlichkeit einem fotzigen, krampfigen Schutthaufen zumuten konnte?

Meistens lebte ich abends eigentlich kein eigenes Leben; ich gammelte mir eine freie, wütige Nacherzählung der Leben in den anderen Apartments und auf den benachbarten Gängen zurecht. Jemand tat irgendwas (räusperte sich wahrscheinlich oder zog die Klospülung), und im Abstand einer Anstandsminute tat ich etwas Ähnliches (schrappte einen Küchenstuhl über das Linoleum oder so was), was also letztlich auf dasselbe hinauslief. Ich machte mich völlig von meinen Quellen abhängig, meinen Mitmietern, denen ich um jeden Preis aus dem Weg ging, weil ich sie hasste, denn sie kamen mir in dem zuvor, was mein Leben ausmachte.

EINE STRASSENKARTE DES KONTINENTS

An manchen Tagen führte ihn seine Arbeit zu Leuten nach Hause. Er betrat ein Zimmer, teilte die Luft, ließ sie anders riechen, ging dann mit der entsprechenden Sache wieder weg. Kein Dank, je, aber man fragte ihn immerhin normalerweise, ob er aufs Klo müsse, das sich meist in einem veritablen Frischmachstübchen befand. Er stellte sich dann vor, wie der Hausbesitzer nach der Klospülung horchte und dabei die Sekunden zählte.

Er wohnte mit einer Frau zusammen, die ehrenamtlich bei der Bücherei tätig war und jeden Abend ein anderes Buch mitbrachte. Sie nahm es sich auf den Schoß und stieß die Spitze einer entkrümmten Büroklammer in die Falte zwischen zwei gegenüberliegenden Seiten, um etwas herauszulösen: abgeschnittene Fingernägel, Augenbrauenhaare, Abgekratztes und Ausgespucktes und Abgepickeltes. Alles auf der Seitenfläche selbst, die unmittelbare, sorglose Gegenwart des letzten Lesers in Form von jeder Menge ausgefallener Haare, vielleicht, oder grauen Schuppen, wischte sie auf den Boden. Sie evakuierte das Buch und saugte es dann ab. Am nächsten Morgen ging das Buch zurück in die Bücherei.

Der Mann hatte seinen eigenen Sessel und beäugte sie argwöhnisch.

Er hatte einige Jahre herzlicher Innigkeit mit der Frau genossen, dann gerieten ihre Zähne auf dem Zahnfleisch ins Wanken, kamen in Schieflage, verrutschten. Das fettige Haar, das sie sich immer als Schutzdach über die Stirn gekämmt hatte, wurde lasch und verfahlte. Ihre Augen schienen ihn immer seltener aufzunehmen.

Eines Morgens war sie für ihn nirgends zu sehen. Auch die meisten ihrer Lieblingskleider waren weg.

Er meldete sich krank.

Er saß in seinem Sessel und beobachtete über einen langen Zeitraum hinweg, wie der Küchentisch vom Frühstückstisch zum Abendessenstisch wurde.

Er fing an, Zeitungen zu kaufen, alles, was er kriegen konnte, von jeder eine. Manche erschienen wöchentlich und enthielten die Speisepläne der örtlichen Altenwohnanlagen. Der Mann riss sie aus und klebte sie sich an die Kühlschranktür, als Anregung, Vorschläge.

Der Laden, wo er die Zeitungen kaufte, gehörte zu keiner Kette. Der Boden drückte sich weg oder schrägte. Die Gänge begannen als breite Dammwege, drehten dann ab und verengten sich schließlich fast völlig. Da hinten gab es Vitrinen. Niemand schien sich so recht darum zu kümmern, was deren Ding war. Der Mann fing an, Sachen dafür mitzubringen.

Ihre Schuhe, mit dem hämisch-großmäuligen Aussehen von Schuhen, die vor langer Zeit verlassen wurden.

Ihre Strumpfhosen, häutig und unschön anzufassen.

Ihre untergehende Schreibkunst, blattweise.

Zahlen, Berechnungen, die sie auf Millimeterpapier gesteilt hatte.

Eines Abends rief er den Mann, der ihm die Aufträge besorgte, zu Hause an.

»Ja«, sagte die Stimme, vor Fernsehgeräuschen.

Er legte auf. Ihr Rauch- und Nähzeug lag auf dem Telefontisch. Er tütete es ein, um es in den Laden zu bringen.

Die Müdigkeit breitete sich in seine Arme und Beine aus. Er übte sich darin, ihre Abwesenheit hier wegzunehmen und sie woanders hinzustellen. Im Haus waren zu viele Möbel, beschloss er.

Den vollen Namen der Stadt mussten die Einwohner nie auf einen Umschlag schreiben, wenn sie eine Rechnung bezahlen oder innerorts eine Grußkarte verschicken wollten. Da reichte *City.* Doch dann wuchs eine Generation heran, die den Verdacht hegte, dass es zwei Ortschaften gab, eine Kreisstadt und eine Großstadt, mit denselben Straßen und Adressen. Diese Leute waren sich nicht so sicher, wo sie wohnten, und verbrachten zu viel Zeit mit der Frage, ob die Schatten auf Bürgersteigen und Spielplätzen im Verhältnis zu dem Schattenwerfenden zu klein oder zu groß waren. Sie träumten von Türmen, die selbst im Traum nie ganz fertiggebaut wurden.

Je nachdem, welches Schriftstück der Mann las, konnte er dieser oder jener Generation angehören.

Man wusste wirklich nur über ihn, dass er während der jährlich anstehenden Inspektion seines Wagens in einem kleinen Wartebereich an der Seite der Werkstatt saß. Ein Automechaniker kam und sagte ihm, dass sie fertig seien und einen Aufkleber angebracht hätten, aber es gab noch mündliche Einschränkungen im Hinblick auf die Bremsen, die Reifen. »Ich weiß ja nicht, wie Sie fahren«, sagte der Automechaniker. »Hauptsächlich hier so oder eher Highway?«

»Highway«, sagte der Mann.

Erst nach Wochen fiel ihm ein, dass er anhalten könnte.

GESCHMIERE

Weil ich eine Kolitis hatte, verbrachte ich die meiste Zwischen-Seminaren-Zeit auf einer von siebzehn sorgfältig ausgewählten Angestelltentoiletten, wobei ich nie an zwei aufeinanderfolgenden Tagen dieselbe Route wählte. Ein kleines Notizbuch erleichterte mir die Orientierung. Unterwäsche musste ich dreilagendick tragen. Am Ende eines Unterrichtstags war meine Innenunterhose raffiniert durchtunkt und eingebräunt und pastos beschichtet.

Machte ich mir beim Handout-Austeilen je Gedanken über den Gestank? Dabei beließ ich es nämlich: Handouts verteilen, sie vorlesen, sie wieder einsammeln und dann alle nach Hause schicken. Prüfungen gab es keine, nur Tischvorlagen. Keine Essays, Themen, Wiederholungen, Berichte, Schreibaufgaben, Besprechungen, Projekte – nur Papier, zusammengeheftete Blätter. Mit Bleistift schrieb ich dünn rechts oben eine Note hin, und das war es dann – kein Filzstift setzte mit herrischer Geste noch irgendwelche Kommentare oder Einschätzungen darunter. Ich sorgte dafür, dass die Studenten durch keinerlei Indizien – Kaffeeflecken, Eselsohren, Knicke, Falt- oder Knüllspuren, Welligkeiten, Fingerdruckschmutz – den Eindruck bekamen, dass ihre Papiere je gelesen worden waren. Doch ich las sie genau, und zwar in der Erwartung von gehässig in den Kleister aus Barbarismen und Tippfehlern eingeflickten Sätzen, die prüfen sollten, ob ich auch wirklich aufpasse. Beispiel: »Sehr geehrter Herr ›Professor‹: Sie stinken nach Scheiße. Versuchen Sies [*sic*] mal mit abwischen [*sic*]. Oder haben Sie [*sic*] dir das nicht beigebracht? Sie können echt einpacken.« Solche Einlassungen fand ich allerdings nie.

In der Mitte meiner überschatteten, entzündeten Dreißiger war das. Ich war als Generalist eingestellt worden. Mein Unterricht war vage und interdisziplinär und unangreifbar. Was ich sagte, war alles schon in gewisser Weise richtig. Mein Lebenslauf war halbseiden. Ich hatte mich durch ein Promotionsprogramm im Mittleren Westen gedrückt und dort so viel aus lecken Monographien veruntreut, dass zweihundertsiebenundachtzig Seiten einer krampfig-nachsilbenreichen Dissertation herauskamen. Seither hatte ich mir beigebracht, nur mich selbst anzuschnorren.

Nach jeder Seminarstunde klumpelte ich auf diejenige Herrentoilette, die laut meinem Notizbuch als nächste dran war. Mein Leben war ein ambitioniertes Selbstzentrifugierungsprogramm. Ich verwarf mich.

Drei Einmale:

EINMAL

Einmal kam ich um die Mittagessenseinladung eines Kollegen nicht herum. Er hatte den Bart dazu, die Wampe, die Gesprächigkeit. Wir saßen in der Dozentenmensa, wo ich nie zuvor gegessen hatte und seitdem auch nie wieder. Das gestrige Tagesgericht sei gewesen: »Bœuf Ustinov, Salzkartoffeln, Schampignons.« In seinem Beruf gehe es darum, »immer auf denselben dummen Dingern herumzureiten«. Er sprach über einen schüchternen Kollegen, der, wenn er in einer Sitzung endlich mal zum Zug kommt, »erstmal panisch seinen Fahrschein sucht«. Er sagte, dass der Fotoapparat, mit dem jährlich das Institutsfoto aufgenommen wird, »Clique« macht. Ich blinzelte und schluckte, hisste ein Lächeln und stubste und schrägte das vor mir liegende Fleischstück an. Als er sich kurz vor ein Uhr rasch verabschiedete, um sein Seminar zu geben, suchte ich die Herrentoilette der Mensa auf, die nicht zu meinen üblichen Campusrundgängen gehörte. Anders als die nischigen Einzellangelegenheiten, die ich gewohnt war (und deren Sperrholztüren mich nur durch eine wackelige Haken-und-Öse-Vorrichtung vor dem Flurverkehr schützten), handelte es sich hier um etwas Weiträumiges und Modernes mit einer Reihe von Urinalen und drei Kabinen. Eine davon war unbesetzt, und so setzte ich mich und begann mit dem vorbereitenden und beinah geräuschlosen Genudel und Ventilöffnen, bis ich mich, durch das Spülen nebenan ermutigt und sicher, dass mein eigener Darmbericht dadurch übertönt würde, selbst leerstrotzte.

EINMAL

Einmal nahm ich an einer Sitzung des Universitätssenats teil. Warum? Weil ich unbedingt mit Menschen im selben Raum zusammensitzen wollte – mit Erwachsenen, Berufstätigen. Am Vortag, einem sonnenlosen Sonntag, war ich in ein Einkaufszentrum gefahren, wo ich dem Billigangebotskorb einer Kettenbuchhandlung ein dünnes Taschenbuch entpflückt hatte, in dem irgendein Herr Doktor, ein Arzt, die These vorstellte, dass man den hingesprenkelten Stuhl eines Kolitispatienten als dessen Tränen verstehen sollte. Folglich saß ich am nächsten Morgen inmitten von etwa einhundert Kollegen und hörte, wie eine fastpensionierte Führungskraft, ein Dekan oder so was, zwei Dinge sagte, die ich nicht mehr aus dem Kopf bekomme. Zum einen sagte er, dass er während seiner langen Zeit als Universitätsdozent vieles, sehr vieles von seinen Studenten gelernt hatte. Ich versuchte, mich an etwas, an irgendetwas zu erinnern, was ich je von meinen gelernt habe. Außer einigen Beispielen aus den Bereichen Körperpflege, Ärmelhochrolltechnik und neuartige Handgelenksverzierung fiel mir nichts ein. Und zweitens sagte der Dekan, dass wir unsere Studenten lieben sollten – dass diese Jungs und Mädels in vielen Fällen zu Hause kaum oder gar keine Zuneigung geschenkt bekamen. Nachher auf der Herrentoilette dachte ich an meine Studenten, die ganze gesichtslose, eingeschriebene Masse. Ich liebte sie nicht, spürte nicht die geringste Zuneigung zu ihnen, aber hasste ich sie auch? Ich kam zu dem Schluss, dass »Hass« es nicht richtig trifft.

EINMAL

Einmal kam, sicher einen guten Monat lang, ein hundeäugiges Mädel, eine Studentin, eine junge Frau eigentlich, mindestens dreiundzwanzig, die ich aus der Mitte der ersten Reihe in einem meiner Seminare in vager Erinnerung hatte, während meiner Sprechstunden jeweils ein paar Minuten lang zu mir. Sie hatte auf pastellfarbenen Karteikarten immer mindestens drei Fragen textgemarkert und stellte mir diese Fragen dann mit gedämpfter Schwindstimme. Sie studierte im Hauptfach Informationswissenschaft. Mein Kurs war für sie nicht verpflichtend.

Eines Tages hatte ich ihre Fragen, wie üblich, dadurch beantwortet, dass ich ein paar dubiose, verklausulierte Erklärungsvorhänge in die Luft zwischen uns hängte, da setzte sie ihrem Textmarker die Kappe auf und sagte: »Sie brauchen ein bisschen Gesellschaft.« Ohne zu lächeln, ohne Sarkasmus, ohne mich durch ein Starren ins Wanken zu bringen. Ihre Augen waren schlammbraun, ihre keksbraunen Haare eine Ölwolke. Sie trug eine Windjacke, einen plissierten Rock, braune Strümpfe. Ihre nachlässige, fleckige Freundlichkeit spürte ich schmerzlich in meinem Schwanz.

Ich fuhr mit der Erinnerung an sie über den Rand meines Vorstellungsvermögens, während ich mich auf der Herrentoilette ganz besonders dampfend und wimmelnd entleerte, und ich dachte: Dachten die Leute, ich würde mir hier einen runterholen? Schaute jemand auf die Uhr? Führte irgendein Wichtigtuer da eine Strichliste? Der Gestank sprach natürlich für mich, aber wie lange nach meinem Abgang würde der Betreffende hereinkommen und den Gestank bemerken und eins und eins zusammenzählen?

Als das Mädel uneingeladen, aber nicht unerwartet eines späten Nachmittags in jener verkniffenen Straße vor dem Haus stand, das ich mir gemietet hatte, lud ich sie zum Essen ein, auf ein Hühnergericht aus der Mikrowelle. Ich sorgte für eine entspannte Stimmung, indem ich in der Küche stehen blieb und den roten, digitalen Countdown auf der Vorderseite der Mikrowelle verfolgte. Sie schneidersetzte sich auf den Wohnzimmerboden und flitzte durch die Kleinanzeigen in der Zeitung.

»Ich ziehe aus«, sagte sie. Und dann: »Meine Stiefmutter, meine Mutter, mein Freund, die Uni, Ihr Kurs.«

»Alles?«, sagte ich.

»Alles. Völlig. Wirklich.«

Ich platzierte einige Servietten und Gabeln auf dem Couchtisch.

»Übrigens, dieser Geruch«, sagte sie. »Jetzt ist mir alles klar.«

Ich sah ihr beim Essen zu. Ich hörte ihr beim Reden zu. Dann sah ich zu, wie sie mich ins Schlafzimmer führte.

Immer wenn ich mich auszog und mich mit jemand Neuem ins Bett hievte, sagte ich mir, dass die jeweils letzte Frau, die mich bestiegen hatte, sich in Wirklichkeit auf jemand anderen gepflanzt hatte. Ungefähr auf der Hälfte, vielleicht schon früher, merkte sie das auch. Und wusste genau, wer es war. Bei diesem Mädel hier lief es so: Ich gab sie ihrem Freund auf dem Präsentierteller zurück.

Als sie weg war, durchkruschelte ich meinen Schreibtisch nach dem Notenheft, dann schlurfte ich barfuß ins Bad. Sobald ich saß, schlug ich MoMiFr 9.15–10.15, Stevenson Hall 142A auf und sah sie: Ramsey, Val. Sie war eine Einserkandidatin. In meinem Kurs hieß das, sie gab im Laufe soundsovieler Wochen soundsoviele Blatt Papier ab. Dreißig Blatt in fünfzehn Wochen, glaube ich.

Eigentlich gibt es noch ein viertes Einmal, bei dem ich etwas tat, ohne dass ich danach krampfig, spritzig losschiss.

Einmal stieß ich in dem Aufenthaltsraum für Dozenten, der sich im selben Gebäude wie mein Büro befand, auf eine regenverkrumpelte Zeitung, bei der gerade die Comics aufgeschlagen waren. Sonst war niemand da. Ich nahm einen Bleistift aus meiner Innentasche. In die weißen Felder zwischen den schwarzen Tempelstufen des Kreuzworträtsels schrieb ich mit schweren, ungelenk wirkenden Großbuchstaben, die nicht auf mich schließen ließen: »SEID DOCH MAL ALLE EIN BISSCHEN WENIGER SPEZIFISCH! UND ZWAR SOFORT!«

VEREHRUNGEN

Manchmal tauche ich gerade so lange in mir auf, dass die Leute wissen, dass sie nicht allein im Zimmer sind. Meist sind das Menschen, die etwas von mir erwarten – eine nahe Zukunft, eine nicht allzu ferne Zukunft. Was ich ihnen sage, beschränkt sich auf die Leute, die schon einmal gegen mich verheiratet waren. Was ich sage, entspricht meinem besten Wissen und ist so gut wie nichts. Es kommt nicht einmal in die Nähe.

Meine erste Frau, meine Blutsfrau, hatte keinen nennenswerten Hintergrund, keine Verwandten, Sitten und Gebräuche, Landschaft. Schon bei der Ankunft war sie scharfes Rückgrat und kurze Zusammenfassung. Wir aßen stets auswärts und sprachen ausführlich, wortschätzend, über das, was uns vorgesetzt wurde, vor allem das Fleisch mit dem langgezogenen Unterton eines lebenslangen Lebens. Zu endlosen Anlässen kamen die Frau und ich in der Öffentlichkeit wie im Privaten miteinander aus. Ich erinnere mich an einen Geruch nur ihrer Arme, eine Liebenswürdigkeit, die sie von Geburt an besaß oder die weithergereist war, um dann bei ihr zu bleiben. Ich bin mir ziemlich sicher, dass wir über das, was an uns war, hinausgingen – wir hatten wohl ein Haus oder jedenfalls Bedeckungen –, aber in jener Nacht, in der sie mich augenscheinlich aus ihrem Leben fickte, bedurfte es keiner Worte, musste niemand zurechtgewiesen werden. Ich verzog mich umgehend. Als ich zurückblickte, sah es mit den Indizien dünn aus.

Es handelte sich um eine Frau mit eingesunkenen Zähnen und nässenden Augen und einem Gesicht, das sich verdunkelte, wenn sie nichts mehr zu sagen hatte. Sie hatte einen Pony, fast eine Augenbinde aus schwarzen

Haaren. Nachts sah ich ihr dabei zu, wie sie verfolgte, wie die Babylichkeit aus ihren Kindern verschwand. Ich glaube, sie wartete darauf, dass sie zu einer weichknochigen Gesamtenttäuschung gerannen. Es waren drei, und alle hatten Probleme mit der Zeit – wussten nie, wie spät es ist oder dass die Zeit überhaupt vergeht und dass dadurch Abstände entstehen.

Einmal spätabends, als die Frau sich schnarchig getrunken hatte, versammelte ich die Kinder im Wohnzimmer. Zu viert saßen wir auf dem Sofa – eine schlaflose Kernfamilie. Ich nahm mir vor, den Kindern gerecht zu werden, einem nach dem anderen. Der Jüngste war immer noch Bettnässer, also sagte ich ihm: »Du schwitzt halt. So ist es eben. Das tun wir alle.« Ich redete dem Mittleren gut zu, dass seine Vielesserei nicht auf einen Bandwurm zurückzuführen sei, sondern dass seine Zähne eben etwas zu tun haben wollten. Und die Älteste, deren Lehrer uns mitteilten, dass sie angefangen habe, im Unterricht über ihren »Stiefhund« und ihr »Stiefselbst« zu sprechen: Sie ließ ich so lange herumeiern, bis sie die Umtriebigkeit meines Herzens zu spüren bekam. Alles entklang mir in einer Art väterlicher Stimme. Mir gelang es gut, mich weiterzuhangeln.

Die Frau brachte ihre Verstörtheiten ins Spiel, um unter eine Schirmherrschaft zu gelangen – und zwar diesmal eine steiltraufige Schirmherrschaft ganz weit oben. Dort gab es einen aus Geld gemachten Mann, der mehr als nur ein Automobil besaß, und sie schaffte es, das von ihm am wenigsten geliebte unter ihre Kontrolle zu bringen. Es war rettichfarben und unterbaut. Eines Abends fuhr sie mich darin herum und erzählte, dass der Mann sie in einer riesigen Halle arbeiten ließ, einem Hochort, der irgendwie hörsaalig war und in dem die Arbeitsplätze auf Setzstufen angeordnet waren, soweit das Auge reichte. Sie achtete sorgfältig darauf, den Mann selbst aus der Beschreibung herauszuhalten.

Ich weiß noch, wie ich durch das Beifahrerfenster in den Außenspiegel schaute, der mir den Schrägverkehr zur Ansicht vor die Augen schöpfte. In gespenstisch weißen Lettern stand auf den Spiegel abgeklatscht: »WAS DU IM SPIEGEL SIEHST, IST IN WIRKLICHKEIT VIEL NÄHER.« Dem fügte ich mich gemengig.

Dann tat ich etwas Blödes. Ich zog in einen Wohnblock und entwickelte die Vorstellung, dass der Mieter oder die Mieterin über mir mich verfolgte, da oben, von Zimmer zu Zimmer. Große Teile des Tages beschäftigte mich diese Sorge. Ich ging vom Wohnzimmer ins Schlafzimmer oder von der Küche ins Bad – ich hatte nur diese vier Räume, in dieser Reihenfolge – und dieser Mensch da war genau über mir, mit seiner klumpigen und doch geselligen, beflissenen Fußläufigkeit.

Früher oder später ging mir auf, dass dieser Mensch erspürt hatte, wie meine Räumlichkeiten eingerichtet waren, und seine eigenen Möbel und Besitztümer und Kehrichte meinen entsprechend angeordnet hatte, sodass er, wenn ich auf meinem Weg von Zimmer zu Zimmer plötzlich stehen blieb (mich einer Bodengegend zusenkte, auf der beispielsweise eine hingeschmissene Zeitschrift faltenwerfend gelandet war, der ich mich dann rehabilitiativ zuwandte, um ihre Seiten zu glätten und die flache, ungelesene Kioskunverletzlichkeit wiederherzustellen, so gut es eben ging), an genau derselben Stelle, nur eben vier Meter oder so über mir, etwas Parallelablenkendes vorfand, ein ihm eigenes Projekt, das ihn für sich einnahm.

Mit anderen Worten, da war also mein Leben, meine Abgänge von Zimmer zu Zimmer, und da war deren stumpfende Wiederholung, wie sie oben stattfand. So wurde ich also im Hinblick auf meine Letztfrau verheiratet: Ich zog mich und die Person von oben aus unseren Wohnungen aus und in ein Gebäude in einer anderen Stadt. Diese Frau war so jung, dass sie gebären konnte. Die Geburt verlief rasch und gedankenlos.

Das Kind ging mit Gesichtsausdrücken durchs Leben, die nicht seine eigenen waren. Doch Busfahrer und Schülerlotsen und Essensausteiler wollten wissen, wem sie gehörten. Bestenfalls konnte ich die Gesichtspunkte eines jeden einnehmen und dann wegschauen. Immer wollte da etwas angesehen werden, immer kam jemand zu kurz.

Was das Kind anging, trieben es ungeklärte Zuschreibungsfragen so weit aus meinem Blickfeld, dass ich einer regelmäßigen Arbeit nachgehen konnte. Die Worte, dass ich einer Arbeit nachging, sind nur allzu wahr, denn ich ging ihr zwar nach, erledigte sie aber nicht. Es gab da eine schleppende, erschöpfende Unrichtigkeit, die schließlich jemandem nicht allzu weit oben zur Kenntnis kam.

Dann kamen Nächte, in denen ich, neben meiner Letztfrau liegend, zu viel Zeit damit verbrachte, meinen Finger in Wunden zu legen. Den Finger ermüdete das.

Was nicht stimmte, war ganz einfach.

Manchmal fielen ihr Leben und meines auf denselben Tag.

ALS DU ZURÜCKKAMST

Erst habe ich das hier als ein Stück über das Gehen als körperliche Störung geschrieben – das Gehen als Beeinträchtigung, nicht als Funktion. Zu meiner Erleichterung wird das nie jemand zu sehen bekommen. Der Ton war unbescheiden und aggressiv. Ich schrieb es, nachdem ich etwas von jemand anderem gelesen hatte, etwas Besseres und zurückhaltender Formuliertes, über ein ganz anderes Thema. Ich schrieb es in einem Rutsch an einem Spieltisch, einem gepolsterten, über dessen zentimeterdicken Schaumgummi ein braunes Kunstleder recht locker gespannt war. Das war natürlich nicht die ideale Oberfläche zum Schreiben – nichts Festes unterlag dem Blatt Papier, über das ich den Bleistift führte. Doch schrieb ich die Worte stürmisch, wütig nieder.

Sobald ich fertig war, zog ich bei einer Frau ein, die monatelang hinter mir her gewesen war. Ich brachte den Spieltisch mit, meine Klamotten, ein paar Stühle und all die Hilfsmittel für Gesundheit und Schönheit, die ich besaß. Knapp über ein Jahr lang lebte ich bei der Frau. Das war schwer. Sie war eine dieser unglücklich Glücklichen. Wir liebten beide denselben Mann. Einmal die Woche fuhren wir mit dem Bus zu ihm und hörten seine Schallplatten an. Der Mann hatte eine große Anziehungskraft, deshalb tanzten die Frau und ich miteinander und betüttelten einander unter seinen Augen, während er ein paar Platten aus seiner riesigen und für uns unzugänglichen Sammlung in ihre Hüllen zurücksteckte. Wir hatten mit dem Mann nie eine Ereignisfolge, weder auf verheiratete noch auf private Art und Weise, wobei ich das mit Bezug auf die Frau allerdings nur vermuten kann.

Als die Eltern der Frau starben (zuerst der Vater, dann einige Monate später die Mutter), musste ich mitkommen und die aufgebahrten Leichen anschauen und dann auch auf die Beerdigungen. Auf einer Zusammenkunft nach der zweiten Beerdigung stellte jemand aus der Familie, der wirklich angetrunken war, mich einem Anwesenden nach dem anderen als von der Frau »erwartet« vor, was aber jeder sofort berichtigte: »beabsichtigt«. Danach fuhr mich die Frau zu dem Haus, in dem ihre Eltern gewohnt hatten. Es war ein kleines Reihenhaus in einer heruntergekommenen Gegend. Sie zeigte mir das Zimmer, das einmal ihres gewesen war. Es lag direkt hinter der Haustür. In jedem anderen Haushalt wäre das das Wohnzimmer gewesen. Ein paar Tage später zog sie dort ein.

Wenigstens einmal hatte ich eine richtige Stelle. Ich verkaufte hochgerüstete Überwachungsanlagen an Bosse, die vor lauter Sorge um die Umtriebe ihrer Angestellten nicht schlafen konnten. Ich wohnte, mal mehr, mal weniger, in einem Ein-Zimmer-Apartment, und zwar zusammen mit einer Schülerin, einer Abiturientin, glaube ich. Mit dem Mädchen, deren Gesicht schon Merkmale hatte und einigermaßen beschreibbar war, muss es mir ernst gewesen sein, denn ich brachte ihr Sachen aus dem Laden mit, die sie recht leicht bei ihren Lehrern zum Einsatz bringen konnte.

Eines Abends saß das Mädchen an meinem Spieltisch und bereitete sich auf eine Prüfung vor. Sie wollte zwei oder drei Kapitel lesen, und ich sollte ihr dann die Übungsfragen am Ende stellen. Sie meinte, sie bräuchte bestimmt zwei Stunden zum Lesen. Ich fragte, worum es ging. »Erdkunde oder so was«, sagte sie. Ohne auch nur dazu aufgefordert werden zu müssen, ging ich spazieren. Ich schaute nicht mal zum Fenster hoch, um herauszufinden, ob das Mädchen da war und mein Telefon an sein Ohr drückte oder nicht. Zur Wahrheit, die ich ihm verschweigen musste, gehörte, dass ich in der Schule zu dumm war, das zu lernen, was die Lehrer lehrten. Ich musste mich damit begnügen, stattdessen etwas anderes zu lernen, andere Sachen eben. Zum Beispiel dass man bei einem Streifzug berechnen musste, wovon er abgezogen wurde – was wodurch vermindert wurde. Man musste herausfinden, was übrig war, wenn man zurückkam.

Auf dem Parkplatz traf ich einen Mann mit einem vollen Wäschekorb. Er sagte, er habe gerade Wäsche gewaschen, aber das ganze Geschehen habe etwas unaussprechlich Schreckliches und Unabgeschlossenes. Seine Wäsche sei nicht gewaschen; es sei alles ein Irrtum. Er stellte den Korb ab und zog eine sauber aussehende Hose aus dem Wäschewust, die er mir entgegenschüttelte.

»Bürgen Sie für mich«, sagte er.

MITUNTERZEICHNER

Wenn es solche und solche gibt, gab es in der Stadt noch drei davon, oder vier, wenn man die mitzählte, die in dieser Hinsicht am wenigsten zählte, weil sie mit keinem schlafen konnte, es sei denn, die Rede ist vom Schlafen im eigentlichen Sinne, und nur das wollte ich: Schlaf in seiner einfachsten, am wenigsten schlauchenden Form.

Ich legte bei ihr an.

Ich war vierunddreißig, fünfunddreißig und brauchte jemanden, der ein bisschen nach meinem Leben schaute.

Sie durchkämmte auf ihrem Telefon täglich die Listen nachrichtenloser Vermögen. Irgendwie brachte sie ihr Haar auf Linie. Ließ es wie einen Block aussehen. Ihre Arme waren so dünn, meine Armbanduhr hätte um beide gleichzeitig gepasst. Ihre Etuikleider, ihre Sackkleider wirkten bleischwer an ihr. Das Thema Makeup brachte sie in Fahrt. »Weißt du, warum das Foundation heißt?«, sagte sie mal und kitzelte sich dabei die Wange. »Weil da gar nichts drunter ist!«

Sie sagte mit großem Nachdruck, dass sie in Gegenwart anderer nicht essen könne, und deshalb entschuldigte sie sich jedes Mal, wenn sie Hunger hatte, und ging die paar leicht auszulöschenden Straßenzüge weiter zu einem Mittagstisch. In der Stadt gab es einen Laden, wo man hinging, und der hatte sich mit ein paar Blumenkübeln aufgehübscht. Es gab einen zugenagelten Campus und ein paar Arztpraxen. Das sah alles aus wie das Ergebnis einer Mutprobe. Es gab wohl keinen Arzt, mit dem sie nicht schon einmal kurzfristig gesprochen hätte. Aber nach ihrem Leben konnte man sie nicht beurteilen. Sie sprach nie über ihre Kindheit, Angewohnheiten, Arbeit, über Verschlechterungen, verlassene Orte, abgelegte Leute.

Das Leben schien durch sie hindurch aufzusteigen, ohne dass etwas austrat. Wir hatten aber auch einigermaßen vertraute Momente. Manchmal ging ich mit ihren Armen auf eine Art um, die ihr nicht zupackend genug vorkam. Ab und zu erwähnte sie »Schilddrüsenstürme«, setzte eine Halbbrille auf und packte papierverhüllte Spezifika aus, die ihr angeblich nur halfen, wenn sie die Dosis verfünffachte.

Einmal die Woche wand sie sich in ein Cocktailkleid und begab sich in ein Zimmer, in dem sie es meiner Vermutung nach einsam auf Neues anlegte. Sie machte die Tür zu, und irgendwann, vielleicht eine Stunde später, rief sie jemanden an. Was ich vom Zimmer mit dem Bett aus hören konnte, waren Wörter, die aneinander vorbeigeschleppt wurden. Ich meine, jedes klang so, als würde es das vorige umgehen.

Es hörte sich an, als würde etwas Verdichtetes aufgedröselt.

Wie es aussah, gab es ganze Monate, die so verliefen. Ich arbeitete von zu Hause aus. Pakete kamen an. Als sie wieder abgeholt wurden, waren sie kaum schwerer.

Dann lief sie eines Tages auf mich zu: »Ich brauche was. Dass jemand was mitunterzeichnet.«

Ich weiß nicht mehr, was ich sagte.

»Du warst mit einem Geschäftsreisenden verheiratet«, sagte sie.

Vielleicht habe ich genickt oder einfach weiter gezittert.

»Wie war die sonst?«

Woher sollte ich das wissen.

»Hatte bestimmt ihr Revier«, sagte sie. »Ich hab mit einer zusammengewohnt, die hat nach Hotels gerochen. Lud nie jemanden zu sich ein. Die hatte die tolle Idee, mich aufzupäppeln. Die glaubte einem überhaupt nichts. Sagte, es sei Zeit, jedweder Krankheit zur Blüte zu verhelfen. Sagte, sie wolle meinem Leidwesen auf den Grund gehen. Sagte, jedes meiner Organe habe Unrecht. Ich hätte Anspruch auf ein größeres Bett und zermürbende Anbetung. Sie sehe Bruchstücke ihrer selbst in mir. Ich war knapp über ein Jahr mit ihr zusammen. Wir genossen in großen Geschäften die rolltreppende Aussicht. ›Mein Herz‹, sagte sie, ›ist mein grellstes Organ.‹ Aber glaub mir, sie war ein Winzling von einem Miststück. Sie hatte so was Kleines, und daher glaubte ihr nicht alles, was sie von sich erzählte, zum Beispiel dass sie mal einen Wasserspiegel nur dadurch in Unruhe versetzte, dass sie ihre Brüste ausbildete. Sie sagte, sie spüre jede lästige Ambition an mir. Sie verplante mich. Der Slogan lautete: ›Am zusammensten immerwärts‹. Ich musste auf den Fersen laufen und, um nicht umzufallen, die Wand umarmen. Ich wurde nicht gern so lange durch ihre Gedanken gezogen, das merkte ich schon. Sie sagte, ihr gehörten ein paar Immobilien, Geldanlagen mit mehreren Wohneinheiten, die eines Tages zur Hälfte mir gehören könnten, aber es stellte sich heraus, dass die Trennwände zwischen den Wohnungen eingerissen werden mussten und die Wohnungen dabei irgendwie mit verschwanden. Eines Abends lud sie mich zum Abendessen in ein Restaurant ein. Wir fuhren mit einem wackeligen Bus hin. Sie legte mir die Hand aufs herumwurstelnde Herz. Sie bestellte öde Fleischquader für uns beide. Die Bedienung frischte unseren Nachtisch auf, indem sie noch weitere Karamellismen auf die Schokoladenkathedrale spritzte, die wir auf ihren Wunsch hin miteinander teilten. Dann wieder versuchte sie, unseren Kaffee mit bleichem, ausländischem Geld zu bezahlen. Es kam so weit, dass ich beinahe spüren konnte, wie meine Adern sich durch meine Arme schlängelten. Dann gab sie eines Morgens bekannt, dass sie von nun an zwischen mir und einer träge geschäftigen Frau pendeln würde, der ihr Inneres in Gänze zur Verfügung zu stellen sie die feste Absicht habe. Ich sagte, ›Von der war noch nie die Rede gewesen.‹ Verlass dich drauf, sie gab eine fröhliche, ablenkende Antwort aus ihrem Mund heraus, ein Klackern und Schmatzen. Mir war klar, jetzt musste ich schlussendlich doch die Verabschiedungsbenachrichtigung schreiben. Ich machte ein XO und unterschrieb. Dann kamen mir Zweifel. Ich kritzelte ein Gitterchen, noch mehr Xe und Os, damit es aussah, als hätte ich einfach Tic Tac Toe gespielt. Ich ging dahin, wo es Busse gab, und sah zu, wie sie ankamen und wie sie wieder losfuhren.‹

Ich hörte genau zu, ohne so recht etwas damit anfangen zu können. Ich wusste, dass sich die Tage bei anderen Leuten anders verschlimmerten als bei mir.

Trotzdem schaute ich noch so ungefähr eine Woche nach ihr, soll heißen ich folgte der Richtung ihres Blinzelns, bis an ein Fenster oder einen Baum, einen geräuschvollen Amberbaum, der mir schon lange ein Dorn im Auge war. Mein Haus war geschmackvoll weit von der Straße entfernt, und ich ging jedem Ärger aus dem Weg.

Dann kam sie eines Tages spät aus der Stadt zurück und sah nach Baby aus, mit neuen Farbgenerationen in den Haaren und Bußübungen auf dem Teint. Tage später kam sie wieder, und ihre Haare waren kränklich orange wie bei einem Chemiebrand. Dann wieder kam sie nach Hause und trug einen fremden Bademantel (grobes, orchideenfarbenes Frottee). Man roch ihr die anderen Leute regelrecht an. Sie fing an, mein Essen durchzuschauen. Ich erwischte sie, wie sie bei Taschenlampenlicht noch was aß. Oder Hackfleisch aus einer fettverschmierten Papiertüte. Sie wollte mir weismachen, dass sie irgendeinen Mist aß, um einen früheren, noch schlimmeren Mist besser auskotzen zu können.

»Wenn ich nur ein bisschen länger durchgehalten hätte«, sagte sie. »Wenn Texas nicht so groß wäre, könnte ich wahrscheinlich schon in Kanada sein.«

»Was würdest du da machen?«

»Alles, wo man taktvoll sein muss.«

Das Packen war keine Qual. Was sie inzwischen so anzog, ging ohne Probleme in einen lose bedeckelten Schuhkarton.

Mir war gar nicht klar gewesen, dass die Züge hier immer noch so klangvoll fuhren.

Auf dem Bahnsteig nahm sie mich bequem an die Hand. Sie trug das kohlrabenschwarze Kleid mit abgetrennten Ärmeln. Bei jeder vertraulichen Bewegung des Armes rückte das Kleid zusammen.

Genauso pünktlich war sie dann weg.

Jetzt ein Sprung nach vorn zu dem, was die Öffentlichkeit über meine ersten Vierziger sagt. Am besten überspringen wir die aber gleich. (Damals fiel alles zu leicht in sich zusammen, selbst wenn du die paar Minuten extra hattest.) Viel später, da war ich immer noch eingevierzigt, aber kümmerlicher, traf ich die Dame, die dir nur dann eine Pflanze fürs Haus verkaufte, wenn du sie erstmal durchs Haus führtest. Sie schaute kurz durchs Wohnzimmerfenster auf den Horizont und dann nochmal, durch die Jalousien in der Küche, auf die Streifenversion davon. Sie sagte, »Wenn ich wiederkomme und Pflanzen mitbringe, versprechen Sie mir, dass Sie sich denen auf Gedeih und Verderb ausliefern?«

Sie brachte sie vorbei.

Das waren Würdenträger.

Sie halten immer noch Hof.

GRÜNDE

Dann hat sie was über mich rausgefunden, aber sie wollte nicht sagen, was. Nur: »Wer würde denn so was über dich sagen? Wie siehst du das denn?« Ich antwortete, dass es bei dieser Geschichte wahrscheinlich nichts zu sehen gebe. Alles Sichtbare hätte nur im Weg gestanden, wenn es denn möglich gewesen wäre, es vom Rauskommen abzuhalten.

STELLEN

Das Problem mit dem Kommen war, dass ich tatsächlich irgendwo ankam. Nämlich an dem Ort, den mein Körper schon verlassen hatte. Ich kam gerade rechtzeitig, um zu sehen, was vorgefallen war, wo es passierte. Ich betrachtete diejenige, deren Passagier ich gewesen war - jedes Mal meine Schwester. Ich sah also diese Frau an, die ein Verkehrsmittel war, eine Zustellungsart.

Und dann?

Habe ich, glaube ich, irgendwann nicht mehr geschaut.

Monatelang war es so, in genau einem Zimmer. Dort lag alles erst auf der Hand, und nach einer gewissen Zeit kehrte die Hand wieder in die Tasche zurück und verschwand aus dem Blickfeld.

Kommt jetzt heraus, dass ich mich in sie verwickelt hatte und von ihrem Körper in das Zimmer befördert wurde, in dem man alles gleich auspacken musste, aber nie an genau denselben Ort zurückstellen konnte, weil es eben keine verlässlichen Anhaltspunkte gab?

Ich hatte das Recht, dass einiges an mir lag. Es lag an mir, dafür zu sorgen, dass die Stelle, an der ihr Körper zerfiel und sein Inneres zum Vorschein brachte und die brüske, rosane Geschäftigkeit ihrer selbst sich fortsetzte, überdacht war. Wir befanden uns im zweiten von drei Stockwerken. Das war unsere einzige Hoffnung.

Ich jobbte als Aushilfslehrer - ich überarbeitete eine Prüfung, durch die jeder, unabhängig von irgendwelchen Fähigkeiten, durchfallen musste. Den Druck bezahlte ich selbst, und ich ließ mir eigens einen schwarzen Filzschuber anfertigen. Für das Geld, das ich bekam.

Ab und zu erstellte ich eine neue Prüfung, und dann sah mich meine Schwester vom Bett aus so an, dass ich mich spüren ließ, wie sie mich ansah. Sie sagte normalerweise: »Dein Stuhl steht schief.« Sie stand dann auf und stemmte sich gegen den Stuhl – ich gab nicht nach. Ich verfestigte mich sogar abwärts auf dem Kissen, schob meinen Hintern hin und her, bis ihr ein anderer, einflussreicher Winkel gelang. Dann musste ich mich von meiner Schwester befördern und mich dort zustellen lassen, wo es nun um mich stand.

Eines Tages war das Schulamt mit mir durch. Ich bekam einen Brief, dem eine vielunterschriebene Petition beilag. Meiner Schwester wurde eine Stelle angeboten, bei der sie in einem Gebäude, in dessen Treppenhaus es bergauf ging, in großem Umfang Brötchen belegen sollte. Auf dem Bett lagen ein Busfahrplan und ein Regenschirm. Sie wusch sich im Waschbecken die Haare. Beim Ausspülen sang sie vor sich hin. Sie belegte mir ein Übungsbrötchen, dick und farblich. Sie schlug es in eines meiner Taschentücher ein und setzte sich dann aufs Bett, um zuzuschauen, wie ich es auspackte und aufaß.

Mir fiel auf, dass die Möbel schon umgedreht waren, zurückgestellt, im Voraus oder im Nachhinein, was immer eben nötig war.

Ihr Mund bewegte sich meinem nicht nach.

DIE FALLEN UNTERSCHIEDLICH AUS

Auf unterschiedliche Weise blühten wir nicht auf.

Wir waren warmarmige, heißhändige Girls. Unsere Handflächen brannten. Wir ballten um Eiswürfel und alle möglichen Gefriergüter die Faust – Gemüsepakete, eingeschweißte Fleischstücke. Wenn sie aufgetaut waren, verbannten wir sie wieder ins Gefrierfach und griffen nach dem, was eine neue Frostkruste angesetzt hatte.

Wir konnten mit einer abgebrochenen Bleistiftspitze schreiben, an der noch ein Placken klaffendes Holz hing. Wir steckten den Rest der Spitze oben in die lange Umhüllung zurück, hielten den Stift dann gerade oberhalb der muschelgemusterten Grenzlinie, an der das splittrige Holz auf den gelben Lack stieß, und drückten mutig, ja tollkühn in die der Bruchkante entgegengesetzte Richtung. Nur so konnte etwas ausgeschrieben werden – all das, was uns eingesprochen wurde, mit einer Stimme, die an unseren Knochen entlangödete. »Die Natur hat eine Vorliebe für ortlose Herzen«, sagte sie hauptsächlich.

Wir hatte die gleiche ölige, nässende, dunkle Haut. Man sagte uns, wir sollten unsere Hände nie auf den Wangen oder der Stirn landen lassen, unsere Klecksfinger würden alles nur noch schlimmer machen. Abends schienen unsere Gesichter fast vollständig hinter Wasser. Der Regen kam halt wieder aus uns heraus, so hieß es. Morgens waren unsere Kissenbezüge vor lauter Hitzetröpfchen ganz feucht.

Zu einem bestimmten Zeitpunkt ging eine von uns immer als erste an das Telefon, das nicht klingelte, hob den Hörer von der Gabel und umkellte die siebartige Hörkapsel, damit die anderen etwas hören mussten. Wir waren fest überzeugt, dass das Freizeichen nicht jeden

Tag dieselbe Tonhöhe hatte – dass es manchmal wirklich mindestens einen wohlwollenden Halbton nach oben zulegte und sich gelegentlich auf einen rein vorwurfsvollen Tonfall herabließ.

Vor dem Spiegel verhielten wir uns vorbildlich. Wir ignorierten uns, während wir uns das Gesicht schwämmten und die Zähne pflegten. Wir taten jede unaufgeforderte Bewegung im Glas als unwichtig ab. Wir hielten uns geheim. Wir waren Mädchen jenseits der Kenntlichkeit, tief unter uns.

Eines Tages führte man uns in einen hochdeckigen Raum und informierte uns, dass man schon alles für uns getan hatte, dass nichts gescheut oder unversucht gelassen worden war, dass wir nur geboren worden waren, um Haaren eine weitere Stelle auf der Welt zum Wachsen zu geben. Eine Hand zeigte auf den breiten Weg, auf dem die Haare schon unsere Schenkel hinunter gingen. Wenn ihr es schneidet, so hieß es, wächst es nach. Gespenstisch.

Die Sperrstunde wurde aufgehoben.

Ich ging an den Wohnort eines anderen Mädchens und versuchte, ebenfalls dort zu leben. Da gab es wenig zu lernen, doch wir richteten uns reglos in dem Licht ein, das sie vorbereitet hatte, indem sie nur ganz bestimmte Jalousienlamellen umgelegt hatte. Ich konnte das Seitengärtchen dort unten sehen, wo sie die Förderung einer Reihe schlaksiger Blumen übernommen hatte. Jede Nacht aufs Neue ließen wir den Schlaf seinen formularhaften, nutzlosen Schrecken über uns ausüben. Morgens einigten wir uns dann üblicherweise darauf, dass wir fehl am Platz waren, und abermals skizzierten wir bleistiftend eine Landkarte. Ich strich meine Haare über alles, was das Mädchen zeichnete.

Eines Tages nahm das Mädchen einen Kuchen aus einem Pappkarton und sagte, sie habe einen Weg gefunden, ihn zu verspeisen, ohne ihn wirklich zu essen, sondern es ihm vielmehr zu ermöglichen, eine kleinere, weniger rechteckige Version seiner selbst zu erbringen, ganz so wie, das behauptete sie jedenfalls, ein Körperteil, den man lange genug sich selbst überlässt, die Hand oder den Mund von jemand anderem hervorbringt, annimmt, ansammelt, wobei die neue Hand in Teint und Intention zeigsam anders ist und der Mund (im Verborgenen) über etwas völlig anderes spricht, beispielsweise darüber, dass die Handschrift anderer Leute immer seriöser, kunstloser als die eigene aussieht, welchletztere (im Vergleich) verdächtigungswürdig, geziert, *manipuliert* aussieht und die in die Irre geführten Finger, die den Bleistift noch immer führen, und zumal auch den Arm und seine fruchtlosen Reisen, ihres Amtes enthebt.

Widme ich mich gerade wieder dem Thema ihrer Hände und der Krisenfähigkeit dieser Hände, wobei die linke übrigens sehr viel geschickter als die rechte darin ist, sich schlussendlich dem einzig angemessenen Knie oder Untersetzer oder Geldstück mitzuteilen? Die Hand war mit einem skrupelvollen Gespür dafür ausgestattet, wo sie als nächstes fällig war, wessen sie (wenige Augenblicke später) der letzte gebührende Träger sein würde. Ich war das Gegenteil davon – mein Körper war irrelevant, nur das Podest, das Podium, von dem aus ein Gesicht sich äußern musste. Mein Körper war, wo ich statt überall sonst war.

Das in Rede stehende Mädchen wusch sich sachdienlich in einer Marmorbadewanne. Ich hatte ein bescheidenes Vermögen an Lotionen, Ölen und Salzen erstanden, mit denen ich das Wasser versetzte. Manchmal übergab ich ihr abends ein Seifentäfelchen. Ich verfolgte dann den Kurs, den Lebenslauf der Seife, die sie sich über die Brust wischte. An anderen Abenden war da ein entsteintes Fruchtmus, das sie sich mit einem Stoffstreifen zuminderte. Das fettige Wasser schwappte, wenn sie endlich aus der Wanne stieg und ich ihren Platz einnahm. Ich erlangte in ihrem Wasser die vollen Bürgerrechte.

Allzu oft kam mein Leben allerdings so daher und ich schloss mich ihm an – zimmerte mich wieder völlig darum, verschrieb mich einer bereits sich vollziehenden Bewegung, stellte mich mir, eräugte, wie mein Körper mir neuerlich entgangen war. Ich zog bei einem Mädchen in einem Gebäude ein, in dem auch die Mutter des Mädchens wohnte, und zwar mit einer Frau, die sie schon ihr ganzes Leben lang kannte. Das Mädchen schrieb mir auf ihrem Außenrist, und dann bretterte sie mir ihr Bein entgegen, sodass ich die dicken Socken abschälen und lesen konnte. Da stand nur: »Wie wirst du mir gehören?« Sogleich wurde entschieden, dass es sich für das Mädchen und mich lohnen würde, etwas zu lernen. Am Abend vor Schulbeginn vertraute ich dem Mädchen an, dass ich das, was ich ansah, nur aus einer Gefälligkeit gegenüber dem, was ich nicht ansah, ansah, dass das schönste Geschenk für jemanden, die einzige wirkliche Mühe, die ich mir um jemanden machen würde, das größte Kompliment, das ich jemandem machen könnte, darin bestand, zuzusehen, dass ich ihn überhaupt nicht sah, und dass ich manchmal schummelte und der jeweiligen Person mein Augenmerk widmete, allerdings so vorsichtig, in so geringer Menge, dass sie kaum mehr war als reine Form, blasser Umriss.

Beim Reden konnte ich meinen Blick nicht von dem Mädchen abwenden.

In der Schule wurde ich ein Jahr über dem Mädchen eingestuft. Die schottenkarierten Mädchen rechts und links sowie vor und hinter mir seien meine »Nachbarinnen«, so wurde mir gesagt. Ich behielt meine Blicke auf meinem eigenen Papier. Die Lehrerin unterbrach unsere Stilllesephasen und sagte, wir sollten uns etwas vorstellen, ein fremdes Land oder ein Tier, und wenn es ein Tier war, sah ich darauf etwas Knubbeliges oder Hervorstechendes, das kaum dazugehörte und sein Leben unregierbar und segenslos und traurig machte.

»Wer malt es an die Tafel?«, sagte die Lehrerin.

Mir ging die Kreide rasch von der Hand, weil sie dort schnell verkümmerte. Ich hielt das Kreidestück quer zwischen Daumen und Zeigefinger und bepuderte den Schiefer mit Bewölkungen, die Tafelseite um Tafelseite einnahmen. Hinterhändig folgte die Lehrerin mir und erwirkte mit ihrem Löschschwamm bogige Wische. Die Kreide, die ich in die Halterung zurücklegte, war auf einer Seite abgeflacht.

Schließlich nahm mich eine Frau auf, deren Tochter eine der Ertrunkenen gewesen sein musste. Als für meinen Körper die Zeit kam, möglichst viel von ihm hinter dem einer Gitarre verschwinden zu lassen, hatte ich die Wahl zwischen der eleganten und festen elektrischen der Frau und der in die Jahre gekommenen Hawaiigitarre der Tochter, einer akustischen, die in einem mit weinfarbenem Filz ausgeschlagenen Koffer lag. Die Hawaii, für die ich mich erwärmte, war rank und füllig, mit f-förmigen Schalllöchern vorne und einem lustvollen Rücken voller Risse – Haarrisse. Ich nahm die Gitarre warm, erwachsen, in die Arme, konnte ihr aber nicht einmal die einfachsten Akkorde abschlagen. Das Problem waren meine Hände: Ich konnte die Finger meiner Linken nicht so verkrüppeln, wie es nötig war, um die Saiten gegen das Griffbrett zu klammern und die Akkorde aus den losen, drahtigen Noten herauszusammenzustellen.

Ich stopfte Unterwäschestücke – Höschen, Hemdchen – in die Schalllöcher, um die Lärmbredouille zu dämpfen, in die ich die Einfahrt der Frau gebracht hatte. Die Saiten bediente ich statt mit einem Plektron mit einem Wattestäbchen. Endlich ersann ich eine offene Schummelstimmung. Ich zurrte die Akkorde mit dem Daumen heraus, den ich über das Griffbrett kräuseln ließ. Dadurch war ich auf Durakkorde beschränkt, die mein Herz bald ganz abscheulich, öffentlich in ihren Tribut schlugen.

Die Straße runter hatten auch andere niedergeworfene Mädchen Instrumente, die zu spielen sie nie auf die richtige Weise gelernt hatten: eine Gebläseorgel, eine Snare mit schraubhaftem, gefährlich von oben herabhängendem, klirrigem Becken, noch eine Gitarre, eine elektrische, überverzierte, in einen sopranigen Miniverstärker eingestöpselte. Diese Mädchen hörten, was aus den Akkorden wurde, die ich mit meinem knochenharten Daumen heraushaute. Der Lärm ging den Mädchen nahe, überspannte sie. Als Grüppchen versammelten sie sich um mich herum auf dem Straßenbelag. Wir entplemperten und entkribbelten unseren Instrumenten eine klimpernde, meckernde Musik in Richtung Spätestsommer.

Ich sang so, wie ich immer noch rede.

Jedes Lied war die schlimmstdenkbare Frage nach dem, was ich auf eine Art und Weise einmal nicht wollen würde, die ich noch nicht kannte.

DIE EINZIGE DIE GANZE NACHT GANZ BLAUE STADT

Der mir Blut abnehmen wird, fragt mich nach dem Namen, irgendeinem. Also denke ich mir etwas aus, das gerade mal so auf dem Alphabet zu beruhen scheint.

»Warum auch nicht«, sagt er und nimmt mir das Formular ab.

Bevor sich die Frage stellt, erzähle ich ihm, dass ich eine Frau habe. Wie sonst sollte man nach neun Jahren einen Menschen bezeichnen, dem man die Aufgabe übertragen hat, für alle anderen einzustehen?

In meinem Fall handelte es sich um einen Menschen, der wiederum selbst eine Frau hatte, in einer nahegelegenen Heimatstadt. Warum sonst würde ich mich so intensiv mit Blut beschäftigen?

In einer Woche, zehn Tagen soll ich wiederkommen.

Um mir die Zeit zu vertreiben, sehe ich dem Wetter dabei zu, wie es Fahrt aufnimmt. Der Schnee, den ich auf dem kleinen Pfad schippe, landet in der Schubkarre, und dann wird die Schubkarre durch die Garage in den Vorgarten geschoben oder sogar auf den Gehsteig, wenn ich das sage.

Nachts dürfen nur die Zündflammen der Gaslampen an sein. Unsere Stadt ist die einzige, die die ganze Nacht ganz blau ist.

Sonst bleibt mir nur, dass jemand auf der Arbeit, der Mann links von mir, den Eindruck hat, der Mist, den andere bei mir abladen, und der, den ich selbst bei mir ablade, seien derselbe. Wenn dafür Zeit ist, sieht der Mann immer wurzellos, bleich, entlockt aus. Es ist nicht leicht, seine Gefühle wahrzunehmen. Manchmal schauen wir einander nicht mehr länger an, aber nur um besser zu verstehen, wo wir sonst sein könnten. Das Gebäude ist besessen von zwei Toiletten pro Etage. Nur dieses eine Mal wasche ich mir das Gesicht so, wie man Kleider wäscht. Mit ganz viel Energie. Ein gewisser Teil meines Lebens muss verlogen sein, damit ich mein Bedürfnis, alles mit großer Aufrichtigkeit zu erledigen, erfüllen kann.

IHRES

Normalerweise sage ich morgens allenfalls: »Ich habe ein paar erwachsene Söhne.« Das sage ich für die Nachbarn auf beiden Seiten.

Wenn ich ein Problem habe, dann das: Es gibt einen Laden, wo alles einen Dollar kostet.

Das sind, im Wesentlichen, meine Ausgangslagen und Ergebnisse.

Ich sage nur, such dir einen Raum aus, und aller Wahrscheinlichkeit nach ist dann schon genug da, dass es mit irgendetwas Situativem losgehen kann. Vor allem gibt es einen großen Unterschied in der Stille, bevor endlich das Telefon klingelt. Da höre ich besonders gut hin. Das Telefon lasse ich dann einfach klingeln.

Eins noch:

Es gibt zwei Arten von Menschen auf der Welt.

Fragen Sie mich nur nicht, wo die wohnen.

SMDMDFS

Wenn ich sage, dass ich falsch liegen kann, meine ich damit unter anderem, dass es wahrscheinlich meine Mutter war, die mir gesagt hat, ich soll entweder scheißen oder vom Topf runter. Das war also am Abendessenstisch. Wahrscheinlich nahm ich dabei gerade einzelne Cornflakes aus der Packung und aß sie nach und nach mit den Fingern.

Meine Familie: Hier ist sie also, zum letzten Mal, wenn es nach mir geht. Mutter, Vater, Schwester – alle stabil gebaut, robust deprimiert, voller Schwächen für irgendwas und voller unfruchtender Klarheiten, wenn es um mich ging.

Im Interesse ihrer Privatsphäre trat ich bei Brach's eine Stelle im Hauptgeschoss an und verteilte Parfümproben. Einen Frauenduft. Ich protzte ihn mir auf die Unterarme und zwang die streichholzschachtelgroßen Pröbchenkarten mit den in sie eingesteckten winzigen Ampullen sowohl Frauen als auch Männern auf. Ich sah sie den Abhang der Rolltreppe herunterkommen. Sobald sie sich im Radius meiner Arme befanden, kamen mir die Zweifel: Hatte ich nicht schon dieser oder jener Person eine Probe aufgedringelt? Alle sahen nun erkennbar unvertraut aus. Ab und zu überraschte mich die Aufsicht von hinten und tätschelte mir ein bisschen mehr Haltung auf die Schultern oder ließ die Hand in die Gosse meines unteren Wirbelsäulenbereichs hängen.

Wenn der Sommer durch war, machte ich mich auf den Weg zu der Schlackenbeton-Akropolis des bundesstaatlichen Universitätsverbunds. Der Cousin meines Mitbewohners hatte ein Wohnheimzimmer ein paar Stockwerke unter uns, und er besaß seinen eigenen Kühlschrank.

Er kam aus einer Kohlegegend und nannte Füller »Füllfederhalter«. Gegen Ende der ersten Woche hatte ich mich entschieden, Geld für ihn aufzuwenden. Im Trübsal eines Kinos schob ich meine Hand auf seine und gabelte unsere Finger zusammen. Am Waschbecken gab ich ihm nachher den beweiskräftigen Kuss. Ich wartete immer nur darauf, dass er mir völlig lächerlich eine runterhaut. Im Bett hatte ich alles in der Hand und es passierte in der von mir gewünschten Reihenfolge.

Nachmittags lasen wir das enge, besitzanzeigende Tagebuch meines Mitbewohners, doch nie fanden wir uns in den Schlusspassagen wieder. Eines Tages entwanden wir uns unseren Mietverträgen und nahmen uns ein kleines Studioapartment außerhalb des Unigeländes. Wir entgagierten uns nun demonstrativer von unseren Seminaren. Ein- oder zweimal die Woche fuhren wir mit dem Bus in die nächstgrößere Stadt, ein Flachbau-Mittelzentrum mit wenigen, absterbenden Geschäftsstraßen. Wir aßen in der Caféteria eines Kaufhauses ein bisschen was, stolzierten die Rolltreppen auf und ab, probierten einander in den Umkleidekabinen etwas an. Manchmal brachte ich ihn dazu, sanft auf die teureren Kleidungsstücke zu pissen. Ich mochte das Gesch[illegible]esche sich plötzlich teilender Vorhänge, wenn ich alles dann wieder ins Regal legte.

Es gab Abende, da konnte ich ihn nicht von überfälligen Hausaufgaben abhalten. Meist war es Buchhaltung: Kassenbuchseiten, ein Taschenrechner mit Stromkabel und rechteckartigen Himbeerziffern, messergeschärfte Bleistifte. Auf dem Boden sitzend, eins meiner eigenen Lehrbücher mir an die Knie gerampt, schlickte ich mir fleischfarbenen Lack auf die Nägel und studierte ein Kapitel – sein Aussehen, seine Form: die manchmalige, abwärtige Stufenfolge weißer Textblöcke an Absatzenden.

Einmal sah ich ihn nachmittags auf einem der langen, juckenden Sofas im Aufenthaltsbereich des Alten Hauptgebäudes sitzen. Neben ihm ein Mädchen, eine hochgewachsene Beinüberschlagerin mit einer Durcheinanderei orangierter Haare. Beide hatten offene Kladden auf dem Schoß und durchkämmten zufrieden, lehrplanhaft ganze Stapel von Karteikarten. Von da an ging ich allein in die Stadt. In einer Gaststätte schnaufte sich ein Geschäftsmann gebietend an mich heran, er nahm mich mit an einen Tisch und spendierte mir ein großes, spätes Mittagessen. Er fuhr mich zu dem Bürocontainer einer Baustelle, schloss die Tür auf.

Durch diesen Mann bekam ich es bald mit einigen jungpfläumigen Jungen, Mägden, zu tun, die ein paar Jahre älter waren als ich. Wir waren zu viele für das eine Bett, daher schliefen einige von uns auf dem Boden, auf Teppichen oder mit Teppichen als Laken. Unser Badewasser schmeckten wir mit Sachen aus der Küche ab – Fruchtsirup, manchmal auch einfach Limo. Der, dessen Wohnung es war, mein Gastgeber, wurde zum Schöffendienst berufen, per besonderem Umschlag, den er aufreißen musste, indem er ihn an beiden Enden auseinanderzerrte, wie man das von enttäuschenden Partysprengstoffen her kennt. Reihum gingen wir den Brief mit ihm durch, den er schrieb, um aus der Sache herauszukommen. An dem Tag sah er für sein Alter ziemlich überrascht aus, lustlos rasiert. Die Barthaare hatte er mit einer blauen Kinderschere aus Plastik traktiert und in berufstätigkeitsferner Art und Weise zermangelt. Er war der Befickteste von uns, der Erstzunehmende. Den Brief schickte letztlich ich los.

Wir mussten alle den Jahrestag seiner Eltern mitfeiern. Sein älterer Bruder war da, unter einer Plane, ein Bein im Gips, und ich sollte etwas draufschreiben. Ein Stift, ein Filzstift wurde mir freiwillig in die Hand gedrückt. Ich hatte nichts dagegen, auf dem Terrassenboden in die Knie zu gehen. Die Vorderseite des Gipses war so überunterschrieben, dass einige Bereiche entlang der leichten Kurve oberhalb des Knies schon palimpsestig waren. Ich las von unten nach oben. Keinem der Namen konnte ich ein Gesicht zuordnen. Da gab es zahlreiche kreiselige Unterstützungshandschriften von Frauen mit altertümlichen, frisch geschriebenen Namen – an Lynnda erinnere ich mich noch.

Ich betrachtete die absteigende Zehenreihe in ihrem ausgeschnittenen Wackelbereich. Auf jedem Zehenknöchel saß ein Büschel schwarzer Härchen. Die Nägel waren langweilig oval.

»Verlegen?«, sagte der Bruder des Bruders – mein Beschützer.

Schließlich unterschrieb ich »SMDMDFS«, wie es auf dem Kalender steht. Das machte ich immer so, wenn ich bei einer Unterschriftenaktion oder bei der Anreise im Hotel einen Namen angeben soll. Die Grundannahme war wahrscheinlich, dass noch Tage ausstehen, echt fette Tage, die dir um die Ohren fliegen werden.

Das eine Mädchen, mit dem ich tanzte, stellte sich als die Schwester heraus. Ihre Augen waren wässrig, ihre Haare flach, und auf der linken Wange besaß sie einen rosinigen Leberfleck. Ihre Arme waren lang, dünn, garnfarben. Das Gespräch drehte sie stets wieder zu ihren Eltern und Brüdern zurück. »Du hättest dir bei uns noch jemand Besseren zum Abfärben auf dich aussuchen können«, sagte sie.

Oben in ihrem Zimmer musste sie die meisten meiner Äußerungen für mich zu Ende bringen. Sie sagte, es sei sehr deutlich, dass mein Herz noch lange nicht ausreichend herumgehüpft worden sei. Auf ihrem Nachttisch stand eine Karaffe voll farbiger Flüssigkeit, und ich sah zu, wie das Mädchen Becher um Becher herausneigte. Sie trank auf eine ziemlich öde Art und Weise, zog die Sache in die Länge.

Nur ein Freund der Familie, dem ich noch nicht vorgestellt worden war, konnte mich mit in die Stadt zurücknehmen. Er gehörte gerade erst zur Altersgruppe, war aber schon so gebaut. Ich stimmte ihm in allem zu – dass zu viel passiert, wenn keiner erschossen wird, dass noch mehr Leute wie ich zu Hause sein mussten, dass darüber hinausgehende Ereignisse kaum je die Straße erreichten und dass es eigenartig war, wie wenige Leute dasselbe taten wie er, nämlich beim Drive-in die Bestellung ins Mikro zu sprechen, dann um das Gebäude herum zum Abholfenster zu fahren, passend bar zu bezahlen, die Tüte entgegenzunehmen, dann zu parken, das Essen mit ins Restaurant zu nehmen und es dort in einer Nische zu essen, wo man seine Ruhe hatte.

»So sieht dich keiner, wie du es willst«, sagte er.

Wir hingen hinter einem Laster mit der Aufschrift: »DIESES FAHRZEUG HÄLT OFT.«

»Hier abbiegen?«, sagte er und wedelte in Richtung Windschutzscheibe.

Meine Hand lag schon auf seinem Oberarm. Noch so eine Sache, die meine Hand umgreifen konnte, ohne sie wirklich festzuhalten.

GUTE MANIEREN IM OKTOBER

Die Hochzeit war brüsk und verlief beinahe ergebnislos. Während der Zeremonie ließ es der Pfarrer zu keinem Zeitpunkt zu, dass jemand außer ihm selbst im Mittelpunkt stand. Das einzig halbwegs Anständige an dem anschließenden Empfang war, dass die Tische so schmal waren, dass die Gäste nur an einer Seite sitzen konnten. Die Gäste am nächsten Tisch kehrten ihnen den Rücken zu, und keiner erhob die Stimme.

Als die Frau dann wieder nach Hause kam, verstaute sie alles in Schubladen und Schränken, sodass sie im Schlaf nicht die Verfolgung aufnehmen konnte, ohne sich erst aufzuwecken und zu wissen, was ihr bevorstand.

DIE NOCH ERREICHBARE

Wenn die beiden überhaupt voneinander wussten, haben sie es sich jedenfalls nicht anmerken lassen. Er bot von zu Hause aus Lebenslauf-Schreibdienste an und war dabei bloß ein Kittgesicht mit dünner Lymphe, dem die Zwanziger noch in den schlaffen Gliedern steckten. Sie arbeitete viel, wobei ich nie herausfand, wo eigentlich, und sie war deutlich, hart und unausgeglichen. Sie hieß Donna. Einmal hab ich ihren Namen nachgeschlagen, und da stand, er bedeute: »Die gesandt wurde, um sich Zeit zu nehmen.« Zu Weihnachten schenkte ich dem Mann und der Frau identische Seiden-Boxershorts und andere Spezialitäten für Sie und für Ihn. Ich lebte in einem Wohnblock und jobbte in irgendwelchen Büros, wo ich Telefondienst schob oder Gehaltszettel tippte. Der Wohnblock war ein graues Schlachtschiff in einem Viertel voller Lagerhallen. Die Frau über mir war geräuschlos, abgesehen von abrupten, nilpferdigen Kurzstreckenläufen von einem Ende der Wohnung zum anderen. Die beiden Männer unter mir waren ziemlich laut. Abends hörte ich meistens, wie sie homosexuell Fernsehen schauten. Und da war noch ein Mädchen, das mich immer anrief, wenn es in Schwierigkeiten war. Die kannte ich noch aus der Schule. »Lass mich ausreden«, sagte sie, und dann weinte und gurgelte sie. Mit jedem Wort, das sie aussprach, schien der Ballon ihres Lebens in meiner Fantasie noch ein bisschen höher zu steigen. Ich stellte mir vor, wie ihre Gummihülle von Körper in der Wohnung immer weiter vom Boden wegdriftete.

Als ich Kind war, hatte ich Angst vor Kuppeln und Kirchtürmen und den Deckengewölben unabgerissener alter Lichtspielhäuser. Heute interessierte ich mich eher für Bettler auf der Straße unten. Einer hatte eine Großpackung Waschmittel ausgeklappt und auf eine Seite mit effektheischenden Zeilenumbrüchen geschrieben: »OBDACH / LOS / BITTE HILF / MIR GOTT / DANKE.« Eine Ecke weiter stand eine Frau mit so einem Plastikaufsteller für Tourismusbroschüren, wie man ihn im Eingangsbereich günstiger Restaurants findet. Sie hatte ihn sich mit einem Seil um den Hals gehängt. Ich wollte die Leute gerecht behandeln, gab ihnen aber nie Geld.

Die Tage klebten sich immer weiter übereinander.

Schon in der Grundschule, wenn die Lehrerin ihre Schutzbefohlenen an die langen Esstische winkte und »Mädchen, Junge, Mädchen, Junge, Mädchen, Junge, Mädchen, Junge« rief, hörte ich nur »Mädchenjunge, Mädchenjunge«.

Im Schulorchester entschied ich mich für die Klarinette, weil sie so ansprechend gegliedert und senkrecht war. »Sag mal, wie du aus der Wäsche schaust, wenn du spielst«, sagte der Musiklehrer eines Tages zu mir. »Wonach sieht das dann aus?«

Einige meiner Erinnerungen waren so tief, ich hätte ganze Städte darin begraben können.

Einmal hörte ich, wie er sich mit einem anderen Mann unterhielt. Der andere fragte ihn, ob er Kinder habe. Der Musiklehrer sagte: »Drei.« Der Mann sagte: »Mädchen oder Jungen?« Der Musiklehrer sagte: »Alles Mädchen.« Der Mann sagte: »Wie heißen sie?« Der Musiklehrer zögerte ein bisschen zu lange. Der Mann sagte: »Sie wissen nicht, wie Ihre eigenen Kinder heißen?« Der Musiklehrer sagte: »Frau Karl Bartholomäus. Frau Josef Diefendorfer. Frau Frank Lautenschläger.«

Frauen waren für jede Stimmungsveränderung anfällig. Einmal war ich mit einer verheiratet. Ich hatte dem Mattglas in allem, was sie sagte, zuhören müssen.

In dem Geschmetter unseres Ehelebens konnte jeder erkennen, wann etwas mit der ihm gegebenen Bezeichnung nicht einverstanden war.

Ich war neunzehn gewesen, als man entdeckte, wie ich auf einem Feld vor der Stadt gegen meinen eigenen Körper anging. Das war das eine Mal, dass ich das Messer dabeihatte. Mein Blut blutete. Dann nahm mir der Mann das Messer aus der Hand und nahm es in eine seiner eigenen Hände. Ich sah seinem Mund zu, denn das war der einzige andere Teil von ihm, wo etwas los war. Es war ein kleiner, runder Mund mit schräg eingesetzten Zähnen, die wirkten, als wollten sie nichts miteinander zu tun haben.

Er ging bestimmt auf die Siebzig.

»So ein gutes Messer hab ich wirklich schon lange gesucht«, sagte er. Und dann: »Wir sind in dem Laster da drüben.«

Überall auf der Straße lagen gefallene Äste.

Der Fahrer nannte die Stadt, wo sie hinfuhren.

»Du kommst natürlich mit«, sagte er.

Die Stadt war eine Großstadt. Sie setzten mich an einer Kreuzung ab. Gleich da in der Innenstadt habe ich dann studiert. Wenn mein Mitbewohner nachmittags im Seminar war, durchsuchte ich alle seine Sachen. Ich probierte alles an und aus und legte es wieder zurück. Unendliches Beenden einer weiteren Freundschaft! Im Handumdrehen hatte ich mir ein Bärtchen stehen gelassen. Der Drang eines Gesichts, sich zu schwärzen, seine Sehnsucht nach dunklen Folgen ist sicher allgemein bekannt. Ich brach das Studium ab und fing an, in einem Büro zu arbeiten, wo die Leute so dick waren, dass sie beinahe kugelförmig wirkten. Wir mussten vor blendenden Bildschirmen sitzen und lange, mit geschäftigen

Bindestrichen verbundene Zahlen auf perforierte Akkordeonpapierbahnen tippen. Jedes lange Blatt musste von einem stumpffingrigen Mann mit schlammig auf uns zukommender Stimme stichprobenartig geprüft werden. In den Pausen ging ich in die Kantine, wo die anderen Mitarbeiter Salzgebäck stapelten. Allerdings kann die Art, wie die Leute dich anschauen, sich auch wieder ändern. Einmal verbrachte ich die Feiertage zu Hause bei meinen Eltern. Was ich mitten in der Nacht hörte, war vielleicht nur das grauenvolle Geräusch meiner Mutter, die sich vorstellte, wie ich jemandem in den Armen lag und wenigstens dieses eine Mal fleißig war. Manches in meinem Leben taucht für immer ab.

Für die Fahrt hatte ich mir ein Cabrio geliehen. Auf dem Rückweg fiel ein Vogel vom Himmel. Sein Gefieder war kleinteilig verdreckt und er zitterte in Reichweite, auf der anderen Seite des Armaturenbretts. Innerhalb von weniger als einem Monat hatte ich eine Mitbewohnerin gefunden. Was diese Frau tat, hatte mehr als nur einen Antrieb. Aus ihrem Mund roch es immer irgendwie nach Himbeer. Ihre Mittagsschläfchen nannte sie »Reisen«. Meine Stimmungsschwankungen und Tölpeleien beobachtete sie genau. Ich fitzelte einen Drehknopf vom Tischradio ab, sodass die Lautstärke immerfort unerträglich war. Eines Abends rief eine Schwester von ihr an und sagte, dass ihr Baby gerade für seine Geburt gesorgt habe. Diese Schwester erwartete, dass wir alles stehen und liegen lassen und bei ihr vorbeikommen, um das kleine Ding anzusehen, bevor es überhaupt selbst sehen konnte.

Ich lernte diese Schwester ein bisschen besser kennen, nachdem das Baby gestorben war. Die Welt geleitete sie zu allem, was noch irgendwie berührt werden musste, aber meist begrübelte sie sich nur selbst. Sie wusste, wie sie bei der Arbeit um die Zeit herumkam, wie sie vor allen anderen das Ende einer Stunde erreichte. Sie las ein bisschen was, manchmal nur ein einzelnes Wort, und legte dann den Daumen drauf oder gleich die ganze Hand.

Beide Schwestern richteten die Brillen, die sie trugen, immer wieder neu aus. In Nullkommanichts hatten sie voneinander und von ihren ganzen Blutswahrheiten genug.

Ich zog aus, hielt an einer Bushaltestelle, wo eine Frau so aussah, als hätte sie zu lange unumworben überwintert. Ich brachte alles, was ich besaß – und hatte eben noch so manches, was ich längst hätte aussortieren sollen – in das Haus, wo sie wohnte, in ihre Wohnung im vierten Stock. Die Frau hatte ein Talent, ihren Körper so zu tragen, als wäre er der von jemand anderem. Sie weckte mich, wenn ich fest und schmutzig schlief, und sagte: »Da ist wieder zu viel im Spiegel.« Bald schon taten wir alles, um der fest umschlungenen Lage unseres gemeinsamen Lebens zum Opfer zu fallen. Die reumütige Nachdrücklichkeit der Nachbarinnen, die ich im Treppenhaus überholte, die dringlichen Liebesblicke, die ich ihnen zugeworfen haben musste – würde es mir so besser gehen? Es stellte sich freilich heraus, dass die Frau verheiratet war, und eines Tages kam der Mann nach Hause, doch war er freundlich (er bezog mich in ein Gespräch über ein Restaurant mit ein, an das wir uns alle gern, wenn auch etwas unterschiedlich erinnerten, und dann über dieses lächerliche Bedürfnis, das wir doch alle hatten, etwas, was wir ohnehin wussten, auch weiterhin zu wissen, dass nämlich jeder schon mindestens einen verlegenen Ehebruch begangen hat usw.), und so zog ich wieder aus.

Kurz danach kam es zu »für die Jahreszeit untypischen Tornados«. Die Tage kamen mit jener Beschränktheit auf mich zu, die man immer am Ende einer Woche spürt und noch stärker am Anfang der nächsten.

Alles weitere über mein Leben finden Sie in der widerwilligen Art und Weise zusammengefasst, wie ich eines Abends im Beisein zweier anderer aus einem Messbecher etwas leicht Giftiges trank, wobei das Gesicht von einer dieser beiden Frauen plötzlich aussah wie zu einem bleichen geometrischen Grundkörper seiner selbst heruntergeschliffen. Und die andere? Geldscheine von meiner Hand in ihre zu kriegen, war natürlich Arbeit. Zumal angesichts all ihrer zwischenzeitlichen Lähmungserscheinungen. Noch monatelang blieben wir drei dann in Verbindung. Eines Tages sagte ich der einen etwas Böses, und dann ging ich zu der anderen und heulte mich aus. Das alles endete irgendwann auf Papier und in Umschlägen, nur kamen die nirgendwo hin. Die sind immer noch in Reichweite.

GERUCH DER WELT, WIE SIE SICH JEMANDEM AUFGERIEBEN HATTE

Nach allem, was ich weiß, muss ich früher oder später so schlau gewesen sein, aufzustehen und mir anzusehen, welche Umrisse mein Körper, während ich schlief, in den Teppich gedrückt hatte, also in die Lichtung, die ich angelegt hatte, indem ich Kleider und Essensverpackungen und Zeitungen und so zur Seite geschoben hatte, wobei es sich um keine der üblichen Genesungsposen gehandelt haben konnte, denn ich weiß noch, wie ich dachte, dass es immer noch ein paar Leute gab, zwei oder drei, je nachdem, wie ich sie gerade zusammenzählte, die, wenn man sie zur rechten Zeit erreichte, ganz verlässlich sagten, dass sie »gerade an dich gedacht« haben, und genau die gedachte ich nicht anzurufen.

Das Telefon war auch ein dauerndes Ding auf dem Boden – ein altes mit einer Wählscheibe und schwerem Hörer. Ich muss die Frau angerufen und an meinen Lippen gehangen haben, muss jedes meiner Worte aufgesogen haben, denn ich zog mich an und fuhr zu der Adresse, die ich laut wiederholt hatte, als man sie mir als erstes zum Aufschreiben vorbuchstabiert hatte.

Sie wohnte zusammen mit ihrem Cousin und seinen blinden Hunden und Porzellanpuppen in einem gemieteten Reihenhaus. Der Cousin könnte außer Hauses gewesen sein – entweder in der Ferienanlage, wo er arbeitete, oder in der Schule, die er besuchen musste. Ich fragte wahrscheinlich nach allen anderen, nur damit der Gesprächsfaden nicht abriss oder damit ich auf irgendjemandes Seite stand, oder warum würde ich jetzt sonst schwören, dass die drei Jüngsten (Mädchen, Mädchen, Mädchen) bei einer Tante waren und die beiden Ältesten

(Mädchen, Junge) selbst irgendwo zur Miete lebten? Warum sonst würde ich irgendeine oder -einen von ihnen erwähnen? Hatte nicht angeblich ich ihnen etwas über den menschlichen Körper erzählt, was unmöglich wahr sein konnte – dass er das Grab des Herzens sei und noch weitere schlimmerwiegende Fehldarstellungen?

Ein Arzt, der die Frau mochte, hatte ihr einen ganzen Block voller auf zweimonatliche Abstände datierte Rezepte für ein kegelförmiges, niedrigschwelliges Beruhigungsmittel ausgestellt und weil ich gern etwas im Bauch hatte, muss ich ziemlich sicher an- und eingenommen und gekaut haben, was mir angeboten wurde. Und dann musste die Frau gesagt haben: »Komm unter die Decke«, denn ich war immer nur nach dem Sichtbaren gegangen, nach dem Herausstechenden, und was ich sah, kam mir vertraut vor – all das Klaffende an ihr.

Als es vernünftig schien, wieder bei ihr einzuziehen, fiel es den Kindern nicht schwer, die Frau ausfindig zu machen. Es dauerte ein paar Tage. Das Haus – und zwar ein anders adressiertes, mit Rollläden – hatte drei Stockwerke. Jedes Zimmer sollte dieselbe Art von Jalousien haben. Jede Tochter im arbeitsfähigen Alter sollte gesagt bekommen, wie lange in Wochen ausgedrückt, sie Zeit hatte, eine Stelle zu finden. Namen und Stichtage sollten auf eine Küchenwand geschrieben werden, die erntegold zu streichen war. Die Frau verdiente gut und musste sich niemandem gegenüber rechtfertigen, außer ihrer Chefin, die sie mochte und sagte: »Heute brauchst du nicht zu kommen. Bleib nur in Reichweite deines schmucken Telefons, nur für den Fall.«

In der Zeit, über die ich hier schreibe, meine Mittvierziger, hatte man sein eigenes Fortbewegungsmittel zu haben. Mein Auto machte nichts her. Es beeindruckte niemanden. Eines Morgens fuhr ich zu einem Gebrauchtwagenhändler und stand am Rande des Areals. Keine Stunde später wies mich der Händler an, meinen Kofferraum und die Rückbank auszuräumen. Und zwar flott. Eine Frau interessiere sich bereits für den Wagen. Er rollte zwei große Mülltonnen heran und brachte ein paar Kartons für alles, was ich behalten wolle. Er verstehe schon, wie das ist, wenn man so beengt wohnt und nirgendwo hinkann mit den eigenen Sachen.

Die Frau und die älteste Tochter gaben sich nachher für Anwältinnen aus und setzten den Verkäufer, den Verkaufsleiter, den Vorsitzenden der ganzen Händlerei per Telefon anwaltsmäßig unter Druck. Das führte zu nichts – denn was einmal unterschrieben ist ... Das neue Auto war eine auf- und abreibende, ziegelrote Fürchterlichkeit in der Kieseinfahrt der Frau. Ich konnte draußen sehen, wie die drei Jüngsten in die Wagenfenster schauten und auf die Kartons zeigten, die zu groß für den Kofferraum waren. Die Kartons gehörten noch nicht ins Haus.

Das älteste Mädchen sagte immer wieder: »Ich werd dich schon nicht beißen.« Vom anderen Ende des Wohnzimmers hörte ich zu, wenn sie an der Reihe war, Jurazeug ins Telefon zu sprechen. Um ihre Drohungen auszudehnen, durchsetzte sie ihre Worte mit einer Art von dumpfem Vokalgesumme. Zum ersten Mal bemerkte ich sie so recht. Sie war anscheinend über zwanzig und hatte die sommersprossige Länglichkeit ihres Körpers in ein Gelümmel angeordnet, sodass die Ellenbogen und Beine ganz vertraulich, neugierig auf mich ausgerichtet schienen. Ich war irgendwann auf ihrer Seite, ließ mein Auge auf allem ruhen, worauf auch ihr Blick ruhte – dem fischförmigen Aschenbecher, dem Schälchen voller Pastillen und Bonbons, dem pflaumenfarbenen Klecks auf ihrem Schienbein, den sie immerfort rieb.

Zum Dank lud ich die beiden, die Frau und das älteste Mädchen, zum Abendessen ein, in ein anständiges, kaum beleuchtetes Lokal. Das Mädchen ging nach oben und duschte lange, entschieden – ich hörte das ganze Wasser, das dazu nötig war – und kam dann in einem Unterhöschen wieder und kniete sich vor den Couchtisch und sah mir hoch ins Gesicht, während sie sich ausschlaggebend schminkte.

Im Restaurant fragte sie mich nach ihr – was sie meiner Einschätzung nach dachte, zu welchen Gewalttaten ich sie für fähig hielt. Und egal, was ich sagte, sie sagte nur: »Gute Antwort« oder »Du hast doch immer recht.«

»Du bist nur so weit weg«, sagte sie, schließlich.

Wir saßen auf einer Polsterbank, das Mädchen in der Mitte. Die Frau stand dauernd auf, um mit ihrer Chefin zu telefonieren.

An den zwei oder drei Abenden danach schlief ich auf meinem Fußboden ein, indem ich mit der Frau unter meinen Augen begann und dann die fünf Zentimeter drauflegte, die jede Generation ihren Vorgängern angeblich voraushat, durch das Aufhellen und Verlängern der Haare, die Gesichtsüberpuderung, das Bizepsvergrößern, das Ausstreuen von Sommersprossen auf Arme und Brust, bis ich das Mädchen in seiner begierigen, brustlosen Gänze auf mich gebracht hatte.

Wie immer ließ ich mir lange nicht anmerken, dass ich wusste, wie sehr ich mich ausnutzen ließ. Das Mädchen entstritt sich mit Freunden ihres Cousins, schmallippigen Teenagern in schlappen Shorts, die ihnen bis über die Knie gingen. Danach habe ich sie jahrelang nicht gesehen.

Eines Abends sprach ich der Frau gegenüber dummerweise über meine Gefühle.

»Das geht vorbei«, sagte sie.

Stattdessen entschied sich die Frau für übergeordnetes Elend, Leid und Arbeitslosigkeit. Es begannen die Jahre der Lernbehinderung, der Geistesschlaffheit, des Abbegehrens. Ich sah ihre dicke Post durch. Ich erinnere mich noch an Mitteilungen, dass der Strom abgeschaltet wird, ein Vertrag gekündigt, ein Scheck geplatzt ist, dass oder für wie lange jemand der Schule verwiesen wird, an Mahnungsabfolgen, deren erster Teil stets mit der Frage begann: »Haben Sie etwas vergessen?«

Ich vergaß immer, dass ich niemandem in diesen vier Wänden etwas bedeutete und nur jemand war, der eben dablieb, damit allen anderen – vor allem ihren Verwandten und darunter vornehmlich ihrem Cousin – regelmäßig klar wurde, dass es solche und solche gibt. Irgendwann kam das älteste Mädchen wieder. Mit dem eigenen Auto. Der Großteil ihrer Haare war weg. Das war das bis dato kleinste Haus, eine Hütte. Auf der Veranda war es noch hell. Ich konnte sehen, wie das Mädchen in die vorhanglosen Fenster schaute und sich schon wieder bei den Möbeln fühlte.

»Was wolltest du sagen«, sagte sie mir zu. »Du wolltest mir etwas unterbreiten«, sagte sie.

»Einen Vorschlag«, sagte sie.

Die Frau musste in ihrem expliziten Hausmantel herauskommen und dem Mädchen sagen, dass es hier keinen Schlafplatz für sie gab.

Ich könnte die Kreise beschreiben, in denen sich zu bewegen die Kinder beabsichtigten, als sie auszogen. Ich könnte die Lebenswege beschreiben, denen sie sich widmeten. Ich könnte die Betten beschreiben, die sie irrig beschliefen. Andere haben das schon getan. Der Pfad ist schon ausgetreten.

Wenigstens kann ich sagen, alle was-weiß-ich-wie-oft sieht man tatsächlich, wo man wohnt. Davon kann ich reichlich Zeugnis ablegen. Aus Erfahrung kann ich schrecklich viel sagen. Aber dieses eine Mal hast du eine Chance: Die richtigen Lichter sind endlich an.

Zuerst denkst du, ich lasse am besten jemand anderen reden.

In dem Sommer rollten wir zwei den Rest unserer Kleinstgeldmünzen (schalenvoll gab es sie noch, schubladenvoll gingen sie bis auf meine Jugend zurück), und ich fuhr die Frau dorthin, wo ein großes Gewässer war, und dann weiter an ein weiteres und dann noch einmal weiter. Überall waren Möwen, ein bisschen Promenade, Wellen, Muscheln, die wir in Trinkbechern ansammeln konnten. Aber es war nie das Meer, behauptete sie. Zeig mir ein Meer, sagte sie.

Mir ging es gründlich. Auf so viel konnte man sich beziehen.

Jahre mussten ins Land gegangen sein, ohne dass mein Fummeln besser wurde. Die Frau sagte immer: »Ein bisschen tiefer.«

Oder: »Nicht mal annähernd.«

Oder: »Weißt du überhaupt, wo du bist?«

Es sagt etwas über meine Frau aus, die sie inzwischen war, dass ich das hier so umfangreich erzähle. Denn wenn Sie irgendwie wie ich sind (bitte seien Sie es!), dann sind Sie schon seit so langer Zeit ein Untersuchungsgegenstand, dass Sie wissen, was kommt.

Beispielsweise, sie dabei zu überraschen, wie sie alles aus einer Handtasche in die andere räumt.

Sagt sie dann: »Iss auf«?

Oder: »Du machst nur Arbeit«?

Oder: »Beschäftige dich halt irgendwie«?

In meinem Fall gab es nicht mehr viel, wo ich mich verorten konnte. Zum Einen bei der Arbeit. Dort fand ich heraus, dass ich nicht so viel verdiente wie alle anderen. Ich war auf der Toilette, seifte mir am Waschbecken die Hände ein, als ich hörte, wie mein Name in einem Gespräch hinter den verschlossenen Türen erwähnt wurde. Wem auch immer die Stimmen gehörten, sie hatten eine ausgedruckte Gehaltsübersicht von allen in die Finger bekommen. Eine Verteilung. Ich wusch mir die Seife von den Fingern, trocknete mir die Hände mit einem Papiertuch und eilte fort.

Später im Leben sprach ich meine Vorgesetzte auf den Vorfall an. Ich musste mich Nörgler nennen lassen, Unruhestifter, keine Hilfe. Was sollte sie tun, als mich an einen noch weiter von der Öffentlichkeit entfernten Tisch versetzen? Ich war nun nicht mehr Einfache Sachangelegenheiten, sondern Arbeitszeitnachweise. Die Arbeit kam wägelchenweise an.

»Zieh zur Abwechslung mal Zahlen durch den Schmutz«, war alles, was jemand anderes, der immer klare Antworten gab, mir ins Gesicht sagte.

Auf der einen, letzten Stelle, auf der ich saß, wurde ich mittendrin immer schlechter darin, die Abstände zwischen Menschen einzuschätzen. Ich habe es immer verschissen. Wenn ich sah, wie eine Frau sich gestisch erklärte, fing ich so viel ich konnte von dem ab, was auf dem Weg zu dem Betreffenden war. Ich griff zu, wann immer etwas anderswohin unterwegs war. Und machte weiter, als gehörte es mir.

Soll ich ein Bild malen? Was ich immer wieder zeichne und ihr unter die Nase reibe, ist, wie ich eines Tages von der Arbeit nach Hause laufe, als sie das Auto hatte. Ich kam an einem Laden vorbei, da saß jemand Junges an einem bepflanzten Streifen neben dem Parkplatz. Mit um die Schienbeine geschlungenen Armen und hochzeigenden Knien.

»Ich hab mich geschnitten«, hieß es.

Ich blieb stehen, um es mir anzuschauen. Ich sah ein Knie mit Grind, der angekratzt wirkte. Etwas von dem Schorf war lose und schwamm in dem bisschen Blut.

Der Grind war speckfarben. Angebrannterspeckfarben.

Ich nahm das saubere Taschentuch aus meiner Hosentasche, hockte mich daneben, betupfte mit dem Taschentuch das Knie. Blutkreise erschienen auf dem Tuch.

Ich sagte in etwa: »Lass das eine Zeitlang drauf.«

Und dann kommt, wonach dein Leben nie mehr dasselbe sein wird, genau wie meines noch nie dasselbe war: Mein Gesicht hing direkt über dem anderen Knie. Das Knie zielte direkt auf mich.

Es stimmt schon, ich hab davon Wind bekommen. Da habe ich mich vom Acker gemacht.

Wer hat sein Leben nicht genau so zu leben versucht, dass er vermeidet, einmal etwas so Ganzes einzuatmen? Hier das war der vollkommene, sich bemächtigende Geruch der Welt, so wie sie sich jemandem aufgerieben hatte.

Bin ich schnell nach Hause, habe ich mich ins Bad eingeschlossen und versucht, einen ähnlichen Geruch – einen ähnlich vollkommenen – aus meinen eigenen Knien hervorzulocken? Habe ich abgewartet, bis meine Frau eingeschlafen war, um dann aus ihren Knien einen ähnlichen herauszuziehen? Habe ich mich aus dem Bett geschlichen, mich wieder angezogen, bin ich rausgegangen, geradewegs zu dem Parkplatz des Ladens gefahren, habe ich mir die Hosenbeine hochgerollt, die Kniescheiben in die feuchte Erde gerieben, bis das Fleisch voller Erde war, habe ich mir dann die Hosenbeine wieder heruntergerollt, bin ich heim- und ins Bad gehechtet, habe ich mich ausgezogen, auf die Toilette gesetzt, mir die Nase ans Knie gedrückt, habe ich tief und groß und hoffnungsvoll eingeatmet und mich überzeugt, dass das plötzliche Wunder, der Schock des jugendlichen Knies eben doch nur die vernachlässigte, herandrängende Geruchsamkeit von Dreck war, und habe ich dann, als ich noch augenblicklicher entdeckt hatte, dass es sich eben doch nicht um Dreck handelte und dass der Ursprungs-, der Berührungspunkt anderswo lag, die nächsten paar Wochen damit verbracht, vor und nach dem Abendessen die Randgebiete des Ladens, die Gassen und Hinterhöfe und Verkehrsinseln heimzusuchen, immer rasch und nachbarartig und im Bemühen, so gelassen, pirschlos zu wirken wie jemand, der in kurzen Hosen herumwandert, um sich erst Appetit zu machen und dann einen Verdauungsspaziergang zu machen, der aber immer letztlich, vergeblich, die Knie gegen etwas irgendwie unterschiedlich Reibsames – Baumrinde, glatte Steine, Einfahrtsasphalt oder Brennnesseln auf einem ungenutzten Grundstück – reibt?

Habe ich dabei jemals etwas zustande gebracht, was auch nur annähernd so war wie ein Treffen mit meiner Frau? Habe ich schließlich daran gedacht, den jugendlichen Menschen selbst aufzusuchen? Gelang mir das? War ich so schlau, in das Büro meiner Chefin zu stürmen und alles zu gestehen? Habe ich gesagt: »Das habe ich gemacht. Das mache ich. Das werde ich getan haben, wenn ich fertig bin«? Denn wenn Leute fragen, dann nur, weil sie es schon leid sind, dass man von ihnen eine Antwort zu erbetteln versucht. Die gleich enttäuscht aussehenden Gesichtsausdrücke auf den Gesichtern sind das einzige

Anzeichen, an dem die Bedienung erkennt, dass alle zusammengehören, die einmal auf die Idee gekommen sind, gemeinsam essen zu gehen.

Also machen Sie halt.

Denken Sie sich was aus.

Sagen Sie ihnen, was auch immer ihre Herzchen hören wollen.

Sagen Sie ihnen, dass ich ein einziger Sohn war, während die Welt sich mit Frauen füllte, wodurch ich alles nur noch schwerer erkennen konnte.

AUFNAHMEFÄHIGKEIT

Hier geht es um zwei Leute. Welche zwei, sollte eigentlich egal sein. Wo zwei sind, ist das übrigens immer die ganze Wahrheit, egal wem alles noch trotzt, was zwischen ihnen steht.

Der Eine wollte wissen, wo man diese Gummiplättchen kauft, die man unter die Möbelbeine klebt, um den Fußboden zu schützen oder damit die Möbel nicht wegrutschten – eins von beidem.

Das war mein Vater.

Der Andere war ich.

RAHMEN

Wie es aussah, hatte die Band noch offene Stellen, einige Plätze waren noch frei, und so wurde ich eines Nachmittags aus dem Stillarbeitsraum geholt und in einen Lagerraum geführt, wo man mir sagte, ich solle mir ein Instrument aussuchen. Ich zeigte auf das erste, was ich mit geschlossenem Mund spielen konnte: eine Trommel. Ich ließ sie mir die Sticks durch die Finger fädeln und mir die Snare umbinden. Ich ließ sie mich in den Proberaum und dort auf die obere Ebene führen, wo schon die anderen Drummer standen. Ich ließ sie mir zeigen, zwischen welche ich mich stellen sollte.

Ich trippelte einen langen, wuschigen Wirbel hervor, den ich gar nicht gemeint hatte. Dann versuchte ich mich an einem langsamen, klopfenden, einzelschlägigen Wirbel, der auch nicht besser war. Ein paar Paradiddles. Ich stieß ein paar Flams und ein paar Rimshots los.

Die Band spielte bekannte Lieder, blies sie auf und flachte sie so ab, dass sie wie Märsche klangen. Ich machte den Mund nicht auf und hielt die Lippen still, während ich alles auswendig falsch spielte. Ich senkte die Sticks bis knapp über das Fell und klopfte dann nur die Luft weg. Auf dem Footballfeld und bei Umzügen kam ich damit durch.

Es gab noch acht weitere Drummer: fünf Snares, zwei Bass, ein Becken. Ich empfing sie, einen nach dem anderen, in dem Stauraum für die Drums. Ich brauchte nie lange, bis ich die Jungs an dem Punkt hatte, wo ich merkte, dass sie außer Puste gerieten. Die nahm ich mir zuerst vor. Die Mädels kriegten, was übrig war. Ich tat allen einen Gefallen – ich bremste die Jungs für die Mädels ab, sodass sie leichter zu nehmen waren. Ich schob mich zwischen die Jungs und die Mädels und vernebelte ihnen die Herzen.

Nachts hatte ich mich in alte Familiengeschichten zu versenken, allerdings nur bis zu einem gewissen Grad. Ich wohnte bei meiner Oma über einer Autowerkstatt. Ich kochte und wechselte die Themen. Wenn ich den Müll runterbringen sollte, steckte meine Oma mich in irgendwas von meiner Mutter, meist das braune Kleid mit dem Blumenmuster, das ärmellose, das sie auf den Schnappschüssen trug. Ich warf es immer wieder weg, knüllte es zusammen und steckte es tief in einen Mülleimer, aber es kam immer wieder hervor und wurde mir hingelegt. Meine Oma sah mir von einem Fenster ganz weit oben zu, wie ich die Mülltüten an die Straße stellte. Ich glaube, sie entdeckte im Winkel meiner Arme und der blonden Unordnung meiner Haare versteckte Anspielungen auf meine Mutter. Nachher schlief ich, in Unterwäsche, so, dass ich so weit wie möglich von jeglichem Ursprungsort entfernt war.

Eines Tages sagte der Bandleader endlich: »Warum hörst du nicht auf, wenn dir das alles zu blöd ist?«

Das war in seinem Büro, die Tür war zu. Es klopfte.

»Immer mit der Ruhe«, rief er Richtung Tür.

Ich ließ meinen Blick schweifen – von seinem Gesicht zu dem schmutzigen Namensschild auf seinem Schreibtisch und zur Tür, an der das Werbeposter eines Instrumentenbedarfs hing. Ich schaute mir eine Sache nach der anderen an. Man kann etwas anschauen, bis man es ein für alle Mal weggesehen hat. Man kann es sich vornehmen und es anschauen, bis man es ausgesehen hat. Dann geht man zum nächsten und beginnt von vorn. Das lässt sich mit allem machen, was einem zur Ansicht vor Augen gebracht wird.

Unter anderem so kann man durch die ganze Welt gehen.

ESPRIT DE L' AUFZUG

Da waren noch drei von ihnen, manchmal vier. Nicht im Atrium geparkt, sondern auf der Empore darüber, wobei man sich den Ort – das Gebäude, den Wohnblock – auch nicht glänzender vorstellten sollte, als er war.

Vielleicht hieß das einfach Überhang. Ein Übersehen.

Mezzanin?

Es war als Wohnzimmer gestaltet – Sessel, Couchtisch, ein Regal mit Zeitschriften. Ein Geländer sorgte dafür, dass die Leute nicht in das eigentliche Atrium quollen.

Die drei sahen zu, wie ich unterschiedlich oft am Tag aus dem Gebäude heraus und wieder hinein ging. Mein Ziel war, dass es weniger als drei oder vier Male werden sollten.

Ich kam nicht voran.

Ich machte nur insofern Fortschritt, als ich daran dachte, etwas rauszutragen – einen großen Umschlag oder eine versiegelte Kiste, die aussah, als sollte sie zur Post. Die Umschläge und Kisten stapelten sich auf dem Rücksitz meines Wagens. Irgendwann nachts, so redete ich mir ein, würde ich lange aufbleiben und alles zurückbringen und dann wieder aufs Neue nutzen.

Ein Teil von mir sagte: »Wozu die Mühe, es zu holen, wenn es mir im Schlaf zufliegen könnte?« Fast ständig war ich in der Talsohle eines Nickerchens, Arme über die Lehnen, den Teppich bebaggernd.

Ich wusch mir die Hände von dem rein, was meine Hände trotzdem taten.

Balkon.

Drei der Anlässe waren Frühstück, Mittag- und Abendessen.

Der Rest waren die Sachen, nach denen es mich außerdem gelüstete.

Sachen aus meinem Auto trug ich in kleinen Plastiktüten hoch.

Um jeden Tag auszulaugen, hatte ich das Eine oder Andere zu tun.

Bei den dreien handelte es sich um zwei Rentnerinnen oder Witwen und einen dicken jungen Wachmann. Die zeitweilige Vierte war die älteste Bekloppte, die ich je gesehen hatte. Sie musste auf die Sechzig gehen. Ich war ihr nie nahe genug gekommen, um zu sehen, ob ihre Brille Zweistärkengläser hatte. Manchmal kam ich nicht umhin, an ihr vorbeizulaufen. Ich nickte grüßend, und sie machte einen großen Bogen um mich herum. Dann wieder wackelte sie mit dem Zeigefinger.

Nur ich vertraute dem Lift.

Kein Wachmann für das *Gebäude.* Er bewachmannte irgendwas anderes.

Einmal war ich nachmittags im Wäscheraum, hatte alle drei Maschinen angeworfen, da moppelte er sich rein, um irgendwelchen Müll in den Müllschlucker zu werfen. Was ich anhatte, war schon mal getragen worden.

»Waschtag?« sagte er, und zwar so laut, dass die beiden anderen es auf dem Balkon noch hören konnten.

Wie immer hatte ich nichts zu sagen, konnte ich ihren Überlegungen nichts entgegensetzen. An dem Abend fing ich an, die ganze Geschichte meines Mietverhältnisses festzuhalten. Es wurde ein Buch der ernsten Nachrede. Ich ließ drei Kopien anfertigen, für jeden eine. Auszüge folgen hiermit:

Wie oft kriegst Du es zu greifen?

Wenn du mit jemandem nur genug Zeit verbringst, im selben Raum zufällig, und eine einigermaßen vernünftige Zusammenkunft erreichst, bekommst du ein Gespür für oder einen Eindruck von der Partei, die du vertrittst. So war es mit jeder der Frauen. Eine Partei nahm früher oder später in dem Zwischenraum zwischen uns Gestalt an. Ich horchte auf. Irgendwann machte ich dieser Partei sorgfältiger den Hof als die Frauen sich selbst anschickten. Eines Tages erstürmte mich diese Partei.

Wer zahlt die Zeche?

Ich erklärte mich bereit, an der Schule einen Abendkurs zu geben, einen Zusatzkurs, der sich auf nichts anrechnen lässt, für Leute, die vergessen haben, wie man schläft. Ein Wochenende brauchte ich, um das Material zusammenzustellen. Ich rührte einen massigen Teig aus Fallstudien, Musterübungen, allem Möglichen zusammen und fertigte dann Kopien an. Am ersten Abend schrieb ich Gründe an die Tafel, warum man um seinen Schlaf betrogen wird. Dann zeigte ich den Teilnehmenden einen Trick, eine Eselsbrücke, mit der sie sich alles merken konnten, was ich gesagt hatte. Die meisten waren umfangreiche Milchfrauen und sich selbst runtermachende Männer in völlig zugeknöpften Mänteln. Alle blieben nach dem Unterricht noch da, um mir zu zeigen, was sie sich beigebracht hatten – Kunststücke, Zaubereien, Kniffe und so. Einer präsentierte seine Augenversiegelungstechniken. Seine Finger führten meine. »Ich weiß nicht genau, was mit mir und dem, was ich noch machen könnte, los ist«, erklärte er mir. Irgendwann nach Sonnenaufgang trennten sich unsere Wege.

Was ist in den Tüten?

An manchen Tagen habe ich es nur deshalb schwer,

weil sich meine beider Elternteile so dicht in meinem Körper zusammenballen. Z. B. der Hang meines Vaters, zur Essenzeit allem, was er tat, zusätzliche Schritte hinzuzufügen – vgl. meine Angewohnheit, ein Wasserglas in die linke Hand zu nehmen und es dann an die rechte weiterzugeben und erst dann daraus zu trinken. Was meinen Vater betrifft, wurde der Weg der Dinge von der Hand zum Mund immer länger. So horte ich seit Jahren die Zutaten für eine Mahlzeit, die zu kochen ich gar nicht mehr in der Lage bin.

Und Ihre Mutter?

Ich trauere verstimmt.

Geschwister?

Die Leute, die aus dem Dom kamen und die Straße in Richtung ihrer Autos überqueren wollten, gingen davon aus, dass der Verkehr sich gehorsamst vor ihnen teilen würde – sie hielten die Hände hoffnungsvoll, wie Schülerlotsen, hoch –, und nur meine Schwester fuhr einfach weiter, bremste kein bisschen. Auf dem Rücksitz hatte sie ein paar Kisten, die ich als Lampen-, Nacht- oder Waschtisch nutzen wollte, was immer mir passend erschien.

Gründe für die Beendigung der letzten Vollzeitstelle?

Einmal tauchte der Kopf meines Vorgesetzten in der Tür auf, und angesichts der unverdienten Geräumigkeit meines Büros fragte er mich, ob ich meinen Leistungsstandard würde halten können, wenn noch jemand anderes hier arbeiten würde. Da ich diejenigen stets mochte, die irgendwann, nachdem sie mich eingestellt haben, mit wachsendem Ärger bemerkten, mit welchen Versessenheiten ich mich selbst kleinsten Aufgaben widmete, sagte ich ja. Sofort wurde ein zweiter Schreibtisch ins Büro gesteuert. Ein Mann wurde hereingeführt und mit dem Rücken zu mir gesetzt. Schon nach einer Stunde war jede meiner Bewegungen ein genaues, aber unwillkürliches Abtun seiner Drehungen, Kopfzurückwürfe und Haarausdemgesichtstreichungen, seines Fuchtelns. Ich kam mir vor, als wäre ich aus meinem eigenen Körper geworfen worden. Ich arbeitete ungenauer.

Warum können Sie nicht stillhalten?

Mir lag immer viel daran, mein Leben von meinen Wohnorten fernzuhalten. Wer aus sich vertrieben wird, begegnet einem immer am häufigsten. So jemand stellt sich offensiv zur Schau. In Parks oder kommunalen Einrichtungen. Er sieht zu, dass auf den Stühlen und Bänken in Eingangsbereichen und Vorzimmern, auf dem zahngelben Porzellan der Toiletten in Gerichtsgebäuden möglichst viel hängen bleibt. Er sorgt dafür, dass jedes Ladengeschäft voller und jedes Publikum größer aussieht, als es eigentlich ist. Er isst in Abholrestaurants, wo es nur ein, zwei Tische gibt. Man fragt ihn: »Zum Hieressen oder zum Mitnehmen?«, als hätte man da eine Wahl.

Beschreiben Sie Ihre bisher beste Ehe.

Meine Verbindung - aber nie völlige Ehe - mit einer Frau, die kurzzeitig an der Schule arbeitete, ging aus einer Reihe von Gesprächen mit einem Mann über seinen Sohn hervor. Der Mann redete stundenlang über seinen Sohn - dass die Leute auf seine Haarschneidekünste schworen, obwohl er gar keine Zulassung, ja nicht einmal einen Abschluss oder eine entsprechende Ausbildung hatte, nur nach Lust und Laune schnitt, hier und da, dann und wann; und wie er so redete, machte die Frau, die ich nur wegen ihrer mit meiner eigenen gleichfarbenen Gesichtsrosazea kannte, Fortschritte, Geländegewinne. Einmal abends ging ich von dem Haus des Mannes aus in die Bibliothek, wo ich sie bedrängte. Eine aufgeschlagene Zeitschrift lag vor ihr. Die Schuhe hatte sie schon ausgezogen.

Ich weiß noch, dass wir in den ersten paar Wochen morgens immer alles aufriefen, was wir besaßen – die Geräte, die Einbaumöbel, Kleidungsstücke. Mit jedem Tag war weniger von ihr dabei. Um Zeit zu sparen, fassten wir schon nach kurzer Zeit die Hemden, Blusen, Pullover, Jacken und so etwas einfach als »Oberbekleidung« zusammen – das war ihre Idee gewesen. Ebenso wurden andere Sachen zu allgemeinen Kategorien. Wir wohnten in einer »Gegend«, ich war mit ihr »verbunden«. Sie überzeugte mich davon, die Zeit wie sie zu verbringen: sich nicht mehr mit dem Mist einzelner Minuten aufzuhalten – sie ging im Zimmer umher und deutete überlegen, vorwurfsvoll auf kratzige Teilstücke meines Bartes, einen öligen Glanz auf dem Hang ihrer Nase – und die Stunde bis auf das sich langsam drehende Grundgerüst des Tages zurückzubauen. (Die Wanduhr selbst war rechteckig, mit einem rutschenden, voreingenommenen Sekundenzeiger, der Anlass zu einigem Spott bot.) Insgesamt erschien sie also in dem ihrer Meinung nach passenden Alter und verharrte dort.

Ziemlich lange schlug sich das alles auf die Art und Weise durch, wie sie andere auf der Arbeit vertrat – die im Urlaub waren, nicht auftauchten, in einem anderen Gebäude gebraucht wurden. Sie nahm deren Platz mit großem Selbstbewusstsein ein. Sie richtete sich hinter ihren Trennwänden ein. Sie entkrampfte ihre Beine in den Hohlräumen unter ihren Tischen. Sie griff nach den kleinen Tütchen mit Gewürzen, Salz, in den Schubladen. Sie trank in großen, vielsagenden Zügen aus ihren Tassen. Die Unterseite ihrer Unterarme klebte überzeugend an den Armlehnen ihrer Bürostühle.

Dann gingen die Leute, die Angestellten plötzlich nirgendwo mehr hin. Schwänzten die Arbeit nicht mehr, es musste nicht mehr für sie eingesprungen werden. Nahmen ihre Bürostühle wieder ein, füllten die Schubladen wieder auf, stapelten ihre Fächer noch höher. Als sie entlassen werden musste, ging sie zur Verwaltung, als Bittstellerin, dann kam sie heim und kürzte alles noch weiter ab.

Was würde ein an der Tür Klopfender sehen, wenn Sie die Tür zehn Zentimeter, dann dreißig, dann fünfzig öffneten? Beschreiben Sie also, aus der Sicht des Klopfenden, immer größere Ausschnitte des Eingangsbereichs und konzentrieren Sie sich dabei auf das, was sich am deutlichsten vom Boden abheben würde.

Zehn Zentimeter: eine Auswahl an Plastiktüten, jeweils noch mit dem ursprünglichen Inhalt, in kalendarischer Folge vor dem Wandschrank angeordnet.

Dreißig: die letzten genauen Formulierungen.

Fünfzig: Männer wie Frauen – sie und ich im Allgemeinen.

ANSPRÜCHE

Wenn ich jetzt sogar sage, dass ich damals mit jemandem befreundet war, kann das höchstens heißen, dass ich einmal im Jahr, jeweils gegen Ende, von dem Ort, an dem ich mich hatte leben lassen, an dem ich mein Leben mit mir geschehen ließ, losfahren und dass auch jene Freundschaftsperson von ihrem Aufenthaltsort aus losfahren musste, und zwar nur damit wir in einem Café, wo wir Jahre zuvor, als wir gemeinsam beschult wurden, ungeduldig, irrig geflirtet hatten, zusammen zu Mittag essen konnten. Da war schon alles immer seine Idee. Er redete immer so, als wäre auf der Welt immer noch Platz für das, was er sagen würde. Meine Aufgabe war es allenfalls, eben diesen Raum zu schaffen. Mir gelang es gut, alles einigermaßen ortlos zu halten für den, der jeweils als nächstes dran war.

Jedes Jahr erzählte er mir dieselbe Geschichte – er führe ein Doppelleben und müsse bald etwas tun, entschieden und endgültig handeln. Er sagte, tagsüber sitze er an seinem Ingenieurstisch und würfele Brücken und so was zusammen, für Regierungen, und nachts vertiefe er sich in Kaufhaustoiletten, Erwachsenenbuchhandlungen, Raststätten. Jahr um Jahr hörte ich zu, wie er mir das erzählte.

Also sagte ich zu dieser Freundschaftsperson: »Und sonst, außer dem Üblichen, worauf kaprizieren wir uns?«

Er sagte alles nochmal. Es gab keinen anderen Bestand, den die Tatsachen aufnehmen konnten. In seiner Stimme lag das ungeheure Angebergeräusch eines Menschen, der auf seinen Rechten beharrt.

Ich machte den Fehler, nach unserer Bedienung zu schauen, die uns Teller vorsetzte. Das war insofern ein

Fehler, als man manchmal, wenn man jemanden anschaut, besonders jemand Jungen, zu genau hinschaut. Man sieht, wie dem entsprechenden Menschen das Leben schlampig, knauserig eingetrichtert wird. Man spürt die engen Gedankengänge die Schäbig- und Zufälligkeiten, all das, was bis dahin schon zu streichen oder zu erinnern war. Die Einzelteile auf der Vorderseite – Augen, Zähne, die Zunge im offenen, beweglichen Mund – wirken billig und austauschbar, sitzen schlecht, könnten jederzeit rausfallen.

Was ich sagen will, ist, dass ich die ganze Zeit überhaupt nur irgendwie so inmitten meiner selbst war und schon in die, die die Bedienung war, hineinrutschte und mich im Dunkel des Körpers einrichtete, den sie innerlich für sich eintrat.

DIE BRAUT

Wenn das hier eine Geschichte sein soll und nicht das, was ursprünglich geplant war, nämlich eine Antwort auf die Frage, wie man ein Ventil für das findet, was drin ist, wobei du dir da gar nicht sicher bist, dann sollen ruhig zwei Frauen da sein, nicht nur die eine, und ausnahmsweise auch mal nur der eine Mann, der nicht mehr der ist, auf den ich meinen Körper wegwarf, sondern nur noch jemand, wo ich arbeite, jemand mit wenig Einfluss auf mein Tun, was, wie ich höre, vor allem darin besteht, von Weitem einsam auszusehen.

Wie viele nicht zu sehen kann ich dann also noch vorgeben? Denn mich haben sehr wohl Leute – Personen – angerufen und gebeten, nicht an sie zu denken. Personen, die mich tatsächlich angerufen haben und die mir sagten: »Versprich mir das.«

Meinen Bruder lasse ich aus, wegen seiner Äußerungen – oder dem, was er nach dem, was mir zugetragen wurde, gesagt hat, als die Wahrscheinlichkeit hoch war, dass ich nicht auf seine Hochzeit gehen würde, die hunderte von Meilen entfernt von dem Ort stattfinden sollte, an dem ich versuchen würde zu schlafen. Man sagt, er habe gesagt: »Wenn der nich zu meiner kommt, komm ich nich zu seiner.« Wahrscheinlich hat mich wirklich nur das, also das versteckte Kompliment darin, veranlasst, mich in den Bus zu setzen.

Diese Braut habe ich auf den Stufen der Kirche nicht geküsst. Diese Braut sagte mir kurze Zeit später ins Gesicht, ich sei »gehässig«, aber jetzt, wo Kinder da sind, erzählt sie mir bei jeder Gelegenheit, wie schwer sie es hat.

Wie schwer ich es habe, zeigt sich, wenn Sie meine Handgelenke genau anschauen, denn wenn das der einzige Ausschnitt der Welt wäre, den Sie zu Gesicht bekämen, würden Sie ganz sicher denken, Sie hätten ein zwanzigjähriges Mädel vor sich und keinen Mann, der sich Richtung vierzig schiebt.

Ich krempele mir also verständlicherweise die Ärmel hoch und versuche, den Rest von mir herunterzuspielen und von den Massen fernzuhalten.

Ich warte nur darauf, dass man mich mit Fräulein? Fräulein? anspricht.

Nur das kann gemeint sein, wenn es immer wieder heißt, dass es keine dummen Fragen gibt.

ERZIEHUNG

Kurz nachdem mir meine Jugend um die Ohren geflogen war, bekam ich ein bisschen Geld, um die Entwicklung eines Mädchens zu beschleunigen, das in einem der Orte mit Stadtmauern im Norden des Bundesstaates aufgezogen wurde. Ich unterschrieb und gab meine Sachen weg. Am nächsten Morgen sagte ich ein paar Leuten Auf Wiedersehen, die mich vielleicht vom Flur des Gebäudes her kannten, in dem ich gewohnt hatte. Ein paar von den älteren entstrammten ihre Arme auf eine Art und Weise, die ich als ein Winken deutete.

Die Stadt war mehrere Tagesmärsche entfernt. Die Mutter und die Großmutter des Mädchens warteten vor den Toren auf mich. Sie saßen auf Felsbrocken und aßen Obst aus Schalen auf ihren Schößen.

»Sie ist da«, sagte die Mutter. »Uns wurde gesagt, wir sollten sie nicht in die Schule schicken.«

»Wie lange dauert das normalerweise?«, sagte die Großmutter.

Beiden waren stumpfnasig und schlafgezeichnet. Das Obst beschäftigte sie. Sie schauten mich nicht an.

»Lassen Sie mich mal einen Blick auf das Mädchen werfen«, sagte ich.

Jeden Nachmittag ging ich mit dem Mädchen in die Innenstadt. Acht Straßen führten dorthin, und ich gab der Stadt unterschiedliche Namen, je nachdem auf welchem Weg wir die paar Geschäfte und die irgendwie öffentlich aussehenden Gebäude erreichten: Burghausen, Kirchstetten, Stadtberg, Statthausingen, Burgstädt, Hauskirchen, Stättstadt und Kirchburg.

Guten Gewissens stand ich mit dem Mädchen mitten in der Stadt und zeigte ihr dies und das: Simse, Trinkwasserspender, Hörenswürdigkeiten, Rechtschreibfehler in Schaufenstern, überdachte Abgänge, ähnlich U-Bahn-Eingängen, durch die die Bevölkerung Zugang zu einer gigantischen, unterbeleuchteten Erleichterungsanstalt hatte. Ich fragte das Mädchen: »Wo sind wir heute? In welcher Stadt? Kannst du das erkennen?«

Sie war jung, hatte einen unhöflichen Blick und einen ganzen Block von dicken, schwarzen Haaren. Auf ihren storchigen Beinen zeichneten sich immer wieder Insektenstiche ab.

Ihr Körper verjüngte sich zu einer Antwort. »Haushausen«, sagte sie.

»Keineswegs«, musste ich ihr antworten.

Nach dem Abendessen spielte das Mädchen draußen, und Mutter und Großmutter baten mich in ihr gemeinsames Schlafzimmer.

»Wie stehen Ihre Chancen?«, sagten sie. »Wie fühlt sie sich an? Was kommt als nächstes? Tun Sie uns allen gut? Wie ist Ihr Zeitplan? Worauf sollen wir achten? Was sind die Anzeichen?«

Das Haus hatte zwei Stockwerke, und flugs hatte ich das Mädchen dazu gebracht, sie Obenland und Untenland zu nennen.

»Was soll das mit den Ländern?«, fragte die Mutter mich, als das Mädchen draußen war.

In dem mir zugewiesenen Zimmer befanden sich eine Liege, ein Tisch, ein Waschtisch mit Becken. Keine Tür. Ich ging davon aus, dass da mal eine war und dass sie sie hatten entfernen lassen, bevor ich kam.

Jeden Abend tauchten Mutter und Großmutter auf dem Flur auf, sobald das Mädchen im Bett war.

»Wie lange noch?«, fragten sie.

»Lässt sich noch nicht sagen«, erwiderte ich.

Spätnachmittags, nach unserem Stadtgang, streute ich die Namen von Sternen und Nutzpflanzen und Meeren in das Mädchen ein. Ich wurde Tatsachen los, die ich ihr übergab. Aus diesen Tatsachen baute sie kleine Reiche, in die sie mir Einblick gab. Sie fühlte sich warm an. »Du kannst das«, sagte ich und legte ihre Hände auf dieses und jenes. Der Vater des Mädchens, so erfuhr ich nachrufhaft, hatte T-Shirts mit V-Ausschnitt getragen. Das Herz des Mädchens, so erfuhr ich weiter, hing an dem Stückchen rosiger Haut in der Mündung des Vs. Ich verpflanzte ihr Herz. Im Zimmer reihte ich die Dinge auf, und ich hob sie hervor. Ich ließ sie die Hände auf alles legen.

Das Mädchen besaß selbst ein paar Bücher, von deren Existenz im Haus weder Mutter noch Großmutter wusste. Eins nach dem anderen legte sie mir vor, und ich erklärte ihr, was am Inhalt eines jeden nicht stimmte. Alle handelten vom menschlichen Körper, seinem Umfang und seiner Tiefe. Satz für Satz musste ich jedes Buch widerlegen. Es dauerte Tage, Wochen, die Fehler zu berichtigen. Das Mädchen schrieb alles auf, und wenn sie ein Nickerchen machte, prüfte ich ihre Aufzeichnungen, griff ein, wo es nötig war, und lobte ihre Handschrift, wo sie es verdiente.

Wir wussten nicht, was die richtigen Werkzeuge gewesen wären, und trotzdem errichteten das Mädchen und ich im Garten Trennwände, Podeste, Paravents. Ich weiß noch, wie sie die Erde mit der Finne eines Hammers aushob.

Irgendwann verband ich dem Mädchen die Augen, wenn wir in die Stadt gingen. Wenn wir im Zentrum angekommen waren, nahm ich ihr die Augenbinde ab und fragte: »Wo müssen wir jetzt sein?«

Das Mädchen lag immer falsch.

Manchmal gab es in der Nacht plötzlich Unordnung, wo das Herz des Mädchens hin war. Mutter und Großmutter holten mich in das Zimmer des Mädchens.

»Tun Sie was«, riefen sie.

Ich betete dann die Namen der Städte und ihrer Sehenswürdigkeiten, ihrer Wesenheiten her, die Landfläche erst in Quadratyards und dann in Quadratmetern, die wichtigsten Bäche und Senken, Jahresniederschlagsmengen, Bevölkerungszahl, wichtigste Industrien, die Zahl der Krankenhausbetten pro Dutzend Einwohner, Höhe über dem Meeresspiegel, Wendepunkte in der Geschichte.

Wenn ich fertig war, ging ich die Liste nochmals durch, wobei ich alle Fakten abänderte.

Ich betrachtete den Mund des Mädchens.

Ich hörte, wie eine Stimme sich auf ihr Kommen vorbereitete.

Mutter und Großmutter verließen das Zimmer nicht.

Was Mutter und Großmutter dem Mädchen abends zu Essen gaben, was sie mit uns bei Tisch aßen, der geistreiche Aufschnitt, die lebenslustigen Salate, gewürfelte Kartoffeln, das alles wurde zur Grundlage, auf der ich später, auf meinem Zimmer, im Mageninneren des Mädchens wankende Türmen aus Süßigkeiten und Brezelchen errichtete, während Mutter und Großmutter vom Flur her hereinglotzten. »Das ist wichtig«, sagte ich. Das Mädchen hielt still, wenn ich ihr das Essen in den Mund pappte. »Mit den Türmen«, so sagte ich, »beginnt eine Stadt.«

Dann waren die sechs Monate rum. Mein Stipendium war aufgebraucht. Eines Tages eröffnete ich Mutter und Großmutter, dass ich am nächsten Morgen gehen würde.

»Bleiben Sie doch«, sagten sie.

»Führen Sie Ihre Arbeit zu Ende«, sagten sie.

Sie zeigen mir all die Freiheit, die sie hatten, wo die Wege ihrer Beine sich trennten. Ein schlickriges Geräusch entfuhr ihren Eingeweiden, wie aus einem Abflussrohr.

Ab und an schlief ich mit der Mutter, und ich ließ die Großmutter morgens mit mir machen, was sie konnte, wenn ihre Finger nicht mehr taub waren.

»Ich weiß noch, wie es ihrer Mutter auf einmal ging«, erzählte mir die Großmutter eines Morgens. »Damals hieß das ›hässlich werden‹. Die Leute sagten, ›Ist Ihr Mädchen schon hässlich geworden?‹ Wenn ja, schickten sie jemanden aus der Schule. ›Holen Sie Ihr Mädchen ab.‹ Als ich dort ankam, stand sie auf den Stufen. Sie sagte, ›Die Lehrerin weiß schon.‹

Ich nahm sie aus der Schule raus und steckte sie in eine andere, kleinere. Ich nähte ihr völlig neue Kleider. Ich brachte ihr bei, sich schüchtern zu stellen. Sie tat alles, um sich mit einem hinkenden Mädchen anzufreunden. Sie hielt dem Mädchen die Tür auf und schrieb ihr Muntermachernachrichten auf Papier auf, das sie sich von ihrem Taschengeld kaufte. Die Antwort war immer dieselbe, auf einem ganz normalen Notizblockzettel: ›Definitiv nicht bei mir.‹ Ich fand die Zettel, dutzende, immer dasselbe, hinter dem Schrank auf ihrem Zimmer. Damals wussten wir ja noch nicht, was wir heute wissen.«

Das Mädchen war bei mir auf dem Zimmer. Sie saß auf meinem Tisch, ihre Beine öffneten und schlossen sich wie Flügel.

»Erzähl mir was«, sagte ich. »Hast du eine Lieblingsstelle?«

»Ich mag alle«, sagte sie.

»Wirklich jede einzelne?«

»Jede, aber nicht jede einzelne.«

Sie schlug mit den Beinen.

»Zeig mal«, sagte ich.

Sie stand auf und zog sich aus.

Es gab nichts zu sehen.

»In welche Stadt ziehst du?«, fragte ich das Mädchen eines Abends nach dem Essen.

»Ich bleib hier«, sagte sie.

Dann kam das Mädchen eines Nachts allein zu mir ins Zimmer.

»Was bist du sonst so?«, sagte sie. »Bist du sonst noch was?«

Eines Morgens weckte mich das Kreischen des Mädchens auf. Ich flitzte in ihr Zimmer, Mutter und Großmutter waren schon da.

»Soll sie sich doch das Gesicht losweinen«, sagte die Großmutter. »Soll es ihr doch vom Kopf rutschen. Soll sie es doch lernen. Früher oder später muss sie es doch lernen.«

Das Mädchen weinte sich in die Handflächen.

»Gestern Nacht ist sie allein noch spazieren gegangen, als wir alle schon geschlafen haben«, sagte die Mutter.

»Kleines Dreckstück«, sagte die Großmutter.

»Sie ist überall hinspaziert, rauf und runter«, sagte die Mutter.

»Den ganzen Weg in die Stadt.«
»Welche?«, sagte ich.
Das Weinen wurde schlimmer.

An dem Nachmittag kam das Mädchen zu mir ins Zimmer, um mir zu zeigen, dass er da war, genau da, wo er sein sollte – unter dem Hang ihres Bauches strotzte ein gleichschenkliger Lockenflausch.

Das war kein volles Leben, aber ich sah gern zu, wie etwas herausfiel.

Abends ging ich zu Gebrauchtwagenhändlern, von denen es an den Stadträndern genug gab, und vermittelte dem jeweiligen Verkäufer das Gefühl, dass ich kurz davor war, mich für eines der Autos zu entscheiden. Er fragte dann, warum ich noch zögerte, und ich sagte, dass ich unbedingt etwas Wichtiges über den Vorbesitzer erfahren müsse. Der Verkäufer ging kurz weg von dem Klapptisch, an dem wir inzwischen saßen, und kam dann mit einem Zettel zurück, an den ein paar Fakten geheftet waren. Ich erfuhr höchstens den Beruf (Eheflucht-Koordinatorin), das Geschlecht (weiblich), das ungefähre Alter (mit Ach und Krach noch in den Vierzigern) und die Lebensumstände (auf dem Weg nach oben). Zu jung für mich, aber man erfuhr einfach nie genug. Ich nahm immer den Bus oder ging zu Fuß, egal wohin. Ich hatte keine Freunde mehr in der Nähe.

Ich verbrachte jedenfalls viel Zeit bei den größeren Discountern, denn da bestand immer die Möglichkeit, dass sich die Vorbesitzer der Autos, über die ich mich erkundigte, und ich unter demselben Dach umschauten. Irgendwas kaufte ich schon, zum Beispiel Seife. Manchmal gab es eine »Zwei zum Preis von einer«-Aktion. Zuhause entband ich die Seifenstücke von ihren Verpackungen und schlug sie auf dem Fußboden gegeneinander, und zwar so lange, bis sie beinahe kleben blieben und ich ein großes Stück hatte. Soviel sollten die Seifenstücke wenigstens für mich tun. Das ist nicht einfach ein Beispiel. Ich will es so anlegen, dass es noch nicht einmal teilweise ein Beispiel ist. Ich will vor allem nicht den Eindruck erwecken, dass ich das aus einer langen Liste von Sachen ausgesucht habe, die ich stattdessen hätte tun können. Das Schwierigste ist zu wissen, woher ich weiß, wie es geht.

In der Bücherei gibt es genau ein Buch, das sich mit der einen Sache beschäftigt, die mir am Herzen liegt, aber nur genau eine halbe Seite lang, und dann ist Schluss. Das Buch leihe ich mir immer wieder aus. Immer wieder verlängere ich die Frist. Niemand an der Leihstelle fragt mich je: »Immer noch nicht durch damit?« oder »Wir haben auch'n Kopierer!« oder »Für ein eigenes wohl zu geizig?« Einmal kam Blut auf die Seite, weil ich mit der Zahnseide nicht aufgepasst hatte und das Buch aufgeschlagen vor mir lag. Das war im Bett. Der Tag war im Eimer. Da ist nur ein winziger Spritzer, ein einziges Tröpfchen landete auf dem Papier, und es ist so blass, dass man es auch für eine Unreinheit des Papiers selbst halten könnte, das zeitungshaft und billig aussieht. Aber ich bringe das Buch zurück. Ich leihe es nie wieder aus.

Ich begleiche überraschend nur noch selten meine Nebenkostenrechnungen. Im Umschlagaufreißen bin ich gut. Aber die Rechnungen wirken meist schon irgendwie bezahlt oder unbegründet. Wenn ich eine Mahnung bekomme, schreibe ich einen Scheck über eine viel zu große Summe. Gestern bekam ich eine Mahnung der Wasserwerke Ostvorstadt. Denen schuldete ich 12,60 Dollar, also schrieb ich ihnen einen Scheck über 126,00 Dollar. Offenbar habe ich der Telefonfirma im Sommer eine sehr große Summe geschickt, denn seitdem bekomme ich monatlich ein Schreiben mit dem Satz: »BITTE KEINE ZAHLUNG VERANLASSEN«.

Es gibt da ein Mädchen, das mir manchmal hinterherputzt – eine unteradrenalierte, verschwindend gebaute Begleiterscheinung im Woche für Woche gleichen Pullover. Ich meine eigentlich, wenn da jemand ist, der gern jemand anderen imitiert, muss man ihm was zum Imitieren geben, aber bei ihr fällt mir nie was ein. Ich habe keine Gesten, die ihr etwas nützen könnten. Trotzdem beobachte ich sie, wie sie mir durch den ganzen Raum entgegenkommt, nur um sich dann reinzulegen. Sie erzählt mir von ihren Problemen. Ihre Launen fahren Konvoi. Sie hat Tagetes im Haar. Irgendwie spreche ich ihr wohl Mut zu. Sie fängt an, mich fast jeden zweiten Abend anzurufen. Aber wie viel trauriger kann so jemand in der kurzen Zeit eigentlich werden, die ich brauche, um den Hörer abzulegen, aufs Klo zu gehen und wieder dranzugehen? Sie sagt, wenn sie ihre Tage hat, trägt sie immer Tanga. Worte, Schmeicheleien brechen plötzlich aus ihr hervor. Ich frage mich, wem sie gelten.

Vor ein paar Jahren hatte ich einen besten Bekannten, der jeden Abend anrief, Ferngespräch, bevor er ins Bett ging, kurz nach Mitternacht. Die Gespräche waren kurz und geheimnistuerisch. Seine Frau schlief immer schon, er auch schon fast, und er entschuldigte sich dafür, dass er so spät anrief, und versprach, am nächsten Tag früher anzurufen. Aber dann klingelte das Telefon doch wieder zur selben Zeit. Die Gespräche verliefen immer gleich. Ich wollte ihm irgendwas sagen, fing an zu erzählen, und dann hörte ich plötzlich auf. Wenn er sagte, »Mach weiter«, machte ich weiter. Aber wenn ich nichts von ihm hörte, wusste ich, dass er schon eingenickt war. Dann legte ich auf und widmete mich wieder meinen eigenen, stumpfsinnigen Bedürfnissen.

Dieser mein bester Bekannter war fünf Jahre älter als ich und eifrig verheiratet, besaß drei Töchter, keine strafbewehrt, und ein Duty-free-Geschäft, und trotzdem wollte er jeden Tag mit meiner Stimme beschließen. Wir hatten einander immer wieder versichert, einmal sogar schriftlich, dass unser Verhalten wirklich kein großes Problem darstellte und dass es als allenfalls kleines Problem auch nicht mehr der Rede wert war. Noch heute glaube ich, dass alles, was die Leute damals sagten, einen Wahrheitsüberschuss enthielt, aber der beste Bekannte ist heute geschieden, bankrott und in seinem Hass auf mich nicht zu bremsen.

Ich lasse mich oft nicht wirklich gern auf andere Erfahrungsbereiche ein, aber einmal war ich in der Lebensstadt. Die Frau flirtete los, war interesselos aggressiv. Sie brachte mich dazu noch was zu trinken. Dann war sie genauso plötzlich abgelenkt und in sich gekehrt. Sie fragte nach meiner Nummer und verschwand in ein Taxi. Ich verbrachte die Nacht in einem Hotel und träumte von einer anderen, aber fast identischen Stadt, in die eine Bekannte von mir gerade gezogen war. Ich kam mir aufdringlich vor, weil ich von ihrer neuen Stadt träumte, die sie ungewöhnlicherweise für sich zu behalten versuchte, obwohl sie sagte, sie könne sie nicht ausstehen.

Ich kriege einen Brief von einem Freund, der sagt, ich hätte seit »29,33 Jahren« nicht mehr mit ihm gesprochen. Das stimmt wohl ungefähr. Er war von der sechsten Klasse bis zu seiner Hochzeit mein bester Freund. Ich war nicht auf der Hochzeit und hatte seitdem nichts mehr mit ihm zu tun gehabt. Dem Brief entnehme ich, dass die Ehe ein knappes Jahr lang hielt. Die Vorstellung, wieder mit ihm in Kontakt zu treten, ist aufregend, aber ganz sicher ist, dass auch die Enttäuschung wiederkehren wird, und zwar in noch subtilerer Form. Er ist so eine Art Arithmetiker, und dem Brief zufolge versteckt er sich in seiner Freizeit in Uniformen aus dem Unabhängigkeitskrieg und tritt in Schulen auf, wo er dann so tut, als würde ihn das Leben in diesem Jahrhundert der Unmittelbarkeit und Unwirtlichkeit verwirren. Mir war noch nie nach Verkleiden zumute. Ich höre oft, ich hätte einen ahlenartigen Blick.

Meine einzige Ehe war mit einer Frau, deren Kopf immer zu einem Drittel unter einem Hut verborgen war. Im Moment weiß ich nicht, wie ich das Leiden noch deutlicher machen könnte. Was wir einander zufügten, hätte man meist für Blasen halten können. Die Scheidung wurde durch eine Frau beschleunigt, die ihr zufolge ohnehin schon immer ihr einziger Lippenliebling war. Ich sah sie nie wieder, und umgekehrt auch nicht. Ich glaube, wir beide veränderten unser Aussehen beträchtlich, um auf der sicheren Seite zu sein.

Vor anderthalb Monaten wachte ich in dem sicheren Bewusstsein auf, böse geworden zu sein. Das lag offen zutage.

Dann letzten Sonntag. S, mein schwächlicher früherer Liebhaber, war auf Durchreise und lud mich auf ein spätes Frühstück in die Milchkur ein. Der ganze Laden war voller Leute, die sich nach dem Gottesdienst tiefschürfend ergründeten. S und ich setzten uns in eine Nische, bestellten einen Saft und setzten uns dann in eine entlegenere Nische um, die gerade frei geworden war. Ein Hilfskellner räumte Teller und Kaffeetassen weg, und S untersuchte ein Mutmacherbildchen, das unsere Vorfahren zusammen mit acht oder neun Kleinstmünzen als Trinkgeld dagelassen hatten. Eine Kellnerin tauchte auf und sagte: »Würdet ihr zwei euch wieder auf euren alten Platz setzen. Ein Mann ist wütend.« Stattdessen zogen wir in eine weitere Nische um und beobachteten, wie ein kurzmanteliger Herr eine Dame mit unaufgeräumtem Lächeln begleitete. Sie setzten sich in die Nische, aus der wir gerade gekommen waren. Der Mann lächelte mich salzsäurig an. Dann wirkte sein Blick plötzlich sportlich.

Dann heute Morgen. Da waren noch Klebebandfetzen an meinen Armen, wohl als Andenken.

Großeinkäufe lehnten en gros an der Wand.

Ich stelle mir weiterhin sicher und betroffen einen Körper auf die Füße der Frau vor, die in der Wohnung über mir auf und abgeht. Ich würde gerne die These vertreten, dass es sich in Wahrheit um die piepsstimmige Person handelt, die gerade die Radiosendung angerufen hat, die ich mir anhöre, und sich ein Lied für ihren Vater gewünscht hat, um ihm dafür zu danken, »dass er mein Leben so viel schöner macht«.

In einem besonders drastischen Schuljahr kaufte meine Stiefmutter Sexratgeber für Anfänger und versteckte sie überall im Haus. Was ich den Büchern entnahm, klang fast nach einem Spiel: Erstens, Frau finden; zweitens, das Loch in ihr finden; drittens, das Loch füllen.

Ein Buch enthielt ein Kapitel voller flehentlicher Aussagen, die man sich für schwere Zeiten merken sollte: »Es muss nicht alles ganz platonisch ablaufen« usw.

Ich denke an O und wie sich ihr Leben zusammenraufte und es sie dabei fast erwürgte.

Ich weiß, es bringt nichts, zu viel Zeit im Telefonbuch

zu verbringen. Man sollte sich auf die Kernaufgabe konzentrieren (Name suchen, Nummer vor sich hinflüstern, Buch zuschlagen, Nummer wählen) und dann was anderes machen, etwas erledigen oder erleiden. Aber die neue Auflage kam heute an, und ich habe darin herumgelungert, und angesichts der Stunde, die ich mir die Namen angesehen habe, geht es mir schlechter. Denn handelt es sich nicht bei jedem einzelnen Eintrag um ein Eingeständnis, dass jemand wenigstens teilweise noch zu haben ist, wartet, ein bisschen mehr erfahren will? Viel später am Tag suchte ich ganz unvorsichtig den Namen der Frau heraus, der nach einer Unterbrechung von drei oder vier Jahren tatsächlich wieder in dem Buch vorkam. Es folgte eine neue Adresse, irgendein Sträßchen mit blumigem Namen, den mir nicht zu merken ich mich bemühte, und dann eine verwurstelte neue Nummer.

Außerdem bereue ich, dass ich immer wieder neu überlegen muss, wo ich ein verschnittenes, fast rautenförmig verzogenes Taschenbuch mit dem Titel *1001 Namen für Ihr Baby* hintue. Jeden Tag, wenn ich damit fertig bin, muss es woanders hin. Manche Namen prasseln so schwer auf den Geist ein, dass sie das Gewicht eines waschechten Babys zu haben scheinen. Ich denke dabei besonders an Namen wie Finola und Reeve und Naomi, aber die sind es nie. Es dauert manchmal eine halbe Stunde oder noch länger, bis ich die richtigen finde, wenn ich sie einmal verloren habe. Mein Gedächtnis ist ein Sieb, aber ich habe mir nie einen angestrichen oder abgehakt. Da handelt man sich nur Ärger ein.

Die ganze Zeit war ich bloß ein Schatten meiner selbst, dessen Leben keinen Pfifferling wert war. Wie alle verfolgte ich die ganze Sache live im Fernsehen. Ich war ganz schön enttäuscht, als ich erfuhr, dass die Unruhen auf eine Sekte zurückgingen und nicht auf eine Gruppe von Leuten, die mit den Einkaufsmöglichkeiten unzufrieden waren.

Aber man muss schon aufpassen, wo man mal hingetreten ist.

Mütterlicherseits: eine Tante, die in einer Wagenburg wohnte und in winzigen Töpfchen Gras zog, »halt wegen schön«. Ihren tragbaren Rasen pflegte sie mit Nagelschere und Wasserpistole.

Die ganze Uhrzeit, die irgendwie rumgehen musste, und das viele Kleingeld in Saucieren.

Und mein Vater: immer nur Restbestände eines Schnurrbarts auf dem Gesicht, nie ein ganzer.

Irgendwann fragte man eben einfach mich nach dem Weg. Ich erklärte den Leuten Straßen und Weichbilder, pastellfarbene Großstadtruinen.

In Secondhandläden kaufte ich immer das, was ganz offensichtlich zu klein war.

Ich kam Leuten näher, indem ich das, was sie getragen hatten, immer weiter trug, bis es völlig abgetragen war.

Eine Zeitlang kommt man damit durch, ein Rätsel zu sein, aber dann ist man irgendwann nur noch ein verblassendes Rätsel, und das ist kaum besser, als überhaupt nie eines gewesen zu sein.

Auf einem Restaurantparkplatz macht ein alter Freund, der an einem Feiertag in die Stadt gekommen ist, seinen Kofferraum auf, damit ich mir drei große Einkaufstüten anschauen kann. Darin befinden sich die Hüte, unter denen seine Drillingsschwestern vor langer Zeit ihre feingliedrigen, andere in Verlegenheit bringenden Leben gelebt haben. Er hatte die Sammlung hintenrum erworben und machte sich jetzt daran, die Clochen, Hauben, Pagenkappen, Schottenmützen in drei identischen Flotten anzuordnen.

Er sagt, »Mach nur, such dir einen aus, wenn du willst. Geht auf mich.«

Ich kann mich nicht dazu durchringen, die Symmetrie zu unterbrechen.

Er nimmt mich mit in die einzige Bar, die noch auf ältere Gäste eingestellt ist. Sie befindet sich im idyllischen Teil der Altstadt. Was noch schlimmer ist: Heute ist Karaoke. Die einzigen freien Plätze sind direkt an der Bühne, und der unlustige Kerl an dem Gerät motzt mich zweimal an, wenn ich nicht klatsche. Mein Freund klatscht überhaupt nicht und wird trotzdem nicht angemotzt. Er starrt in die Männer hinein. Ich schlürfe an einem ungespült aussehenden Glas Orangensaft, aus dem mir noch ein Nachgeschmack von Restalkohol entgegenschlägt.

Nachher im Auto frage ich, wie viele Barhocker da waren, welches Muster die Holzverkleidung hatte, der Boden. Er liegt nie richtig, und ich liege bei seinen Fragen genauso falsch (Anzahl der Videospielautomaten, Höchstzahl zu einem gegebenen Zeitpunkt während unserer Anwesenheit angezündeter Zigaretten).

Er fährt uns zu einer Eisdiele. Er flirtet mit der Bedienung. Der Flirt bleibt unbeachtet.

Aber es ist noch früh. Ich bitte ihn, mich bei einem Discounter rauszulassen. Ich sage, von da aus kann ich nach Hause laufen. Im Laden fällt mir hoch oben ein schmales, rechteckiges Fenster auf, ungefähr einen Meter unterhalb der Decke (und ganz offensichtlich aus der Wand herausgeschnitten), von dem aus eine Frau die Verkaufsfläche beobachtet. Ihr Kopf dreht sich hin und her, langsam, mechanisch. Ich habe in meinem ganzen Leben noch nichts geklaut, aber ich bin ständig darauf gefasst, erwischt zu werden. Ich schlage die Zeit tot, indem ich alles anfasse, was mir vor die Nase kommt.

Haare oder noch Schlimmeres (Knochen und sogar Geräte) tauchen in dem Essen auf, das man mir bringt. Es reicht aber nicht, um mich davon abzuhalten.

Ich lasse mich in den Tag bugsieren und mir dann von ihm eine runterhauen. V ruft mich zurück, sagt, er hätte endlich den Schlaf gefunden, um den er gebracht worden war. Sagt, der werde in kleinen Plastikkapseln in einem Automaten direkt hinter dem Eingang eines Baumarkts verkauft. Junge Leute kaufen ihn, knacken die Kapseln, wollen sie aufdotzen lassen, kauen dann darauf herum, geben schließlich auf und kicken sie über den Parkplatz Richtung Einkaufswagen. Sagt, er hätte sich gebückt, ein bisschen davon aufgehoben, zwischen Daumen und Zeigerfinger gerollt, daran geschnüffelt. Sagt, er hätte sich wie zwischen den Beinen gefühlt.

Aber jetzt denken Sie doch einmal daran, wie Ihre Mutter Sie als Fötus durch die Gegend geschleppt hat.

Und als erstes fällt Ihnen ein: Na, und, was ist aus dem Fötus geworden, Schätzchen?

Die Putze ist wieder da, schlau behaart und mit nebelhaften neuen Tätowierungen, wobei das auch einfach blaue Flecken sein könnten. Sie kann nicht sprechen. Sie nimmt sich einen Stift, und ich sehe zu, wie ihre Handschrift auf einem Notizblatt ihren Gang geht. Das gibt sie mir dann. »WEISHEITSZÄHNE RAUS!«, steht da. Sie klackert mit den orangefarbenen Medikamentenfläschchen.

Ab und zu frage ich mich, ob es bei ihr unverhärmte Reichtümer gibt und sie irgendwelche Lebenswege noch nicht beschritten hat. Aber sie hat ein Kind, einen geistvollen Bettnässer und kleinen Lebemann, zwei Jahre und drei Monate alt. Sie muss Geld verdienen. Von ihr habe ich gelernt, dass »Doppelbett« und »Twinbett« nicht dasselbe sind.

Mein Körper war nie auf eine Ehe ausgelegt.

»Tu doch mal was gegen diesen Halbschatten auf deinem Handrücken!«, hatte meine Frau gesagt.

»Erstmal ein bisschen Zahnpasta lutschen?«

Das hätte ein neues Jahr sein sollen. Aber N stopft sich immer noch mit Schokolade voll. R, die immer noch arbeitet, ruft mich an und erzählt mir, sie hätte erfahren, dass sie bald »aus guten Gründen rausgeworfen« wird. Auf den Faxen, die F mir weiterhin in Schreibmaschinenschrift schickt, stehen oben rissige, willkürliche Buchstaben und Symbole: Häkchen, Smileys, Herz und Pik, Dreiecke, Achtecke und dazwischen so viele mathematische Zeichen, dass das Ganze wie eine übergewichtige Formel aussieht.

Es hieß, dass da ein Mann Jeansröcke trug, die er in der Mitte bis oben hin bestickt hatte, sodass die Leute, die dachten, dass sie einen Röcke tragenden Mann sehen, und die das gegenüber ihrer Begleitung oder irgend welchen Fremden lauthals und spöttisch verkünden wollten, noch einmal genauer hinsahen und dann enttäuscht zu dem Schluss kamen, dass hier einfach ein armer Kerl mit dünnen Beinen ausladende Shorts trug, und sich dann Vorhaltungen machten, weil sie sich nicht um ihre eigenen Angelegenheiten gekümmert und stattdessen immer das Schlimmste gedacht hatten. Aber das war bloß eine Geschichte. W hatte mich darauf hingewiesen; er hatte angerufen, um sich zu beschweren, dass man abgesehen davon überhaupt nichts mehr zu masturbieren hätte. Das einzige, was ihm sonst übrig bleibe, seien verblassende Erinnerungen an Körper, neben oder hinter denen er einmal im Hörsaal gesessen hatte.

Manche musste er stundenweise bezahlen, damit sie all dem zuhören. Andere hielten das nur aus, wenn es auf den Punkt gebracht wird: Als für das Jungsein ungeeigneter, ostentativ älterer Junge war er sich schicksalslos, selbst mit seinen Freunden unvereinbar vorgekommen, mit jenen leidenschaftlich unvoreingenommenen Anziehbaren, die aber immer weniger weit von zu Hause weggehen. Mit fünfzig hatte er längst Gute Miene zu Geliebten gemacht, die er dazu verleitet hatte, ihn umzuwerfen. Dann traf er die geschicktere, ihm rutschig zugeneigte Frau, die inzwischen wohl mit einem anderen, besseren Monster zusammen ist.

Ich habe noch einen Anfall und bin wieder höchstens neun. Meine Mutter und ich sitzen tief drinnen im Bus auf unterschiedlichen Seiten des Ganges. Wir wollen wieder einen Film anschauen, der uns ihrer Erwartung nach desillusionieren wird. Ich spüre, wie mir von ihr aus eine willfährige, eilfertige Zuneigung entgegenschlägt. Von ihr werde ich später lernen, wie wichtig es ist herauszukriegen, wie man sich selbst in Ruhe lässt.

Die Saubermacherin hat die Lage und Haltung von Dingen in jedem Zimmer im Laufe der Wochen verändert. Eines

Abends komme ich nach Hause und sehe, dass der Telefonhörer falsch herum auf der Gabel liegt. Ohr- und Mundmuschel strecken sich Richtung Decke, als wollten sie mir signalisieren, dass ich etwas zu sagen hätte.

Überhört und überhörend gestatte ich es meinem Körper, mir gegenüber Zugeständnisse zu machen.

Die einzige Lehrerin, von der ich jemals irgendwas über irgendwas gelernt habe, sagte ihrer Klasse eines Tages: »Ihr seid nur zu neunzehnt, und ihr seid einer wie der andere, also braucht ihr auch gar nicht erst eure Namen aufzuschreiben. Spart euch die Tinte.«

Sie wollte uns davor bewahren, später mal das Nötige machen zu müssen. Das Große und Ganze komme auch ohne Menschen aus und brauche allenfalls ein paar »Unternächste« und »Obernächste«, und die würden schon alles unter sich ausfechten.

»Freundet euch nicht einfach mit eurem Körper an!«, rief sie, »Begehrt ihn! Sehnt euch! Macht euch den Hof!«

Das war in einem der ersten Jahre auf der weiterführenden Schule. Da ging es mir zu gut.

Der einzige Besucher, der damals je in meine Wohnung kam, war ein Mann ungefähr in meinem Alter, dessen nackter Rücken mein Sofa vollschwitzte und der jede nur mögliche Fleckigkeit seiner selbst vor mir enthüllte.

Er war einmal einer jener Tölpel gewesen, die mir über Gebühr am Herzen gelegen hatten.

Doch er tauchte hier auf – weggekickte, bootmäßige Schuhe, an den Fersen durchgescheuerte Komfortsocken, ein reizbarer Raucher war aus ihm geworden, der kritische Blicke auf die Stapel meiner Nachschlagewerke warf, denn schon damals brauchte ich eigentlich nur Nachschlagewerke, denn alles musste irgendwann noch einmal nachgeschlagen werden, und nochmal und nochmal, sei es ein Symptom oder eine Spaßverderberstatistik.

Dann wollte er natürlich über seine Kinder sprechen. Ein Sohn, der sich nur noch deshalb ritzte, weil er sein Blut zur Schau stellen wollte. Eine jede Gemütlichkeit zunichtemachende Tochter auf Wohnungssuche, die perfekt auf sich eingestellt war. Ihre Schlagfertigkeit hatten sie von der Mutter, nicht von ihm. Keins von beiden Kindern sah je soweit über sich hinaus, dass es von jemand anderem beeindruckt sein konnte.

Außerdem hatte er die ganze Familie schon vor Monaten aufgelöst. Ausgelöscht. Habe sich seitdem mit einer Auswahl junger Männer beschäftigt, die niemandem etwas anhaben wollten, außer natürlich ihm jetzt.

»Aber ich komme halt wieder zu dir, wie letztes Mal, wie immer.«

Ich hatte mich ohnehin nie wirklich mit Leuten abgeben wollen, die vor allem auf sexuelle Eroberungen aus waren, aber dieser so unverhohlen nach Franzbranntwein, nach Menthol riechende Kerl löste in mir noch nicht einmal die skurrilsten Begierden aus. Nur gab es da einen Einwegrasierer, den noch etwas länger zu gebrauchen ich gehofft hatte, und ich wusste, dass ich nicht lange auf kühne Flauten würde warten müssen. Von denen erzählte ich dem Mann also. Selten kam ich dazu, mir die richtigen Fallen zu stellen.

Meistens war es normalerweise zu spät, dem, was die Leute über mich sagten, keinen Glauben zu schenken, besonders wenn es nur ein »Da siehst du's« war.

Was ich dieser Bemerkung abgewann, was ich als ihre Bedeutung auffasste, war, dass etwas nur dann bekannt werden, dir klar werden kann, wenn es sich absondert – es muss dir entkommen.

Ich stehe auf und fühle mich nach meinem Nickerchen wieder verdichtet.

In der Eisdiele skrupelt die schniefende Verkäuferin mein Vanilleeis in einen durchsichtigen Plastikbecher.

Übrigens trinke ich keine Milch mehr. Ich habe aufgehört. Meine Knochen sind, wie sie sind. Milch wäre da nur noch das Geräusch, das sie macht, wenn man sie einschenkt.

Das Folgende könnte wohl jede meiner Freundinnen sagen, die einen erwachsenen Sohn hat, aber nur eine hat es gesagt: »Wenn ich mit ihm spazieren gehe, komme ich mir vor wie bei einem Date.«

Ich spähte durch das Falttor nach den Löschfahrzeugen. Von einem bis zur Tür der Halle erstreckte sich ein aufblasbarer, mobiler, mannshoher Tunnel. Irgendwas wurde entweder in das Gebäude hinein- oder aus diesem herausgeblasen.

Dann später ein langes, aber vielversprechend endgültiges Telefonat mit S. Es wurde immer wieder unterbrochen durch sein plötzliches, vehementes Auflegen, dem jeweils unmittelbar ein reumütiger Rückruf folgte. Der Inhalt dieses dermaßen sprunghaften, mäandernden Gesprächs war für mich so schwer zu fassen, dass ich mir irgendwann Notizen machte, um das Wesentliche festzuhalten. Ich wusste nicht, was ich sagen soll, weil ich nicht wusste, worum es geht, nur hörte ich, dass er das Geld, das er mir schuldet, noch nicht zusammen hat, dass es mit dem Arbeiten nicht klappt, dass er gerade eine Beziehung mit einer Achtzehnjährigen hinter sich gebracht hat, dass man in den Kneipen zu viel über ihn weiß, dass er kostenlose Kurzversionen von Intelligenztests im Internet gemacht hat, dass sein Auto gepfändet wird und dass sein Arzt sagt, dass in einem Tag alles den Bach runtergehen kann. Diesmal klang er nicht bekifft, aber sein Alltag und seine Persönlichkeit waren noch nie gut aufeinander eingestellt gewesen, und ich werde nicht gern so lange in seinem Kopf ausgekocht.

Ein Tag gegen Ende von einem dieser untergewichtigen, dreißigtägigen Monate, und auf der ganzen Welt passiert nicht viel, nur dass Leute wirklichkeitspleite aussehen und versuchen, kaum etwas zu sagen außer »Weißt du was ...«

Ich weiß schon, dass Ehen nicht vom Himmel fallen, aber ihre Zärtlichkeit gegenüber den Leuten hatte schon etwas Mieses, und auch bei ihrer Selbstkritik hätten bei mir noch mehr Alarmglocken läuten sollen.

H: Seinen Laster sah ich fast überall, nur nicht auf seinem Parkplatz.

Davor schon wollte ich versuchen, die Stadt zu mögen und herauszufinden, wo ich darin wohnte.

Dafür gab es wohl nullerlei Gründe.

Die Hausmeisterin stand mit dem Verwalter und ein paar Mietern in der Eingangshalle – eine Mutter mit ihrem kindlichen Kümmerling von erwachsenem Sohn, ein paar begossene junge Männer, die bindungslose Frau mit dem Blick, der dir das Fleisch wegbrennt. Normalerweise gehe ich einfach an denen vorbei Richtung Treppenhaus.

»Da oben«, sagte die Hausmeisterin. »Im Kronleuchter.«

Es dauerte eine gewisse Zeit, bis ich sah, was sie meinte, denn ich verstand nichts von Vögeln, und auch als ich das Ding da oben sah, kam mir das Ganze nicht vor wie etwas, was in meinem Leben eine Rolle spielte.

»Sehen Sie das?«, sagte die Hausmeisterin.

Irgendjemand musste was sagen, also sagte ich: »Na, ich hoffe, er findet da wieder raus.«

Ich ging eine Treppe hoch. Meine Wohnung lag neben einem kleinen Balkon, der die Eingangshalle überblickte. Ich probierte meine Schlüssel durch – drei identische Schlüsselbunde – und hörte das Gerede unten.

»Der hat sich da hingestellt und hochgeguckt«, hörte ich den Verwalter sagen.

»Das können Sie laut sagen«, sagte die Hausmeisterin.

Jemand machte ein leidendes Geräusch.

Meiner Wohnungstür gegenüber befand sich eine Tür, die mit Alufolie beklebt war, und die war noch mit Ostersachen verziert – Hasen, Kreuze, Eier. Auf ein Blatt Zeichenpapier hatte die Mieterin, eine untersetzte junge Frau, die immer einen Arbeitskittel anhatte, mit Buntstift »Tina wohnt hier« geschrieben.

Schon seit Tagen überlegte ich, ob es sich dabei um die Feststellung (Einladung?) handelte, dass sie sich über Besuch freute, oder eine Besitzstandserklärung, derzufolge Tina (die Tina von wem auch immer) hier gelandet war.

Habe endlich was von W gehört. Seine Anbiederungen haben allerdings immer was Schmiergeldhaftes.

L ruft an, und ich sage, wie leid mir das tut mit dem Schornstein und dem unerreichbaren, auf die Scheune fixierten Handwerker. Ich habe schon Freunde. Ihre Anrufbeantwortersprüche habe ich noch aus Kassettenzeiten gespeichert.

Mit einem Mal sagen die Leute »mit dem Mal«, als gäbe es nur eines.

Armer Q. Wenn er nachdachte, dann meist ohne irgendwelche Regelmäßigkeiten, und wenn er sich zum Schlafen versteckte, hielt er sich die Arme krumm vom Leib. Er sagte stets was Buntes zu Frauen, die vor lauter Blutarmut immer bleicher wurden. Aber er war einmal zu oft weggeliebt worden, und so fiel es ihm jetzt schwer, sich zum Leben durchzuringen. Er hatte auch gar nicht die richtige Matte.

Der Nachruf hielt mit nichts hinterm Berg.

Das Kondolenzbuch enthielt aber auch ein paar konstruktive Vorschläge.

Nach dem Gottesdienst renne ich in den Laden, um Notizblöcke zu kaufen. Das sind immer Sechserpacks, jeder Block mit fünfzig Blatt. Stundenlang habe ich darauf gespart. Die überhebliche Kassiererin sagt: »Da haben Sie ja ganz schön was vor.« Aber statt es mit Extrafreundlichkeit zu versuchen, nehme ich sie in den Klammergriff: Um die Zeit totzuschlagen, wuchs sie auf, kam sich unbemuttert vor, heiratete, belästigte andere Leute so lange, bis sie sie auch heirateten, bekam Kinder, legte sich krumm für die Kinder – und das nur, um jemanden auf die Palme zu bringen?

Ich hatte selbst schon genug von einem Bruder. Seiner Natur nach, wenn auch nicht an Jahren, war er jünger als ich, und ich hielt ihm zugute, dass er mit seinen Mängeln so sparsam umging, dass sie ein ganzes, faltenloses Leben lang hielten.

Außerdem warte ich auf einen Scheck über achtundneunzig Cent als Antwort auf einen Beschwerdebrief, den ich gerade gestern an den Supermarkt geschrieben habe.

Und C, bei dem fing alles mit »Ab Stand heute« oder »Stand morgen« an, aber was dann folgte, ging immer um seine Kindheit oder ein Haus, das so weit von der Straße entfernt lag, dass es offiziell schon zum nächsten, parallel verlaufenden Weg gehörte. Der hatte einen Namen, an den sich aber keiner mehr erinnerte. Auf Briefen, die dort ankamen, stand in der überdeutlichen Postamtsleiterschrift: »HINTERER WEG«, aber eigentlich war da noch nicht mal ein Haus, nur Zimmer über Garagen und vorne raus ein baumloses Grundstück. Nur, was kann nicht alles schiefgehen mit einem Spielzeug, wenn man es so viel mehr nach dem aussehen lässt, was zu sein es sich nur den Anschein geben sollte. In diesem Falle eine Schneeschnaufel, mit der er dem Nachbarsjungen den Schädel einschlug, und zwar nur, weil er so gern Händchen mit Benommenen hielt.

Dass meine Stimme immer auströpfelt, in winzigen, undichten Geräuschen, die meinem eigentlichen Sprechen vorausgehen, wobei ich nur den Mund aufmache, um gesagt zu haben, dass man uns immer beigebracht hat, wie gut es ist, etwas gegen sich in der Hand zu haben. Wir sollten den einen Minuspunkt immer noch in der Hinterhand haben. »Den werdet ihr irgendwann brauchen«, hieß es. Ich hatte aber nie nur einen. Außerdem war ich immer davon ausgegangen, dass alles Kommende als untatsächlich behandelt werden würde.

Meine Wohnung liegt neben einem Wäscheraum mit einer Waschmaschine und einem Trockner. Der Trockner ist brav, aber die Waschmaschine hat ein aufsässiges, zweiundzwanzigminütiges Programm, bei dem sie immer versucht, sich von ihren Schläuchen loszurütteln. Bei den

Mietern auf meiner Etage türmen sich die ungewaschenen Kleider. Ganze Deiche davon füllen die Flure – heruntergetrampelte Berge verschwitzter, angeschimmelter Unterwäsche und Sommerkleidchen und Handtücher und Uniformen, die sich vor den Wohnungstüren bis zu den Maschinen hin erstrecken. Die Maschinen laufen die ganze Nacht. Trotz alledem bleibe ich der Nachbarin oben auf der Spur. Sie weiß, glaube ich, immer, wie fest, wie laut ihre Schritte genau sein müssen, und so drückt sie wohl ihre Hingabe aus.

Ich bin noch da, und immer noch mit Menschlichem befasst, und so schalte ich die Nachrichten ein, aber »Mindestens drei Menschen starben« klingt zu sehr nach Angeberei.

Bei B war es nie die Schönheit selbst, die reichte mir nie (und irgendein Dämmerlicht im Kopf hat ihr auch immer beigebracht, dass ihre Erdbeerbeine und ein unausgelöschter Leberfleck sie entstellen) – was mich anzog, war die Art und Weise, wie sie mit ihrer Schönheit umging, und da, in ihrer Nähe, traf ich Y, der an der kleinen Tankstelle die Zeit totschlug, mit ihr, und ihr dann einen Abschiedskuss gab und dabei das ganze Durcheinander seines Gesichts zum Vorschein brachte, das ganze Make-up, die gestylten Augen.

Ich ging diesem lockigen, zwitscherknöchrigen Ding nach in den Zug.

Er trickste sich auf einen Platz neben einen Mann im Anzug. Ich duckte mich auf einen Platz neben einem tellergesichtigen Mädel, wohl so Mitte zwanzig, mit vorgebeugtem Kopf, als würde sie schlafen. Ich sah zu, wie Schleim aus einem beringten Nasenloch tröpfelte. Sie entsiegelte ein Auge gerade so weit, dass sie eines meiner Augen erkennen konnte.

Y stieg an der nächsten Haltestelle aus. Die paar Kreuzungen hätte er doch laufen können!

Ich bin es leid, erklären zu müssen, dass das Ding hier zwar wirklich offiziell U-Bahn heißt, aber nach nur vier unterirdischen Haltestellen auf die Straße gezogen wird und als Straßenbahn weiterruckelt.

In einem Vorort stieg ich aus, stieg um in einen Bus, und sobald ich nach Hause kam, rief ich B an, fragte. Bei mir wird vieles schnell unmerklich emotional.

»Du hättest wenigstens grüßen können«, sagte B. »Na ja, er hat was gegen alle, die fett, tuntig, dämlich oder schrullig sind.«

B ist seit Langem dünnblütig verheiratet, wird seit Langem außerehelich von Männern durchquert, manchmal von bandagierten.

Zweifellos sorgt sie weiterhin dafür, dass mindestens eine ihrer Uhren eine Viertelstunde vorgeht, um sich einen zusätzlichen Antrieb zu verleihen.

War ich aber lieb genug zu meinen Eltern gewesen oder hatte ich versucht, sie so sehr bloßzustellen, dass sie sich aus dem Leben verabschieden würden?

G ist allerdings in der Stadt und lädt mich zum Mittagessen ein. Er ist zwieblig und wirkt abgekürzt. (Sein Gesicht ist wie immer blutig von der Trockenrasiererei, der er auch weiterhin den Vorzug gibt.) Seit einer halben Stunde versucht er, sich ein Apophthegma aus dem Rachen zu kitzeln. »Der Mensch ist doch ein Scheißkerl«, sagt er schließlich und wiederholt es immer wieder. Es klingt wie von irgendeinem minderwertigen Klassiker geklaut.

Wir verabschieden uns voneinander, aber abends ruft er von unterwegs aus an. »Hab vorgestern einen Nachdruck des *Letzten Abendmahls* gesehen, und da hab ich nur an ein Festessen im Karnevalsclub gedacht. Wie heißen die – diese kleinen Paddel mit einem Ball an einer Schnur, die die Kinder durch die Gegend schlagen? So was will ich mir patentieren lassen, nur dass da statt einem Ball ein Christusköpfchen ist und statt dem Paddel ist es ein Kreuz. *Sag was.*«

Ich hole mir noch zweimal heilsam einen runter.

Wie es so ist, hieß das Erwachsenwerden früher Majorennität oder Mündigkeit, aber du hattest immer noch nichts zu sagen, und alle anderen machten den Mund viel weiter auf, doch ich hörte ergebenst zu und kam von der Uni als andersarmer Schlucker, benachteiligbarer, verschissener Kerl zurück, so nämlich beärmelt und besäumt und barettet, dass keine Haut mehr zu sehen war außer den Fingernägeln, dem Hals und dem geschlossenäugigen und -mündigen Gesicht.

Mein ganzes Leben lang hat es noch keiner geschafft, mich gegen jemand anderen aufzuhetzen. Aber warum tippe ich dann immer »Vetter«, wenn ich »Vater« schreiben will?

Im Umfeld bestimmter Leute geraten die Gezeiten meiner Spucke leicht aus dem Gleichgewicht. Ich sage dann Sachen mehrfach, die ich normalerweise überhaupt nicht sagen würde.

Beispiel: Der Baum vorm Fenster macht viel Lärm.

Es hilft aber, dass die Kleider, die ich gekauft habe, vor allem auch die seidigen Bemäntelungen und Einstiege, manchmal »Teile« heißen.

Andererseits könnte ich einen lustigen Rachespaziergang ums Haus rum machen oder den Leuten erzählen, wie's mir geht. Ich weiß schon, wie sie sagen: »Das bringt mich in eine Lage.«

Mein Leben, steh mir bei, war eine einfache, bogenlose Linie, die sich linealig in die mittleren Jahre vorrobbte, und dann kam das hohe Alter mit einem Knall über mich. Da musste ich gar nicht viel sagen oder tun.

Irgendjemand legt mir immer wieder Sachen vor die Tür. Primer, Foundation, Puder, Lidschatten. Mit dem Lidschatten komme ich kaum zurecht.

Eine Zeitlang trage ich Damenhemden und -hosen, die genauso aussehen wie Herrenhemden und -hosen, nur werden die Hemden anders geknöpft. Ich bin sowieso nur selten unter Leuten, und außerdem hat kaum noch jemand Brüder oder Schwestern. Alle geben sich Mühe, »Geschwister« zu sagen oder irgendwie dafür zu sorgen, dass die Kinder von allem Geschlechtlichen reingewaschen werden. Bei dem einen Mal, wenn ich nach meiner Kindheit gefragt werde, versuchen alle, aus jeder kühlen Antwort etwas Schwüles herauszuhören. Nur hatte meine Mutter so einen Spruch: »Wenn ich mit dir fertig bin, ist nur noch ein Fettfleck von dir übrig.«

Sie fand für mich weder irdische noch überirdische Verwendung.

Aus dem Laden habe ich aber diese Kartons nach Hause geschleppt, jede Woche drei oder vier. Ich habe immer gute Gründe, etwas auf saubere, stabile Pappe zu halten.

Ich stelle einen Karton hochkant und schiebe ihn vor den kleinen Fernseher, schiebe den Helligkeitsregler fast ganz nach links. Ich will, dass der Bildschirm völlig leer ist, bis auf diese flatternden weißen Flecken.

Dann hörte ich aus einer Laune heraus eines Abends mittendrin auf und ging nicht mehr weiter vom Bad in die

Küche. Ich hatte etwas essen wollen, das Erstbeste. Ich blieb aber stehen. Stand so still ich konnte. Das war nicht leicht. Ich hörte, wie die über mir wohnende Frau auch stehen blieb – sich verstolpernd, unvorbereitet. Ich stellte mir die Leute über ihr vor und die Leute unter mir, in diesem Hochhaus mit seinen fünf Stockwerken, und wie sie alle stehen blieben. Einen Augenblick lang mussten wir alle genau übereinander gestanden haben, in Stillstandsformation, und keiner hatte so recht was, was er wirklich noch machen musste.

Ich ging aber dann doch weiter und stieß auf die Packung mit den Chips, die nach Speck schmeckten, eigentlich ein bisschen wie Hundefutter, und wartete auf schwerere Schneeschauer.

Mir größerem Pflichtgefühl statte ich dem Pflegeheim wieder einen Besuch ab. Die Krankheit hat ihn stellenweise entfärbt. Das Zimmer ist ein Deotresor mit Maserntapete. Durch ein winziges, beschattetes Fenster dringt blasses Licht herein. Ich bewundere, mit wie viel kuratorischer Mühe das Wasserglas platziert ist. Er muss aus dem Schlaf gehebelt und gehoben werden. Ab und zu zeigt sich eine Restbewegung des Beines.

So laut ich kann versuche ich, mich als seine Mutter auszugeben, und dann warte ich darauf, dass er mit dem Leben aufhört.

Auf dem Weg nach draußen händigt mir eine Frau im Eingangsbereich ein religiöses Traktat mit unter lebensfrohen Überschriften versammelten Bibelzitaten aus. Eine lautet: »Sieben Sachen, die Gott verabscheut.« Es folgen allerdings nicht die sieben Todsünden. Eher ein paar Nervigkeiten.

Heute war die Bücherei beinahe leer. Ich lasse all die Bücher – alle ungelesen, keines davon je auch nur aufgeschlagen – in den engen Rückgabeschlitz gleiten. Ich war schon auf dem Weg nach draußen, als ich den Schrei hörte. »Halt, die sind gar nicht von uns!«

P ruft an, seine Tochter ist gerade zum Studieren ausgezogen, an einer wertmindernden Uni, die sogar in ihrer eigenen Werbung poplig aussah. Ich habe so wo schon einmal zu oft unterrichtet. Am ersten Semestertag bestand der Kurs je zur Hälfte aus Frauen und Männern, aber den Männern muss gegen Ende der Woche irgendwas aufgegangen sein (ich konnte die Alarmglocken in ihren Blicken sehen), und in der zweiten Woche saßen da nur noch die Frauen, und in der dritten war die Hälfte von denen auch noch weg. Irgendwann rief das Dekanat an. »Mit allen, die noch da sind, ich meine, zwei oder drei werden es doch schon noch sein, oder?, machen Sie einfach im Rahmen von Einzelprojekten weiter.« Jahre, viele Semester später sah ich eine der Frauen zufällig. Wir standen in der Apotheke an. Das Erblühen ihrer Schönheit musste genau auf diesen Augenblick hin abgepasst gewesen sein, denn ihre Züge hatten eine solche Klarheit, ihr Kleid brachte die Arme in Gänze zum Vorschein. Sie habe ihren Abschluss gemacht und arbeite jetzt in einer Fabrik und bediene eine sogenannte Palettiermaschine. »Darf ich Sie um einen Gefallen bitten? Ich würde gern bei Ihnen was unterstellen«, sagte sie. »Nur bis ich ausziehe.« Am nächsten Abend brachte sie eine Kaffeemaschine, einen Besen, ein paar Eimer, das allereinfachste Geschirr. Ich hätte das alles noch, wenn ich es und die ganze, darin angelegte und nun plötzlich spürbare Weite der Welt nicht so liebgewonnen hätte, dass ich es entweder auf den Müll bringen oder wieder anfangen musste, ihr nachzustellen, nur diesmal nicht urplötzlich.

Meine Haare sind lang, schwarz oder jedenfalls anfällig für Schwärze. Ich habe sie mir in demselben verdächtigen Ton nachfärben lassen.

Meine Stimme ist schrill und liegt ungefähr eine Oktave daneben.

Im Buchladen gestern zu viele cruisende Frauen, die die Grundlage für ihre Selbstmorde legten.

Wenn dafür Zeit ist, stecke ich ein, was man so ausgeteilt bekommt.

Der Himmel drückt heute auf die Stadt. Er kitzelt meine Haut. Ich war spazieren, zwischen die Leute schauen. Es gibt viel zu viele andere Geschlechter. Ich verbringe viel zu viel Zeit.

Im Traum komme ich von einem Nachtspaziergang zurück und sehe, dass das Haus, in dem ich wohne, nicht mehr da ist, und dass die Nachbarhäuser sich aufgeplustert haben, um das Verschwinden zu verbergen. Das melde ich einem Polizisten.

Aber nur meine eigenen Hände klatschen mich in die Gestalt zurück, deren Verlust ich spüre.

Schon eine gute Woche lang ruft mich P jeden späten Nachmittag an, auch eine schwierige Zeit. »Letztes Silvester, um scheiß Uhr, ich im Auto, vor einem Laden, schon zu und dunkel, höre Klavier im Radio, denke an nichts Bestimmtes, gucke auf nichts, mein Blick schweift ganz von selbst, und plötzlich merke ich, ich gucke direkt ins Gesicht von einem im nächsten Auto, der winkt, ich kurbele das Fenster runter, mache das Radio leiser, und dann sagt er: ›Stimmt was nicht?‹, und ich sage, ›Sie glauben nie, dass es wirklich Jahre gedauert hat, bis ich verstanden habe, dass LA kaum je für Louisiana steht.‹ Er kam zu mir rüber und saß da. Stellt sich raus, ich kannte ihn von einer Raststätte außerhalb der Hauptstadt.« Ich höre, wie Kuchen zerschmatzt wird.

»Mal ehrlich«, so fängt sie immer an, nur um den Geschlechtsunterschied aufrecht zu erhalten.

Aber in dem Zimmer bin ich achtzehn, und mein Vater macht den großen Ventilator sauber, auf den ich mich in letzter Zeit verlassen habe. Das dauert fast den ganzen Tag. Er nimmt alte Lappen, Wattestäbchen, ein paar Malen-nach-Zahlen-Pinsel. Er kriegt den Dreck von den Lamellen, den Blättern. Hin und wieder trägt er alles auf die Terrasse, spritzt es ab, bringt es wieder rein. Jetzt trocknet er endlich alles mit einem alten Handtuch ab. Dann ist er fertig, sagt, »Was meinen Sie, Herr Kommissar?« Später bin ich allerdings allein in meinem Zimmer. Ich stöpsele den Ventilator ein, stelle ihn auf »Niedrig«. Eine Libelle fliegt direkt rein. Winzige Schnipsel zerhackter Phosphoreszenz durchsegeln mein Zimmer.

Mein ganzes Leben nochmal: Wir sind zu dritt. Ich sehe, wie sie versucht, mein Gesicht zu entschlüsseln, während ich versuche, seines zu entschlüsseln.

Was J betrifft, wir haben zusammen studiert, bloß war er nicht oft da. Die meiste Zeit war er in einem besseren College in der Nähe was trinken. Er war stolz darauf, Lotto zu spielen, wenn viel zu holen war, und dann nicht zu schauen, ob er gewonnen hatte. »Die melden sich schon«, sagte er. Er sagte, wenn wir unseren Abschluss haben, schickt er mir Postkarten - Ansichten von Städten, deren Namen er sich die ganze Zeit ausgedacht haben musste. Eine hieß, glaube ich, Farkton. Ich warte immer auf die Post, oder gehe die Post der anderen Mieter durch, weil ich denke, vielleicht hat er geschrieben. Er hat auf mich aufgepasst.

Ich kehre immer wieder zu meiner Frau zurück, aber immer nur in Gedanken, in immer gemeineren Geistivitäten, nie wirklich.

Das Scheitern hat auch seine Schattenseiten, aber wir haben uns kennengelernt, bevor sie vollkommen war, also als sie noch Zeit hatte. Uns vereinte eine zartfühlende Verachtung anderer Menschen. Wir sahen einander einigermaßen ähnlich und man sah uns wohl beide als ungrüßbar an, nur hatten ihre Augenbrauen noch eher die Form der F-Löcher einer Geige. Wir wechselten uns beim Ältersein ab. An Tagen, an denen uns der Sinn nicht nach Sinnlichem stand, betrachten wir uns mit jenem lüstern vertrauten Missfallen, das ich immer für etwas noch Krasseres hielt.

Sie hatte es ohne jeden Zweifel auf eine Zukunft abgesehen. Sie stellte sich immer vor, wie sie berühmt und vergessen sein würde, unermordet, und ein Schönheitschirurg nach und nach die Falten auf ihrem Gesicht beurteilen und dann sagen würde: »Die würde ich so lassen, wenn Sie mich fragen.«

Auf die Frage, wen ich ersetzte, blieb sie stumm. (Es stellte sich aber heraus, dass es eher das Mädel war, die sogar dann zu würgen anfing, wenn sie ihre Schneidezähne mit Zahnseide zartesten Zuschnitts reinigte.)

Wenn sie etwas für einen tat, war man am Ende erledigt.

Ich hatte mir wirklich Mühe gegeben, wieder eine Nacht abebben zu lassen. Ich wache zu früh auf und sehe durch eine Jeansstoffprobe hindurch, die den oberen Teil meines Fensters verhängt (im unteren steckt meine Klimaanlage), wie der Arm des Fensterputzers seine allmonatlichen Wischbewegungen vollführt. Nachher stehe ich bei der Backpflaume an der Straße, deren Name ich immer verwechsele, an, um mir eine Laugenbrezel zu kaufen. Vor mir steht ein kleiner Junge. Seine Unterarme stecken in Spielzeughandschellen. Die Kassiererin wirft das Kleingeld des Jungen in ein Tütchen.

Ich schlafe auf dem Boden, um mich an die neuen Mieter unter mir zu gewöhnen. In den ersten paar Nächten hielt ich ihr Schnarchen für Geschäker.

Morgens stoße ich auf ein Blatt Papier, dem die Worte, die sie darauf abgerichtet hatte, noch wehtaten.

Im Zuge der Scheidung muss ich mich auch von mir selbst getrennt haben.

Eines Abends hab ich es einfach gemacht – ich bin nach nebenan gegangen, in den Wäscheraum, und habe die Zu- und Ablaufschläuche herausgezogen. Und alle Stecker gleich mit. Am nächsten Morgen ging alles wieder.

Meine eigene Geschichte hat zu viele lange Phasen, aus denen es keine Aufzeichnungen gibt, und das ist auch gut so. In der Stadt sagte ein Bettler heute: »Ich brauche genau siebenundsiebzig Cent«, aber er sagte es nicht mir. Er sagte es auch nicht flehentlich, sondern sachlich-autobiographisch, wie die Summe all dessen, was bei ihm nun in Ordnung war. Er sagte es zu einem Mittzwanziger, der unausgeruht, gedankengebeutelt, problemvernachlässigt aussah. Ich wünschte mir, dass der Kerl antworten würde: »Ich käme auch mit weniger zurecht.« Das alles spielte sich in der Nähe eines Tierheims ab, durch das ich gern hindurchging. In letzter Zeit sehen die Hunde ganz schön zwielichtig und verlogen aus.

Noch was habe ich entdeckt: Manche der Dichtungsringe, die der Installateur hier liegen ließ, könnte man notfalls als Ehering tragen.

Einmal reiße ich mich zusammen und fahre mit dem Taxi zu einem Ärztehaus, um mich gegen die Grippe impfen zu lassen. Das passiert auf einem Gang, wo neben der zuständigen Pflegekraft noch ein paar andere sowie jemand vom Empfang in duftender Erwachsenenverwirrung herumstehen. Die Gürtelroseimpfung lasse ich mir auch gleich noch geben. Im Eingangsbereich treffe ich beim Gehen auf meinen Hausarzt, der auch mal Lehrer war (Musik, Sek I). Er sieht ungesund aus, wie er da am Getränkeautomaten herummacht. Anscheinend erkennt er mich, und er sagt ein paar großspurige Sachen. Zuerst: »Ich will die Nadel nochmal in die Einlaufrille senken.« Das Zweite läuft darauf hinaus, dass das Leben meist nur darin besteht, die Hände vom Körper abzulenken.

Sehne ich mich nachsichtig nach meinen Vierzigern zurück? Ich hatte den Kontakt zu meinem Leben verloren und stolzierte nur manchmal fast gönnerhaft rein, mit W. Ihr Körper war von Tätowierungssprenkeln gezeichnet.

Acht, neun Monate später sollte ich zu ihr kommen und dem Baby meinen Respekt zollen.

Ich konnte aber aus jener Nacht, die in sich zusammensackte, nicht noch eine Stunde rausschlagen. Manche

Frauen überlässt man einfach ihren Männern und deren netten Versuchen.

Und die andere, frühere P, mit den wilden Augenbrauen, die einen unschlüpfrig türkisen Stich hatten – die kam erst so spät zum Leben, dass sie kaum noch etwas herausholen konnte. Ich konnte allerdings an jenem Nachmittag spüren, wie ihr Herz unter dem Überwurf klopfte, in einem Zustand des Angefreundetseins, der wohl hätte vermieden werden müssen.

Richtigstellung: Wenn man aus der Nachmittagsvorstellung kommt, hat man selbst bei einem guten Film *nicht* das Gefühl, dass das Licht irgendwie großzügiger ist als vorher, und es stattet die Stadt auch *nicht* mit einer endgültigen Version ihrer selbst aus. Kommen Sie mir nicht mit dem Lächeln, das Ihnen unverhofft aus einem Schaufenster heraus erwidert wird, oder mit dem Wort, das sie nach tagelanger Suche aus der Erinnerung fischen konnten. Es ist bestimmt *nicht* »Rille«, Sie Arsch.

Aber ich kenne diese Flauten. Die werden manchmal auch unterbrochen.

Wieder so ein elendig sonniger Sonntag, bei dem nichts im Verborgenen bleibt. Die Leute waren auf unordentliche Weise heil. Ich wusste gar nicht, was ich machen sollte. Ich ging in ein Fastfood-Restaurant, das von außen gentrifiziert aussah, innen aber der reine Abschaum war. Die Frau, die meine Bestellung entgegennahm und dann meine Sachen auf dem Tablett anordnete, trug einen Stützverband auf dem Zeigefinger. Eine lächerliche Windel und sicher aufs Reichhaltigste unreinlich. Ich trug mein Tablett zu einem Tisch und merkte, dass die Limo nicht die war, die ich bestellt hatte. Ich stand auf, hatte mich aber noch nicht mal umgedreht, da hörte ich es schon rufen: »Alles falsch. Zurückkommen!«

In manchen Nächten ist das aber meine Mutter, die mir so bis in den Schlaf schallt.

»Habe ich dich je geschlagen?«

»Nein.«

»Hätte ich das machen sollen?«

»Nein.«

»Was hab ich denn sonst gemacht?«

Von ihr hatte ich die strähnigen Haare, die ölige Nase, die brüchigen Zähne, okay, aber so etwas bringt man erst zur Sprache, wenn jemand tot ist.

Wieder ein Tag, minutenübersät. Und ich nur ängstlich allein in meinem Tun. Was soll man noch sagen über andere Freundschaften, die bald schon zu Ende gehen?

D: Was wir auch vorhatten, er war immer dafür, dass wir es gut sein ließen, bevor wir auch nur damit angefangen hatten. K: Sie dachte nur daran, sich mit irgendwelchen Lotionen einzureiben. Ich würde eine jede wahrnehmbare Ausstrahlung ihres Geistes durchaus begrüßen. M: Eine verlässliche Enttäuschung, den sein Leben immer wieder in die Tasche steckte, telefonierte dauernd, rief dauernd Leute an. Hinzu kommt, dass die andere Seite immer wissen wollte, was das Geklimper war, und er hatte es satt zu erklären, dass es sich dabei um den an die Schnalle schlagenden Dorn seines offen baumelnden Gürtels handelte.

T: ein mörteliges Jammerwesen, das manchmal der Mühe wert war.

Als ich in dem Heim ankam, machte sich ihr Leben schon aus dem Staub.

»Sie hat das Schwerste geschafft«, hieß es.

In meinen Augen wirkte sie schon ein bisschen tot, aber ich wollte jetzt auch nicht mit Haarspaltereien anfangen.

Morgens hatten sie sie dann zurechtgehübscht.

Man sprach jetzt von ihr nur noch als »Sterbefall«. Sterbefälle haben kein Pronomen mehr.

Abschiedsfax von einer »privaten Einzelperson«, mit der ich früher einmal Schluss gemacht hatte: »Das Leben geschieht uns recht. Angefangen hat alles wirklich nur mit einem Tröpfchen, das ich auf eine billige, überverzierte Jeans fallen ließ, die ich im Kmart anprobierte. Das fiel kaum auf, war quasi eine Nachlässigkeit. Die Anprobe war kaum größer als eine Damenklokabine, und deshalb dachte ich wohl mit Recht an kreiselndes Wasser, an Toiletten. Dann fuhr ich zu einem alten, freistehenden Sears, probierte einen Hosenrock an und ließ diesmal ein bisschen mehr los, ein lauwarmes Getröpfel. Hier war mehr Platz, und ich sah mich im Spiegel. Der Stoff wurde dunkler, man sah es. Ich zog mich wieder an und legte den Rock zurück. Bei Value City war es ein grünblaues Etuikleid, und ich musste meine Unterwäsche ausziehen, die inzwischen völlig durchnässt war – die tat ich in meine Handtasche. Auf dem Weg zum Auto warf ich sie in einen Mülleimer. Ich muss eigentlich fast immer. Ich fuhr zu dem neueren Einkaufszentrum, dem mit dem gläsernen Aufzug. Ich trank eine mittlere Sprite ohne Zucker. Bei Macy's richtete ich meinen Strahl auf die Naht eines Wollrocks zu meinen Füßen. Bei J. C. Penney durchnässte ich den Schritt einer Hose. Dann war da noch ein Kaufhaus, das zu keiner Kette gehörte, mit einer ganzen Reihe von Anproben, jede mit einem Bänkchen. Ich probierte einen Jogginganzug an, ging dann barfuß raus, um in den dreiseitigen Spiegel zu schauen, und tröpfelte dabei recht zaghaft herum. In den Seitenflügeln des Spiegels sahen meine Haare verklebt und dünn aus, ein bisschen wie Luftschlangen. Auf dem Schritt der Hose sah ich fast nichts. Auf dem Weg aus dem Laden heraus kam ich an einem Reisebedarfsregal vorbei und kaufte eine Schlafmaske, so eine elastische, wie eine geschwärzte Tauchermaske. Im Restaurantbereich trank ich eine zuckerfreie Limo. Ich fuhr weiter in eine Einkaufsgegend. Bei T. J. Maxx war die Zahl der Stücke, die man mitnehmen durfte, begrenzt, aber so viele brauchte ich gar nicht – bloß einen Rock aus grober Wolle, eine Schnürhose aus Popeline, ein einfaches, hyazinthenes Baumwollkleid. Den Rock wässerte ich am Saum, ohne ihn auch nur anzuprobieren. Die Hose ließ ich erstmal auf sich beruhen. Ich wurstelte mich in das Kleid, ging in die Hocke und betunkte den unteren Teil dann mit einem handgroßen Schatten. Ich ließ es zerknäult auf dem Boden liegen. Ich griff nach der Hose und ließ sie fallen. Ich stieg auf den Schritt der Hose, beugte mich darüber und ließ die Pisse dann loslaufen, sodass sie an der Innenseite meines Beins hinunterrann und schließlich den Eingriff der Hose erreichte, wo sie aber kaum eine Spur hinterließ. Ich wischte mich mit einem Ärmel des Kleides ab und zog wieder meine eigenen Sachen an. Alles andere ließ ich auf dem Boden liegen. Ich kaufte ein Daunenkissen, für dreißig neunundneunzig, denn auf der Verpackung stand der Markenname: Schlafgenuss Plus. Ich fuhr nach Hause, ließ das Kissen und die Schlafmaske aber im Auto. Immer noch keine Spur von ihm. Ich fuhr in eine nahegelegene Stadt, und in einem kleinen Einkaufszentrum entleerte ich mich völlig, auf einem ärmellosen Metallic-Ding, einem roten Cocktailkleid, Größe acht –«

Ich gehe in die Innenstadt, um die gute Gesellschaft der wenigen höheren Häuser zu genießen. Auf dem Rückweg spüre ich kaum ein inneres Gegengewicht. Mein Innenleben hat heute eine andere chemische Struktur. Ganz vieles ist nun voneinander getrennt. Emotionen sind auf winzige, klar bemessene Bereiche beschränkt.

Y ruft an und sagt, er habe die Plastikverpackung von ein paar Damenmodezeitschriften aufgerissen und sich dann in einer Stimmung irgendwo zwischen Gezeche und Gelüsten die Anzeigen angesehen. Ich sage ihm, dass eine Religion ohne einen Gott (oder Engel oder Schutzheiligen) des Postwesens nicht ernstzunehmen sei. Es sollte Schreine geben, an denen man vor der täglichen Zustellung beten oder Opfergaben bringen kann. Die alten, tempelähnlichen Postämter hatten wenigstens noch die nötige Größe, den flüsternden Marmor. Y ist am anderen Ende der Leitung ziemlich still geworden.

Das Putzmädchen sorgt dafür, dass es bei mir ordentlich ist, aber ich habe schon ziemlich viel Bohrendes herumliegen lassen. Ich beschäftige mich eigentlich nie damit, und ich hätte wahrscheinlich Schwierigkeiten, irgendwas Bestimmtes zu finden, aber es ist alles da, und unverwunden.

Der Postbote kommt auch immer später. Ich muss nach ihm Ausschau halten und dafür die Gardinen aufmachen, was ich eigentlich ablehne.

Ich bin ein Sohn, ein Stiefsohn, und inzwischen einundsechzig. Diese Geburtstagsstunde zerfällt schon in all ihre Minuten.

Ich hab doch gerade irgendwo gelesen, dass man sich

nur dann keine Sorgen mehr macht, im Alter zu vereinsamen, wenn man genau damit schon durch ist.

Ich warte noch ab, bis der Rest des Tages seinen ganzen Strafmist auf mich losgelassen hat.

Irgendwie muss ich mich entscheiden – oder wenigstens rausfinden, wo ich mich wohl wirklich entscheiden muss.

U ruft an und will sich mit mir über Autos unterhalten, denn er glaubt immer noch, dass ich eins kaufen will. Er sagt, »Meins muss bald zur Verwahrlosung. Es hat hundertneunzigtausend Meilen auf dem Tacho, und nicht mal die Hälfte davon sind mir. Die gehen immer noch auf den Vorbesitzer. An den sollten sie wirklich jetzt auch zurückgehen.«

Z war mal ein Experte für die gleichmäßige Verteilung sehr dünner junger Frauen mit Bubikopf auf die Eingangsbereiche von Wohnblocks, Flughafenterminals und Fernsehzimmern angeblich exklusiver Herrenclubs. An jedem dieser Orte gab es jeweils eine, und die hielt eine unangezündete Zigarette, hatte ein aufgeschlagenes Buch mit festem Einband auf dem Schoß und die Ärmel ihres viel zu großen Hemdes bis über den Ellenbogen hochgekrempelt. Er interviewte sie einzeln und in Gruppen, um herauszufinden, wie sie die Entscheidung trafen, wer wo saß und was in den Büchern stand. Sie sprachen leise, waren aber einigermaßen hilfsbereit. Sie zeigten ihm, wie sie die Ärmel hochkrempeln. Er spendierte ihnen bessere Zigaretten. Sie revanchierten sich, indem sie zusammenlegten und ihm auch so ein großes Hemd kauften. Sie begleiteten ihn noch zum Auto. Später wurde er, offenbar angesichts von Morddrohungen, Experte für etwas anderes.

Die Zeit zwischen dem Morgen und dem Vormittag ist einfach zu lang. Und dann diese elende Stunde, bis man endlich in Ruhe ein Nickerchen machen kann.

Ein Mann aus meiner Generation fliegt die Entfernung, die man an einem viertel Tag mit dem Auto fahren könnte, um mir, zwischen langsamen Schlucken, zu erzählen, dass er mit Ende zwanzig seiner Mutter im Streit den Daumen umgedreht hat und ihr ein anderes Mal die Zweistärkenbrille vom Gesicht gerissen und diese dann an der Brücke entzweigeknickt hat. Sie habe das alles schon weggesteckt.

Er habe seine Eltern in seinen Dreißigern und Vierzigern immer besucht, manchmal wochenlang oder sogar monatelang. Einmal habe er den Rest Puffreis aus der Packung auf den Boden geschüttet, dann eine frisch geöffnete Zweiliterflasche Milch genommen und sie darüber ausgegossen. Er trat zurück und beobachtete, wie seine Mutter ihm dabei zusah, wie er den Zucker suchte. Er fand die Dose auf der Anrichte, warf sie, mitsamt dem Deckel, auf das Durcheinander, das er schon angerichtet hatte. Er hörte seine Mutter schreien, »Joe! Joe!« Sein Vater hieß Elmer, aber weil dessen Chef in dem Klempnerbetrieb auch Elmer hieß, wurde Elmer, erst auf der Arbeit und dann auch zu Hause, Joe genannt. Das geschah alles lange vor der Geburt meines Besuchers, bevor er den Namen Joseph erhielt, dessen Gespreiztheit ihn so sehr demütigte.

Ich höre zu, weiß aber nicht, was ich ihm sagen soll. Dass es schließlich auch ein Leben ist, über den Tisch gezogen zu werden? Dass die meisten Leute gar nicht wollen, dass man viel an sie denkt, noch nicht mal nach ihrem Tod? Dass ich Mitleid habe und auch in schlechtem Licht stehe?

Da geht er weg.

Später kann ich nicht schlafen. In einer anderen Wohnung unterhalten sich welche. Die Unterhaltung zerbricht nicht in Wörter.

Gut zwei Jahre nach dem Tod meiner Mutter finde ich endlich ihre Geburtsurkunde. Sie ist von 1929. Alles getippt, nur die folgenden Worte verkünden mit großer, leicht nach links geneigter Geste: »Lebend geboren.«

VERSPROCHEN

Wie die Stadt hieß, hing davon ab, woher man kam. Wir kamen aus östlicher Richtung, also hieß sie West Southfork. Unversehens befanden wir uns im Garten hinter jemandes Haus. Wir kamen uns verlottert vor. Bergeweise Leute wie wir mussten da schon sein, und jeder sagte fast: »Ich bring's nicht übers Herz.«

Und, ja: Der Rasen kam einem immer weniger tragfähig vor.

Und, ja, der Dreck unter dem Rasen kam einem ganz schön vermatscht vor.

Und, ja, die Erdschichterei unter dem ganzen Dreck kam einem noch viel matschiger vor.

Wir knieten uns hin und gruben uns mit unseren langnägeligen Fingern hinein. Unsere Armreife waren schon nach kurzer Zeit von einer dicken Schmutzschicht bedeckt. Ein paar von den dünneren, kettigeren Reifen rissen gleich ab. Wir sahen zu, wie sie in den Mist sanken.

Wir waren nicht richtig angezogen. Irgendwas mit Ärmeln, etwas Längeres, wäre besser gewesen.

Wir gruben immer weiter, sahen überhaupt nicht mehr zueinander rüber.

Und unter der ganzen Erdschichterei würde man doch erwarten, dass man auf Platten stößt, irgendwas Tektonisches oder so, oder wenigstens Tragwerk, Gesteinsformationen, was alles stützt. So haben wir das doch mal gelernt. Stattdessen fanden wir nur Füllmaterial, das so ziemlich wie Zeichenpapier aussah – Karopapier nannte man das damals, glaube ich.

Wir griffen rein und zogen ein bisschen was raus.

Die Welt wurde schlaffer.

Der Planet wankte da wohl etwas.

Das hatten wir nicht beabsichtigt, auch wenn wir beide den jeweils anderen in letzter Zeit immer wieder mal über gehabt hatten.

»Stopf das wieder rein«, sagte ich, und das machten wir auch beide.

Die Oberfläche kam uns bald wieder so fest vor, dass wir darauf laufen konnten, und so gingen wir zurück zur Straße, die Straße entlang, schauten immer nach vorn, kamen zu einem Restaurant, gingen rein, bestellten, was uns plausibel erschien. Die Bedienung war sehr an uns interessiert. »Wie geht es Ihnen denn nun wirklich?«, fragte sie, als wir zu essen anfingen.

»Gut«, sagten wir. »Wirklich.«

»Kann ich Ihnen sonst noch was bringen? Darf ich nochmal nachschenken?«

Dann: »Sind Sie sicher, dass es Ihnen beiden gut geht?«

Wir sagten nichts, und sie ging wieder.

»Die hat wahrscheinlich unsere Kleidchen gemeint«, sagte ich. Wir liefen normalerweise nicht so verdreckt und körperlich versudelt durch die Gegend. Wir waren zweiundzwanzig und zweiundzwanzigzweifünftel um unser Leben.

Ihr Knie stieß an meines.

»Lass uns nachher noch was machen«, sagte sie.

»Wenn wir gebadet haben«, sagte ich.

»Wenn *wir* gebadet haben«, sagte sie.

Dann kam einer, der einen Staubmantel trug, und setzte sich an unseren Tisch. Er stützte sich mit beiden Handflächen auf und sah uns beim Essen zu. Sein Blick war leicht gerötet und sah ein wenig nach Tollhaus aus. Sein Mund wirkte aufgeregt.

Normalerweise stelle ich mein Essen nicht zur Schau, aber diesmal probierte ich es. Ich hatte Sauerkraut mit

Rippchen bestellt, mit ganz zurückhaltend gestampften Kartoffeln. Ich aß mit völlig übertriebener Zurückhaltung und kaute so absurd es ging. Meine Freundin veranstaltete irgendeinen Hokuspokus mit dem Salat, ohne ihn dabei anzurühren, aber im Laufe der Zeit wirkte es so, als hätte sich jemand daran zu schaffen gemacht, und dann war der Teller fast leer. Ich führte mein Wasserglas mit den Eiswürfeln an die Lippen, trank aber nicht. Meine Freundin stach ihre Gabel in mein Schweinefleisch.

Die Arme des Mannes zitterten nun ziemlich heftig. Ich bemitleide sonst keinen, aber hier hätte ich was gesagt, wenn er mir nicht ins Wort gefallen wäre.

»Stocher nicht dauernd da drin rum«, sagte er. »Stocher nicht so da drin rum. Das geht doch jetzt nicht so weiter, oder? So wie jetzt schon die ganze Zeit? Was soll denn das Gestochere. Wenn du das nicht aufisst, lass es halt liegen. Mach da nicht so ein Theater, nur um zu sehen, womit du durchkommst. So ist es doch. Nur damit du was zu tun hast. Aus keinem anderen Grund. Glaubst du, das sieht keiner? Ich will nur sagen, stocher da nicht dauernd so drin rum, okay? Lass genug liegen, sag ich. Kommst du eigentlich je auf den Gedanken, dass da später noch jemand anderes was von haben will? Lass was für jemand anderen übrig. Jetzt geh nicht schon wieder dran. Um Himmels willen, lass es liegen.«

Die Kellnerin kam und drückte ihm die Speisekarte in die Hand.

Sie sagte, »Jetzt hören Sie mir mal zu. Entweder reden Sie über's Essen oder Sie verziehen sich.«

ES SAMMELT SICH IN MIR AN

Das hier ist eine Geschichte der übelsten Sorte. Mir liegt überhaupt nichts daran, darin vorzukommen. Sie steht zwischen mir und dem Leben, das mir bevorsteht.

Schauen Sie: Einer - nicht ich, aber jemand mit ähnlichen Verdiensten (Sohn von irgendwelchen Eltern, ließ sich zuschulen, begab sich ganz schön, trat nachdrücklich und unwiderruflich in die Dienste von jemandem, der ihn verlässlich runtermachte usw.) - kam auf eine neue Idee, seine Frau zu betrügen. Eine Art und Weise, wie damals niemand seine Frau betrog.

Darf ich das überspringen, was damals beliebt war, ohne etwas Ihrer Fantasie zu überlassen? Mit Fantasie darf das hier nichts zu tun haben. Es wäre wirklich nicht in meinem Sinne, wenn hier etwas Kreatives entstehen müsste. Das liegt mir wirklich fern.

Tun Sie mir einen Gefallen und glauben Sie mir, dass der besagte Mann geradezu lächerlich penibel auf alles achtete, was seine Frau sagte und tat, was sie anhatte, was sie kochte. Er interessierte sich hektisch, grauenhaft für alles an ihr. Er fickte sie bis zum Gehtnichtmehr - war nie unkonzentriert.

Was sonst noch zwischen dem Mann und der Frau los war, sollte sich von selbst verstehen, aber das tut es nicht. Das kann es nicht. Es kommt mir immer wieder hoch.

Es sammelt sich in mir an.

Nun ist es so, dass ich eines Tages bei der Arbeit etwas mit diesem Mann anfangen wollte - ein bisschen was. Ich wollte ihn an das eine Ende eines Gesprächs kriegen, an dessen anderem ich mich selbst befand. Und wissen Sie, was der Sack mir sagte?

Er sagte: »Ich bin verheiratet.«

»Selbst?«, sagte ich.

»Mach dich wieder an die Arbeit«, sagte der Mann.

Das fand statt, wo man hingehen soll, wenn man einen Unfall hatte, wenn etwas haften bleibt. Es fand nicht nur irgendwie statt, es beanspruchte einen großen Raum, dort, wo wir waren. Es nahm diesen Raum von um uns herum im Anspruch. Wir wurden durcheinander geschubst.

Der Mann tauchte aus mir auf und ich aus ihm, so stelle ich mir das vor.

Ich sah, wie er dorthin ging, wo die Arbeit war.

So also kann man auch sagen, dass ich einmal, vor Kurzem, etwas aufgeschrieben habe, und zwar alles.

Ein paar Tage danach las ich mit großer Spannung, was ich geschrieben hatte.

Ich lag mir wirklich ungeheuer fern.

JETZT UND SPÄTER

Der Onkel zeigte mir eine Seite mit tabellarisch angeordneten Rechenaufgaben, die seine Nichte einmal für ihn gelöst hatte. Er versuchte, mir das Großartige daran zu vermitteln. Es handelte sich um dreistellige Additionen. »Schau mal, wie sie die Fünf da mitgenommen hat«, sagte er.

Ich betrachtete die Fünf. Sie sah schon irgendwie tiefgründig aus.

Ich sagte, sinngemäß, dass die Mathematik nicht unbedingt autobiografisch zu verstehen sei.

»Du willst mir weismachen, sie hätte gar nicht gewusst, was sie da macht?«, sagte er.

Er war ein Wesen, das von einem völlig anderen Stapel gelaufen schien, und richtete seine Hoffnungen betrunken auf das, was aus der Welt geworden war, aber ich kannte ihre Eltern schon gut genug. Die hatten wirklich alles getan, um Opfer ihres eigenen Schicksals zu werden. Was sollten die Menschen auch sonst tun?

Viel später stand der Nichte ein ganzes Stockwerk zur Verfügung. Sie hatte einen separaten Eingang und Treppenstufen in den Garten hinunter. Ich fing an, nachmittags hochzugehen. Sie kniete unter den Sparren mit den elektrischen Insektenvernichtern. Ich merkte, wo therapiert worden war und wo es, absichtlich oder versehentlich, zu Lücken gekommen war.

Sie saß da, die Arme ausverlaibt und an den Handgelenken verschränkt. Da waren ihre Haare, eine pudeligbraune Aufforderung, etwas draufzuschütten. Andere haben ihre Probleme auf ihr hinterlassen. Oft verlor sie genau das, was sie die ganze Zeit hätte tragen sollen. Da war das Buch, dessen Seiten mit schmutzigen Gummibändern zusammengehalten wurden. Da war dieses Ding, was ihr der Zahnarzt auf ihren Wunsch hin in den Mund gehängt hatte. Alles verlangte nur eine leichthinnige Unterschrift, und ihre hatte die nötigen Schnörkel. Als wir loswollten, klang der Motor beim Anlassen sorgenvoll.

Irgendwas war immer und ich redete mich darüber hinweg.

Viel hing ohnehin davon ab, welchen Teil ihres Gesichts man ansah und wie man es einteilte, hälftig oder in Drittel. Inzwischen war es dann schon Tag. Ihr Blick hielt an sich.

Nur das eine Mal musste ich sie zu dem Arzt im Einkaufszentrum fahren. Er baute seine Diagnose dramaturgisch geschickt auf – erst ließ er einen so viel ahnen, dass man dachte, man weiß, wohin die Reise geht, dann ließ er eine Bombe platzen, nahm dann wieder ein bisschen was zurück, dachte nochmal nach, zwinkerte mit den Händen. Am Ende empfahl er etwas, was nicht rezeptpflichtig war, irgendeinen eiergelben Balsam oder so was. In der Apotheke gab es Süßigkeiten, die hießen tatsächlich »Jetzt und später«. Einzeln verpackte Würfelchen.

GEWISSE ENTLEDIGUNGEN

Der Chef hatte jede Menge Gründe, mich zu entlassen – und die meisten, das muss ich zu meiner Schande gestehen, waren noch großzügig untertrieben formuliert. Es stimmt zum Beispiel, dass ich den Fotokopierer stundenlang in Beschlag nahm und jeden anblaffte, der mich, und sei es auch noch so freundlich, ja untertänig, fragte, wie lang ich noch bräuchte. Ich bemühte mich, bestimmte rußige, halbschattige Effekte zu erzielen, sodass die Kopien auch wie Kopien aussahen, und das dauerte natürlich. Manchmal verbrachte ich ganze Nachmittage damit, weiße Blätter zu vervielfältigen, fünfhunderterpackungsweise, damit wir die statt der bebriefkopften Notizblöcke verwenden konnten, die der Chef für uns immer wieder nachbestellte.

Im Grunde stimmt es auch, dass ich mir die Namen meiner Kollegen nie hatte merken wollen. Die waren halt Frau oder Herr Soundso. Ich spreche von Leuten, mit denen ich jahrelang eine Teeküche und eine Einzeltoilette geteilt hatte, deren Spinde ich in kleinen Notizbüchern inventarisiert hatte, deren Geschlechtsteile oft nur wenige Zentimeter von meinen eigenen entfernt vor sich hingedampft hatten. Im Übrigen hatte ich mir ihre Namen gemerkt; ich war mir nur immer zu schade, die Leute auch so anzureden. Meistens dachte ich: Sobald man einen Vor- und einen Nachnamen zusammentut, ist man einem Paar Stoßzähne ausgeliefert (heißt: Mensch, pass auf!). Aber an Tagen, an denen ich alle nicht grundsätzlich ablehnte, an denen der frischgemachte, ärmelschüttelnde Scheiterhaufen meiner Kollegen mich nicht schon abstieß, wenn er sich auf der fünften Etage aus dem Aufzug schob und dann die beteppichte Bahn ins Büro entlangschlurfte, dachte ich eher so: Namen ziehen das Benannte runter. Nenn jemanden irgendwie, und er wird in diesen Namen versinken, in die Hohlräume und Untiefen der Buchstaben, aus denen sich die ganze unverschämt vereinfachende Angelegenheit zusammensetzt, sodass man ihn herausziehen und heraustanzen muss, um seine Anwesenheit festzustellen, und ein bisschen Leben in ihn reinbumsen, wenn man will, dass er sich je wieder nützlich macht. Das dann mal zweiundzwanzig und dann wissen Sie, wie das Büro aussah, nur dass ein Drittel der Leute dort Frauen waren.

Mein Hauptproblem war allerdings, dass ich einen ganzen Arbeitstag innerhalb von nicht mal zwei Stunden auf den Weg bringen konnte. Nicht dass ich besonders schlau war – ganz sicher nicht. Aber ich war schnell. Ich wusste, wohin die Reise gehen sollte. Ich hatte immer einen gewissen Respekt vor »Geradlinigkeit«, dem Wort, denn für mich war das tatsächlich eine Linie, die von meinem Arbeitsplatz mit seinen um mich herum aufragenden Milchglasteilern, die einen knappen Meter unter der feuermelderbestückten Plattendecke aufgaben, in die rechtwinklige, kundendurchsetzte Welt hinausstrahlte.

All die freie Zeit musste ich mir mit eigenen Unternehmungen vertreiben. Beispielsweise war da eine junge Frau, eine feinknöchrige Empfangsdame, die ihre Beine jeden Tag unter andersfarbigen Strumpfwaren verbarg, und dabei nie mit auch nur annähernd fleischfarbenen. Wenn ich morgens an ihrem Tisch vorbeiging, richtete ich den Blick auf ihre Unterschenkel, um den Farbton zur Kenntnis zu nehmen. Bald begann ich, mir die Farben in einer eigens dafür bestimmten Akte zu notieren, die ich in der Schublade oben rechts in meinem furchtlosen

Schlachtschiff von Schreibtisch verwahrte. Einmal ging ich extra während der Mittagspause in die Drogerie, um die ganze Strumpfwarenfarbpalette aufzusaugen (Anthrazit, Kaffee, Rauch, Stein, Pilz, Dunstgrau), denn meine Aufzeichnungen sollten präzise sein. Sodann kam mir der beunruhigende Gedanke, ob das Beinfleisch der Empfangsdame unter dem Deckmantel ihrer Strumpfwaren womöglich schorfig krank war. Die Befürchtung wuchs und zeterte sich zu einer Überzeugung aus. Bald wurde es entscheidend wichtig, dass sie wusste, wieviel mir an ihr lag. Am Ersten eines jeden Monats schmuggelte ich nun jeweils anonym ein Heftchen in ihr Postfach, eine Art Almanach, mit unlinierten Karteikarten als Einband. Das Heftchen enthielt so viele Seiten, wie der vergangene Monat Tage gehabt hatte, und auf jeder stand das Datum, die Strumpfwarenfarbe des Tages und eine gänzlich spekulative Bemerkung über den Undurchsichtigkeitsgrad und was sich daraus ableiten lassen könnte mit Bezug auf den Charakter des Mannes, der in der vorigen Nacht in ihr eingebunkert war (Beispiel: »6. Juni, Kohle, glaukomatös – so viel Hass von dir und deinem Dreckwurm«). All das stand dort in Fastfraktur ausgezittert mit Füllfederhalter, den ich an einem überhellen Sonntagnachmittag eigens dafür in einem Bastelgeschäft erstanden hatte. Nach und nach sah ich jedes Heftchen an die Pinnwand über dem Kopierer getackert, mit einer Notiz vom Chef: »Das muss aufhören!«

Da war noch eine weitere Frau, eine dringende Büroangestellte mit einem Paar auf den Punkt gebrachter Brüste – Interrogativbrüste! Selbst wenn ich nur ein- oder zweimal die Woche schweigend auf dem Flur an ihr vorbeischmierte, fühlte ich mich stunden- oder sogar tagelang durchleuchtet, verbrutzelt, dritten Grades. Zunächst schob ich, wenn der Antwortdruck wirklich hoch war, so jeden zweiten Tag einfach anonym eine Karteikarte »Wahr« oder »Falsch« in ihr Postfach. Doch schließlich verdickten sich meine Antworten zu Essays – mit längeren, interjakulierten Abschweifungen über meine Laktoseintoleranz, meine Untreuen, Kern und Korn meines extrakubikularen Lebens – und dann zu feuchtartigen, unterstellungsvollen Memoirenabschnitten, für die ich mich teils tagelang über meinen Schreibtisch beugte. Auch sie, die ich so lange kopierte, bis die Wörter schattenhaft und verschwommen waren, endeten, zusammen mit schallenden Memos vom Chef, an der Pinnwand.

Meine letzte Antwort – und die einzige, die mir dann nicht von der Korkwand her entgegenwedelte – war ein dreiundzwanzigseitiger Erinnerungsstreich über ein Geburtstagsgeschenk, das ich kurz nach meinem zehnten Geburtstag nachträglich von meinem Großvater bekommen hatte. Geschickt hatte er mir eine große, glanzlose Brettspielsammlung. Auf dem Deckel stand in zerlaufender, gewichtloser Blockschrift: MEINE SPIELSCHATULLE – FÜR JEDEN TAG EINER JEDEN WOCHE DES JAHRES EIN ANDERES SPIEL. Darin befanden sich ein Pappdrehpfeil, ein benebelt-kreidiges Würfelpaar, ein wachsloses Kartenspiel, ein paar Plastikfilzstifte, ungefähr ein dutzend klapprige, dreifachgefaltete Spielbretter, jeweils beidseitig bedruckt, und eine ungeheftete Anleitungsbroschüre. Das Ganze kam mir wie eine Falle vor, entwürdigend. Mir kam es vor, als senkte sich das Leben von jemand anderem auf mich herab und bliebe dann, ausgegrätscht und übermächtig, das ganze Jahr lang da. Ich weiß noch, wie ich jedes Spielbrett zerriss, das ging ganz leicht, und wie ich die Fetzen eines jeden auf einem eigenen Blatt Tonpapier auslegte, das Ganze dann zerknüllte und jeden Knüllball dann in einem anderen Mülleimer entsorgte. Wir hatten jede Menge Mülleimer zu Hause, pro Zimmer mehr als einen, wegen der Leute, die wir sein wollten. Nachdem mein Großvater gestorben war, ungefähr ein Jahr danach, und man mich dazu verleitete, ihn noch einmal aufgebahrt zu sehen, fiel mir ein Farbklecks – Bastlerfarbe, da war ich mir ganz sicher – auf jedem seiner Brillengläser auf. Niemand hatte sich darum gekümmert, oder aber jemand hatte ganz viel Wert darauf gelegt, die Farbe nicht abzukratzen. Auf dem belampten Lesepult am Eingang der Kapelle lag aufgeschlagen ein dickes Buch, in das jeder Besucher mit einem perlig angeketteten Stift seinen Namen schreiben sollte. Wo mein Name stehen sollte, schrieb ich, das weiß ich noch: »Da sieht man's.«

Die Praktikantin ließ ich in Ruhe. Die Praktikantin war so eine Studentin, die sich an ihren Platz klammerte und ein Gesicht voller kantiger, ungeküsster Züge besaß. Sie war erst zwanzig, höchstens einundzwanzig, und trotzdem bekam sie so viele Quadratmeter wie ich nach neun schweißigen, beförderungslosen Jahren hier. Ich hatte mir eine digitale Uhr gesichert und sie auf die Spitzkuppe aus Telefonbüchern auf meinem Regal gestellt, und nach dem Mittagessen sah ich zu, wie 1:12 zu 1:13, 1:14, 1:15 mutierte, und ich wünschte mir die Fingerfertigkeit, einen Papierflieger falten und ihn geschickt durch den von uns geteilten Raum über die Trennwand fliegen und ihn auf ihrem Tisch landen lassen zu können. Aber was hätte ich auf die Innenseite getippt – und krass unfotokopiert gelassen? »Sei froh, dass du nicht der bist, der sich auf einem gewissen Etwas erleichtert, wenn der Chef das nächste Mal aus dem Klo geht und sein Jackett noch innen an der Tür hängt«?

Der Chef war ein bulliger Typ mit ausgeklügelt herausgearbeitetem Zahnwerk – ein Mund voller Drähtchen und Porzellan. Seine Augen waren langsam und verstottert: Sie kamen erst nach vielen peinlichen Versuchen dort an, wo sie hinschauen wollten. Als er mich morgens in sein Büro bestellte, um mir zu empfehlen, den ersten von mehreren verlängerbaren unbezahlten Urlauben anzutreten, starrte ich auf den Keilschrifttext aus Golftees auf seiner gläsernen Tischplatte. Der Chef erkundigte sich auch nach meinem »Privatleben« und meiner »Freizeit«, sprach aber vor allem über sich selbst. Er habe einen Sohn, einen Teenager, der eine Klasse übersprungen habe und samstagmorgens einen Unikurs in Kunstgeschichte besuche. Er müsse ihn hinfahren, weil der Junge Angst habe, sich hinters Steuer zu setzen, und dann müsse er zweieinhalb Stunden lang über den Campus laufend die Zeit totschlagen. Die Unterrichtsmaterialien hätten ihn zweihundert gekostet, und einmal habe er beim nächtlichen Durchstöbern der Hochglanzseiten, als der Junge aus dem Haus war, entdeckt, dass der Junge auf die nackten Männer Tanktops und Tangas gekritzelt hatte.

»Und Sie?«, sagte der Chef und griff nach einem Formular, das ich ausfüllen sollte. »Haben Sie etwas mit jemandem?«

»Mit allen«, sagte ich.

Da mein Körper ein zusammengezimmertes Provisorium war, begrub ich ihn unter weitreichenden braunen Kordanzügen. Ich besaß genau sechs – alle gleich, alle am gleichen Tag beim gleichen Outletstore gekauft, fast zehn Jahre zuvor. Zunächst sagten die Leute natürlich, mitleidig: »Der hat nur einen Anzug.« Doch irgendwann hieß es: »Der Kerl muss *hundert* Anzüge haben!« Die einst hervorragenden Rippen waren so sehr abgewetzt, dass sie mit den Furchen dazwischen auf einer Höhe lagen.

In einem dieser abgetragenen Anzüge fand ich eine Teilzeitstelle – Nachtschicht in einem Büro, wo ungefähr zwei Dutzend Mitarbeiter, meist Studentinnen oder Hausfrauen, auf Mikrofiche-Lesegeräten Kontonummern heraussuchten und sie dann auf minzgrüne Bildschirmblätter übertrugen. Die Mitarbeiterfluktuation war beträchtlich, und ich war immer der einzige Mann. Jede Neue, die zum Dienst erschien, sah mich da in meinem Anzug und plumpste auf meinen Tisch zu. Ich musste sie in Richtung der Schichtleiterin weiterwinken, ein betresstes Unentschieden in Frauengestalt.

Die Schichtleiterin begann ihre abendlichen Ankündigungen, nach ungefähr einem Drittel der Schicht, mit einem blökenden »Hört mal zu, Mädels!« Ich spürte immer, wie mich alle ansahen, wenn ich mich, statt mich männlich gesichtswahrend noch mindestens eine halbe Minute lang an meine Arbeit zu klammern und mich erst dann in Richtung der Schichtleiterin herumzuzwirbeln, sekretärisch agil umdrehte, sobald das Wort *Mädels* ihren Mund hatte verlassen müssen.

Ich kam mir wie etwas Besonderes vor.

Wenn meine Vermieterin nicht mitzählte, wie oft Wasser in die Badewanne eingelassen wurde, konnte sie nicht wissen, dass ich nicht mehr allein lebte. Seinem eigenen Wunsch gemäß verließ der Junge die Wohnung nie, und wir stritten uns auch nie. Was sollte es also zu hören geben? Ich kleidete ihn in Baumwollhemden und ärmellose Pullover, die ich in Secondhand-Läden nach dem einzigen Kriterium aussuchte, dass sie außergewöhnlich viel Vertrauen haben mussten. Das Leben des Vorbesitzers musste deutlich auf das Material abgefärbt haben, um das Ungesagte oder Ungeträumte wettzumachen, das sich in dem neuen Träger vollzog. Ich musste beim Anlegen des Kriteriums sehr streng sein, denn der Junge war zwar warm, ansonsten aber unhandlich. Mir war schon klar, dass ich mit Bezug auf Hilfe im Haushalt nicht viel von ihm zu erwarten hatte. Ich genoss es aber, mich in einem Sessel zu arrangieren, den er gerade verlassen hatte, weil es Zeit für das nächste Bad oder seine stündliche Rasur war. Er schloss die Badezimmertür von innen zu und nahm sich Zeit.

Was zwischen uns war, lag irgendwann allem zugrunde.

Sie habe keine Gemeinsamkeiten mehr mit ihrem Körper, so drückte sie es aus. Ihr Körper hatte eine andere Richtung eingeschlagen.

Auf ein Ziel zu? Eine Route entlang? Ich war halbwegs neugierig. In dem Winter damals war zwischen meinen Beinen Flaute, und so konnte sie etwas leichter die Aufmerksamkeit auf sich ziehen. Außerdem war Schlafenszeit. Wir hatten noch unsere Alltagssachen an, unsere Arbeitskleidung.

Ich brachte sie raus zum Auto und sorgte dafür, dass sie auch wirklich einstieg. Dann setzte ich mich auf den Beifahrersitz.

Ich ließ sie ohne Licht fahren.

»Zeig mir, wo«, sagte ich.

Zunächst fuhr sie schnell und bissig. In meiner Gegend kommst du damit durch, weil sich alles nachts ausdehnt.

Zum zweiten Mal war ich bei dieser Gattin, es war meine zweite Ehe mit derselben Frau. Kommt zur Sprache, dass keiner von uns je Lust darauf hatte, sich einen Spitznamen für den anderen auszudenken? Im Gespräch mussten wir die Namen nehmen, die alle anderen auch auf uns anwendeten, ohne dabei in Schwierigkeiten zu geraten.

»Ich bin jetzt an einem Punkt, wo ich«, setzte die Frau an. Eine Zeitlang war die Rede nur von Punkten, wo. Ich stellte mir die Punkte nicht lose und versprengt vor, sondern als spitze Enden von irgendetwas. So hatte ich was zu tun. Dann kamen die Sachen mit »Was mein Leben«. Manchmal dachte sie daran, »betrifft« zu sagen.

»Guck auf die Straße«, sagte ich nur, wenn ich ihr zeigen musste, dass ich ihr zustimmte, dem klebrigen Knackpunkt dessen, was sie sagte. Damit ich was zu tun hatte, schaute ich zur Seite aus dem Fenster, wo im Dunkeln ständig Ländlichkeit stattfand.

Als die Sonne aufging, stiegen wir aus und suchten uns Arbeit.

»Für die Arbeit hier ist keiner überqualifiziert«, sagte der Chef.

Er führte uns in einen langen Raum voller Spieltische. Ein Klappstuhl stand an jedem Tisch. Die anderen kommen frühstens in einer Stunde, erklärte der Chef.

»In der Zwischenzeit«, sagte er.

Abwechselnd taten wir, was wir tun sollten.

Ich hatte eine ganz neue Herangehensweise an die Familiengründung entwickelt, und ich ging hierhin und dahin, vor allem auf Parkplätze und Gehwege, um die Stichpunkte unter die Leute zu bringen.

Ich teilte aus, lauter Mitgebsel - »Literatur« nannten die Leute das gern. Es gab den viertelstündigen und den dreiviertelstündigen Vortrag, und aus irgendeinem Grund kam der längere immer besser an. Die Leute wollten so was durchstehen.

Nachher sagten Männer wie Frauen: »Wir drücken Ihnen die Daumen!« und »Halten Sie uns auf dem Laufenden!« und »Sind Sie von hier?« Einige gaben mir Geld - meist gefaltete Fünfer. »Als kleine Anzahlung«, sagten sie.

Nachts die Fahrerei, und vormittags schlief ich im Auto. Ein gegen die Windschutzscheibe geknüllter Duschvorhang hielt genug Licht ab. Wenn ich nicht schlafen konnte, durchforstete ich die kleinen »Was beim nächsten Mal noch besser laufen könnte ...«-Karten, die ich den Leuten am Ende des längeren Vortrags aufnötigte. Ich ging davon aus, dass dort einladend hingekringelte Telefonnummern und Adressen stünden, doch stattdessen hieß es nur: »Könnten Sie beim nächsten Mal noch mehr zum Thema ›Wie man das Problem gänzlich ausblendet‹ sagen?« oder »Was versuchen Sie zu verbergen?« Einmal verfolgte mich ein Mann bis ans Auto und sagte: »Warnse überhaupt mal verheiratet?« Ich erzählte ihm, dass ich mal eine Frau hatte, die mich um Haus und Hof liebte.

Schlaf oder nicht, spätestens gegen Mittag hatte ich meine Katzenwäsche schon hinter mir (mit Wasser aus der Flasche und Spüli) und fuhr weiter, bis ich eine vielversprechende Stelle fand. Um ein paar Leute zusammenzubringen, stellte ich meine Staffelei und Farben auf und wischte theatralisch ein Bild des Pavillons hin, den ich mir vorstellte. Meiner Ansicht nach war es eine steildachige Wesentlichkeit mit gotischem Maßwerk, Aussichtspunkten, allem Drum und Dran. Und warum nicht auch mit Pultdächern und bezelteten Auswüchsen, zinnenhaften Wirtschaftsgebäuden mit Rolltreppen. Die Außenbereiche musste ich aber mit Menschen betupfen, sonst hätte die Laufkundschaft nicht angehalten und mich begafft und bekumpelt. »Was soll das genau sein?«, fragten sie. »Wird das ein echtes Gebäude?« Oder »Kann man da in einem Tag hin und zurück?«

Eines Nachmittags hatte ich auf einem gassenartigen Unterhaltungspier, der sich über einen abgesperrten Strand erstreckte, alles aufgebaut. Sobald die Menge sich zerstreut hatte, kam ein Mädchen mit zerrauften Haaren und schleimigen Augen schlaksig auf mich zu. Sie trug einen Kittel von einem so hartnäckigen Blau, wie Tage es sich meiner Wahrnehmung nach nur unter größter Mühe zueigen machen, um es dann ordentlich zu verstürmen. Das Gesamtbild, das sie mir bot, war von spritziger Angemessenheit.

»Höchster Bildungsabschluss?«, fragte ich.

»Weiterführend«, sagte sie.

»Irgendwie nur?«

»Mir hat ja niemand was erklärt. Und dann das ganze Unterstreichen.«

»Freund?«

»Woher soll ich das wissen.«

»Eltern?«

»Immer noch viel zu verheiratet.«

»Geschwister?«

»Zwei Schwestern.«

»Älter oder jünger?«

»Je eine.«

»Wie sind die als Mädchen?«

»Immer ein aufmunterndes Wort auf den Lippen. Und hinten rum dann lästern.«

»Vervollständige den folgenden Satz: Es muss festgestellt werden, dass ...«

»Es muss festgestellt werden, dass ich die Dauer einfach rumbringen will.«

Später an dem Nachmittag arbeiteten wir uns hinter der duschbevorhangten Windschutzscheibe durch die tatsächliche Funktionsweise, während ihr Kittel in der Reinigung war. Das Auto hatte ich auf einem Halbkreissteinstrand geparkt. Dann fing ich an, ihr einfache Broschüren zu schreiben – nichts Motivierendes oder Faktenübersätes, einfach was mir so einfiel, um sie von einer Zwischenzeit zur nächsten zu kriegen. »Beschäftigungsbroschüren«, nannte sie die. »Schreib mir jetzt schnell noch so eine Beschäftigungsbroschüre«, sagte sie.

Ich musste ihr auch einen Ernährungsplan zusammenstellen. Ich wusste, welche Kombination welcher Zutaten an welchen Tagen all das, was so sorgfältig unter ihrer Haut ausgelegt war, neu anordnen würde. Nach wenigen Monaten war der Körper unter dem Kittel umorganisiert, umgeschichtet.

Nach und nach baute ich das Mädchen in die Vorträge ein, den kurzen und den langen, erst als Assistentin, die die Handouts aushändigte, dann ließ ich sie mit dem Zeigestock auf die Grafiken zeigen, und schließlich nahm sie als Teilnehmerin in einer Sprechrolle teil. Als sie sich abrundete und das Baby schon durchschien, führte ich eine Fragerunde ein, die sie leiten durfte.

Dem Publikum fiel aber immer nur eine Frage ein:

»Wie kommt es, dass das Baby so hoch sitzt? Es scheint wirklich ziemlich weit oben im Sattel zu sitzen.«

Das Mädchen antwortete immer: »Ich weiß nicht genau, ob ich verstehe, worauf die Frage abzielt.«

Jemand anderes versuchte es nochmal, mit anderen Worten. Egal wie groß das Publikum war, die Menge der Worte, die ihnen einfiel, war begrenzt. Wenn sie an ihre Grenzen kamen, griff ich ein und sagte: »Für uns ist das alles noch ziemlich neu.« Einmal noch sprach ich den Pavillon an. »Pavillons werden das, was wir heute für heimelig halten, irgendwann ganz ersetzen«, sagte ich dann. Darüber hinaus sprach ich darüber, ob und wo der Modellpavillon fertiggestellt würde, welche zinnenhaften Teiler ihn in Teile teilen würden, die Farbe des gefärbten Sackleinens, das dekorativ auf die Teiler getackert würde. Alles Statistischige, das ich ausgelassen hatte, brachte das Mädchen noch ein, Maße, Kostenpunkte und so etwas, dann teilte sie die Feedbackkarten und Bleistifte aus.

Wenn ich nachher im Auto in einer Terrine das Essen für das Mädchen zubereitete, hörte ich, wie sie auf dem Rücksitz die Broschüre durchblätterte, um Raum zu schinden. Wenn ich fertig war und sie aß, versuchte ich, auf dem Autodach eingemummelt ein bisschen zu schlafen.

Manchmal auf der Fahrt weinte das Mädchen die ganze Nacht lang. Alle paar Stunden musste ich rechts ranfahren, mich zu ihr auf den Rücksitz setzen und sie in den Arm nehmen. Da war sie schon dezidiert höckerbusig. Wo einst ihre winzigen Brüste ruhten, befand sich nun die zyklopisch-orbikulare Sache mit dem kommenden Kind.

Eines späten Vormittags sagte das Mädchen: »Gleich ist es so weit.«

»Wie lange noch?«, sagte ich.

»Weniger als eine Stunde?«

Ich fuhr in die nächstgrößte Stadt – mit Euclid Avenue und Fifth Avenue und Market Street und Wabash Avenue und Pennsylvania Avenue – und parkte vor einem mülligen Einkaufszentrum. Ich hatte nicht mal Zeit, die Staffelei aufzustellen. Ich betäubte das Mädchen und legte sie falsch herum auf eine Chaiselongue, mit dem Kopf da, wo normalerweise die Füße hinkamen.

Leute blieben stehen. Aus einer Kiste im Kofferraum abstrahierte ich eine Handvoll Handouts für den viertelstündigen Vortrag.

Mit einer Zange sänftelte ich die Zähne des Mädchens aus ihren Halterungen.

Einen nach dem anderen ließ ich die Zähne in meine Hemdentasche fallen.

»Sonst wird sie«, so sagte ich, »das Kleine unwillkürlich noch beißen.«

Dann die Zunge.

An den Seiten musste ich den Mund nur ein bisschen weiten.

Als das Mädchen zu würgen begann, griff ich ihr in die Kehle und zog alles raus, was hochkam. Das Mädchen wurde blau im Gesicht. Ich scheuerte ihr eine, dann dem Kind, dann wieder ihr.

Beide – und die versammelte Menge – atmeten laut, geschäftig.

Ich bemühte mich ernsthaft, mit dem Kind und der Mutter nachher noch Kontakt zu halten, und ich wiederholte den ganzen Ablauf hier und da noch mit ein paar körperlich ähnlichen Mädchen, und ein paar Jahre später war ich so eine Art König geworden, der etwas Bemerkenswertes beherrschte.

VORTRITT

Ich erzähle meine Geschichte immer wieder anders, dabei könnte sie gar nicht einfacher und geradliniger sein. Es kommen darin überhaupt nicht so viele Leute vor, und am wenigsten ich. Aber stecken Sie mich irgendwo hin, wo mehr los ist, und ich gabele jemanden auf und werde aufgegabelt, der Unterschied ist mir völlig egal, und ich belaste mich auch nicht mit dem bisherigen Leben.

Das sähe zu sehr nach Arbeit aus.

Und zwar fand ich kurz danach im Bad ein Pflaster von ihr, das nie im Müll gelandet, sondern da hingerutscht war, wo die Seite des Badschränkchens nicht ganz an der Wand stand. Zum letzten Mal versuchte ich, einen Kamm zu erreichen, der auch dort runtergefallen war. Der gute Kamm, der saubere, war schon eingepackt. Ich hatte ein Stück Unterhemdenpappe genommen, da tauchte das Pflaster auf. Auf der Gewebeseite klebte unscharf getrocknetes Blut. Ich nehme mal an, es war ihres. Ich lasse ihr gern den Vortritt.

Können wir uns wenigstens darauf einigen, dass das, worauf Schwänze zuragen, nicht bei jedem dasselbe ist, dass aber alles irgendwie verkommt?

Denn man vergisst leicht, dass das Pflaster noch in meiner Tasche steckt, schmierig, andenkenhaft, aber wer kommt schon auf die Idee, nachzuschauen? Den Kamm bekam ich auch nie wieder zurück. Ich musste meine Haare mit feuchten Fingern zurechtrücken. Ich fuhr quer durch den Bundesstaat zum Haus, zum engen Elend meiner Eltern, wobei ich die ganze Mautstraße lang in einem überbekümmerten Durchsagebariton mit mir selber redete. Die Stimme sollte durchblicken lassen, dass die Ehe nie wirklich zu Bewusstsein gekommen war. Jedes große Werbeschild las ich mir genauso elegisch vor.

Ich hielt nur einmal an bei einer sogenannten X!X!X! B!U!R!G! Acht Kabinen, jede so groß wie eine Einzeldusche. Das Klicken von Gürtelschnallen und das Klimpern von Kleingeld, wenn die Unterhosen runterkamen, meine zuerst; das trostlose Spektakel selbst; dann die dreckfarbenen Papiertücher – ich steuerte mich mit der großen Klebrigkeit des echten Stehvermögens durch die Gegend.

So wartete die ganze weite Welt darauf, dass sie jemand abwischte.

Meine Eltern freuten sich natürlich, dass ich da war, dass ich Urlaub hatte, dass sie nicht jeden Morgen raus mussten, um die Zeitung zu kaufen. Die passenden Münzen wurden mir in der Hand schon warm, bevor ich den Laden auch nur betreten hatte.

Erst stritt sich meine Mutter arthritisch mit den Nachbarn wegen dem Lärm. Sie saß in der Frühstücksecke und hörte den Leuten auf beiden Seiten zu, die sich für den Tag und die sich darin versammelnden Geräusche erwärmten. Im Laufe des Vormittags strukturierte, sammelte sich alles um einen zentralen, mächtigen Störfaktor – ein elektrisches Gerät oder eine Stereoanlage oder eine Streiterei. Sie schrie, schimpfte ins Telefon.

Ich staubte ab. Trug immer mehr Müll raus. Versuchte, die Türklingel auszuwechseln. Nachmittags erledigte ich das Marketing. Der Name der Kassiererin kam in helllilaner Tinte unten auf den Kassenbon heraus. Die Bons sammelten sich in meiner Tasche an. Ich griff nach dem Schlüssel und spürte, wie die Kassiererinnen das zusätzliche Gewicht spürten, das auf ihnen lastete. Die Leute merken es, wenn man sie begrübelt.

Abends mutete ich mir Gespräche zu. Wir drei hatten eine Schwester zu besprechen. Sie hatte inzwischen zwei Kinder, den Jungen und das Mädchen. Der Junge behielt alles für sich und wollte nicht beim Essen erwischt werden. Das Mädchen sagte, sie esse nie.

»Gibt sie an oder beschwert sie sich?«, sagte mein Vater nur.

Ich weiß eigentlich nicht, wie viel Zeit verging, bis sich ein Mann in meinem Alter Zugang zum Haus verschaffte und nach und nach durch das Haus vordrang. Er stieg ins Bett meiner Eltern, sah, wieviel Platz noch zwischen den Rändern ihrer Körper war, und fummelte sich da rein. Kurz darauf steckte einer seiner Finger tief in meiner Mutter, war die Unterhose meines Vaters bis zu den Knien runtergezogen, und ein Finger der anderen Hand steckte soweit es ging in dem Loch.

Es muss wohl darum gegangen sein, jemand anderen dranzunehmen, damit noch jemand anderes auf die Welt kam.

AUSZUGSWEISE

Gehen Sie zur Verdeutlichung des Sachverhalts davon aus, dass Sie alles über mich wissen.

Ich war ein Flachmann im Veloursheмd, der an den langen Kantinentischen von Business Schools, Schminkschulen, Oberschulen, Berufsschulen saß. Mein Geschäftsmodell war, gebrauchte Lehrbücher zu kaufen und sie einem Vertriebler zuzuschanzen. Junge Leute stürzten mit ihren fetten, dumpf ungelesenen Büchern auf mich ein. Ich murmelte die Autorennamen und Titel vor mich hin – Gursons *Einladung zum Ablagewesen* oder Fritchmans *Zeitgemäße Buchhaltungsgrundsätze*, 3. Aufl. – und flitzte durch meine blauen, loseblättrigen Preislisten, während die jungen Leute mich andüsterten. Dann griff ich in den Gerätekoffer mit meinem Bargeld, knallte ein paar Scheine und Münzen auf den Tresen, sah mir den geifernden Geldzugriff an.

Längst schaute ich nicht mal mehr hoch auf die rumpelnd unzusammenhängenden Gesichter der jungen Leute, den Akneschorf, die Flaumkugeln. Stattdessen konzentrierte ich mich auf ihre Arme. Vor allem bei kurzärmeligem Wetter taten sich die Arme am meisten hervor, posaunten Bedürfnisse heraus, die überhaupt nichts mit dem zu tun hatten, was die Gesichter erbaten.

Ich musste überhaupt nichts sagen. Nie stellte jemand die Summe in Frage, die ich bezahlte. Meine Kundschaft drehte sich einfach um, fröhlich entpeinlicht, pausenbrotvermögend.

Diese Version meiner selbst brachte ich seit neun Monaten in einer Dreiländerregion an den Markt, ich zahlte ab und bunkerte Bargeld. Jede zweite Woche war ich unterwegs. Die Frau, die morgens in der parkplatznahen Motelhütte alles in Sichtweite faltete – zunächst die besonderen Laken und Kissenbezüge, die ich mitgebracht hatte, um nicht auf der vom Motel bereitgestellten, schwer besäumten Bettwäsche mit den unbleichbaren Rückständen herzverbrühter früherer Reisender schlafen zu müssen – war nie die, mit der ich zusammenwohnte. Jedes Mal handelte es sich um eine ungelüftete, hamsterige Frau mit einem Mundvoll lockerer Füllungen und ganz spezifischen, aufregenden Sprachaufstörungen. Sie schlenzte durch eine Hose, meine Desserthose, die sie sich für zuletzt aufgehoben hatte.

Ihr entsprach ein ca[illegible]bares Haushaltungsteammitglied in jedem Motel landauf, landab.

Der Mann, der ich in jedem dieser Zimmer mit der Frau oder ihrer Kollegin war, war morgens auf hundertfünfundvierzig Kilo runter.

Mit ihr ging mein unentscheidbares Leben zurück.

Ich hörte immer schlechter. Was aus Gesprächen auf mich zuwogte, war oft schon abgebimst, die Bedeutung geglättet, ausgewaschen. Wenn ich Lust hatte, konnte ich die Ohren auf die Worte zuspitzen und das Wesentliche heraushören, mir die Drohungen und »Du fettes Arschloch«s zutrichtern. Aber warum sollte es mir nicht lieber sein, wenn alles zu einem seifigen Schwusch wird?

Trotzdem ging ich zu dem Termin, den die Frau, mit der ich zusammenwohnte, für mich bei einer Audiologin vereinbart hatte, völlig unverbindlich. Die Audiologin war breiblond. Sie beklammerte meinen Schädel mit Kopfhörern, und brav entrollte ich jedes Mal, wenn die flüchtigen Töne, die sie auf meinen Kopf losließ, irgendwo anschlugen, einen Finger. Sodann diagrammte sie die Höhenkämme meiner Nerventaubheit auf einen blaukarierten Notizblock. Sie kreiselte auf ihrem Stuhl herum und auf mich zu und erklärte mir, übertrieben lossilbend, die Testergebnisse. Dann korkte sie mir ein »Hörinstrument«-Muster ins Ohr. Sofort hatte ich das Gehupe und Gedresche der Welt wieder, nur klingeliger und quietschiger, als klackernder Souvenirsoundtrack.

Dann merkte ich, was die Audiologin mit ihrem Gesicht anstellte – sie jalousierte es auf und zu, auf und zu. Ich meine nicht, dass sie blinzelte oder einen Tic hatte. Das hatte nichts Automatisches oder Unwillkürliches. Sie klappte ihr Gesicht zu und öffnete es wieder für mich, rollladete mir zu, was ich über sie wissen sollte, alles schön unsilbig und unmissverständlich.

Und sie war nicht die Einzige. Seit Kurzem winkte man mir mittags beim Essen mit Servietten, hielt Speisekarten bedeutungsvoll schräg auf mich zu. Morste mir mit Fingergetippel. Wackelte mir in schwitzigen Feierabendmengen mit den Armen zu. Augenbraute und schluckte lebhaft, bestimmt, für mich. Und noch schlimmer war, dass alle davon ausgingen, dass ich verstehen würde, was mit den ganzen Sirenenrufen und Signalen gemeint war.

Alle waren in einem sexuellen Ausnahmezustand.

Einmal beobachtete ich in einem Kaufhaus, bei den Sommerhemden, ein schlaganfallartiges Winksignal, klebte mich an den Mann, folgte ihm die Rolltreppe hoch auf eine gewölbeartige Kundentoilette. Wir positionierten uns in benachbarten Kabinen. Er legte seine Handflächen an die Metallwand und trompetete: »Fehlt dir jemand?«

Ich entriegelte meine Tür. Er eilte herein, eine Unverfrorenheit aus helldunklen Unterarmen und einem klammen, bilderrätselhaften Gesicht. Er entspukte mich fünf Minuten lang, wenn's hoch kommt. Dann warf ich ihn aus meinen Gedanken.

Also sagte ich zu der jalousiegesichtigen Audiologin: »Ich muss mal drüber schlafen.« Ich entkorkte mein Ohr und legte ihr das Vorführmodell wieder auf den Tisch.

Ich sah zu, wie sie sich das Gesicht mit einem wütigen Zug wieder zuzog.

Dann ging ich wieder nach Hause zu der Frau, mit der ich zusammenwohnte.

Gloria hatte drei Kinder von ihrem Exmann. Gleich zu Anfang hatte sie auf der Klausel bestanden, dass eine zweite Ehe nicht in Frage kam. Genau das hatte ich hören wollen. Die Mädchen waren der Mutter aufspaliert, aufgestampft, taten sich gütlich an ihr. Wenn ich nicht unterwegs war, geisterte ich nebensätzlich durch ihre Leben. Ich bemühte mich aber, sie zu verstehen. Das ging auch. Ich tauchte in sie ein, durchkämmte und plünderte Proben ihres zersplissenen Nervenkostüms. Die hatten einiges mitgemacht, das durfte ich nicht vergessen. Ich stellte mir vor, sie waren früher einfach restlose Quotienten ihrer Mutter und ihres Vaters (eines auf breiter Front gehirnkranken, flüchtigen Kühlfachmannes namens Sandy) und der Sachen, die die beiden Eltern am Abendessenstisch sagten – Familienslang für borborygmische Albernheiten und so. Dann fingen Gloria und Sandy an, große Teile ihres Hasses aufzuteilen und an die drei Mädchen weiterzureichen, um zu sehen, wie viel man denen zumuten kann und was sie damit machen würden. Und dann die Schläge, krankenwagige Fahrten, flüstrige Besuche an Glorias Intensivbett, das tägliche Händchenhalteritual beim Gang zu den Süßigkeiten im Krankenhausladen. Nach der Scheidung hatten sich die Mädchen im Angesicht der Neulinge, die geduldig vor Glorias Schlafzimmer anstanden und sich einzeln wieder herauskamen, gelassen auf den nächsten Vollzeiterwachsenen aufgerundet: ihre Mutter. Ihren Vater erwähnten sie nie. Ich bin mir ziemlich sicher, dass mein Name nie fiel, wenn ich nicht da war. Jedes der Mädchen verachtete mich auf eine andere, undetonierte Art und Weise.

Eines späten Nachmittags kam ich von einer einwöchigen Buchkauffahrt zurück, lotterte mich ins Wohnzimmer und fand die drei dort gebündelt motzig auf dem Teppich. Die Zweitälteste war einen Meter vor dem staubbefilmten Fernseher gestrandet, eingerollt, Oberschenkel eng an der Brust, verschränkte Arme auf den Knien, daumenlutschend. Das alles geschah unter einem riesigen, zeltähnlichen T-Shirt, einem von meinen, das sie ohne Erlaubnis leuchtkringelig gebatikt hatte, dessen Ausschnitt sich direkt unter ihrer Nase befand und dessen kurze Ärmel schlaff herunterhingen.

Die anderen beiden fläzten sich rechts und links von ihr, noch in die Unterwäsche geschlungen, in der sie geschlafen hatten. Ich watete geradewegs herein, blieb stehen, kragte meine Wampe über sie aus.

»Hallo, Mädels«, gurgelte ich.

Keine Antwort.

Charakterzüglich waren sie aber wirklich in Ordnung – spatzig, blauädrig, mit einem Strahlenkranz aus roten Haaren. Mein Gesicht sah auch aus, als hätte es jemand in einem Anfall von grobem Unfug entworfen und dann sofort, voller Reue, lasiert und so abgetönt, dass man es sich ansehen konnte, ohne sofort zu denken: »Ist der ein bisschen langsam?«

Ich bewertete den Inhalt des Fernsehers, *meines* Fernsehers, kurz und lobbte dann Richtung Treppe.

Ich knöchelte an die Schlafzimmertür, bevor ich reinging.

Gloria lag im Bett mit Zeitschrift und Zigarette, die Haare noch vom Duschen schwammig.

»Die Mädels haben diese ganzen Sachen über die Überlegenheit der Frau gefunden, die du bei diesem Verein bestellt hast«, sagte sie und sprach jedes Wort so genau aus, als täte sie mir einen Gefallen, schaute aber nicht von der Seite auf.

»Müssten die dann nicht Purzelbäume schlagen?«, sagte ich. Meine Stimme klang fettverstopft und wie aus der Ferne. Ich wusste nicht mal, ob das, was ich sagte, ganz rausgekommen war.

Gloria feuerte einen Bleib-wo-du-bist-Blick auf mich ab und wandte sich wieder ihrer Zeitschrift zu. Meinen Hosentaschen entstopfte ich haufenweise Geldscheine, die ich auf die Kommode knallte, und ich sah ihr beim Lesen zu, sah zu, wie ihre Augen über Buchstabenspalten huschten. Sie war eine Sprintleserin, die innerhalb eines Monats durch mehr Bücher hechtete als ich in einem ganzen Jahr, obwohl ich der mit den Abschlüssen, den Nachweisen, den Empfehlungsschreiben war.

Ihr Körper war drahtig, görig. Sie pflegte ihre solariale Schönheit. Allerdings war sie hygienisch kriminell. Ich hätte gern gewusst, wie meine Vorgänger mit dem aschenbechrigen, schweißhaften Nimbus umgegangen waren, in den sie sich fast ständig einnebelte.

Meine Taschen waren nun leer. Ich strich die Geldscheine flach, stapelte sie, richtete sie gerade aus und bewahrheitete sie für ihre Zustimmung auf. Dann schaute ich mehr oder weniger zufällig hoch in den Spiegel. Ich sah übersät aus.

»Hast du was gegessen? Hast du Hunger?«, sagte sie.

»Ich hab gar nicht angehalten«, sagte ich. Die Worte nebelten sich aus mir heraus.

»Bla-bla-bla-bla-bla-bla-bla. Immer das Scheißgeschwätz.«

»Ich hab nein gesagt.« Diesmal artikulierte ich die Silben langsam und nachdrücklich. »Ich habe noch nichts gegessen.«

»Ich frag nur, weil die Mädels zu ihrer Tante gehen. Es kommt jemand, und da brauche ich nicht noch Gesellschaft.«

»Wer denn?«

»Wer? Egal. Iss was.«

»Nein, ich meine, nur damit ich Bescheid weiß.«

»Bescheid? Also gut. Die Kassiererin bei Foodtowne, über die du dich immer auslässt, die mit dem Bizeps, weißt du? Die fick ich schon die ganze Woche, als eine Geste des guten Willens dir gegenüber. Aus reiner Großzügigkeit. Das hat nichts von Freizeit, fast überhaupt nichts. Die fragt dauernd nach dir. Zufrieden? Jetzt geh irgendwohin und iss was.«

Meine Hände fäusteten sich so tief es ging in meine Hosentaschen. Da stand ich, schattenverschüttend, chronisch egal, in einem Zimmer mit ganz leichter Neigung zum unbevorhangten Fenster hin. Dumpf presste sich eine Erektion los.

»Tu, was ich sage«, sagte sie.

»Schau«, sagte ich.

Ich zeigte aber auf nichts und niemanden. Es gab nichts zu sehen, für niemanden.

Zu meinen Ehren muss gesagt werden, dass ich wusste, welche Tage jetzt vorbei waren. Die Tage zum Beispiel, an denen ich ins nächstbeste Straßenrestaurant gehen, die Karte lesen und den ganzen Wortschatz aus Hauptgerichten, Beilagen und Getränken in dem sicheren Bewusstsein bestellen konnte, dass die Bedienung, die alles auf einen kleinen Block kritzelte, genau ermessen konnte, was Schmorbraten, Kartoffelpüree, Butternudeln, eingelegtes Gemüse mir bedeuteten. Tage, an denen die Bedienung nur wenige Minuten, nachdem sie die Teller und das Essen und die Gläser vor mir ausgebreitet hatte, wiederkam und fragte, ob alles recht sei, in einem Ton wie klare Brühe, und ich »Alles prima« antwortete, gesetzt und epigrammatisch wie in einer Kurzfassung meiner Rein-und-Raus-Geschichten mit Frauen. Nach dem Nachtisch verließ ich das Restaurant mit dem guten Gefühl, in der Erinnerung der Bedienung eine Version meiner selbst hinterlassen zu haben – nicht die plumpsende, allseits bekannte, fast vierzige, plauzige, die mir die Spiegel auf dem Herrenklo entgegenbrachten, sondern eine liebenswerte, wie sie dem unverkrampften Leben entsprach, das ich unterhalb meiner selbst führte.

Seit Monaten aber sank das, was ich, nicht nur in Restaurants und Cafés ausstrahlen und bei anderen Leuten rüberbringen wollte, immer tiefer in mich hinein, kleckste sich zu talgigen Schichten, dendrochronologischen Ringen, die meinen Abschied von der Welt des Redens und Zuhörens archivierten. Ich versiegelte mich. Wenn Worte aus mir herausplatzten, dann stoßweise, kapitulativ in der Luft verkorkst, sie waren durch mit mir.

Bei meinem letzten Besuch in dem Restaurant, ungefähr eine Woche vorher, hatte ich Hacksteak bestellt, Petersilienkartoffeln und Apfelmus, aber die Bedienung setzte mir Fischfrikadellen, Pommes und Krautsalat vor. Ich flatterte ihr eine gejodelte, hyperventilierte Beschwerde vor, woraufhin sie ihren Notizblock durchwuselte, eine grünliche Seite herausriss und mir vor die Augen pflanzte. Darauf standen die Tischnummer (17) und, in einem Gestammel aus Schreibfehlern und Abkürzungen, eine

Bestellung von Fischfrikadellen, Pommes und Krautsalat. »Beschwert sich sonst auch keiner, Jungchen«, sagte sie.

Aber ich hatte Hunger. Gloria überließ ich ihrer Verabredung mit der Foodtowne-Tussi oder wem auch immer, während ich mich raus zu meinem Kleinbus schürzte. Meine Taschen lagen noch über die schweren Bücherkisten auf dem Rücksitz verstreut. Ich stieg ein, ließ den Wagen anspringen und schob mich aus der Vorgärtchengegend heraus. Ich fuhr auf die Autobahn- und Umgehungsstraßenringel auf, die die Stadt eingürteten. Ich eimerte so unter dem Tempolimit weiter, ließ mich von heimkehrenden Sekretärinnen und Rechtsanwaltsgehilfen und Telefonverkäufern überholen, die in ihren Spielzeugautos alle glänzend aussahen. Schließlich bog ich auf eine Nebenstraße ab und hängte mich an eine gigantische, rücklichternde Endmoräne, die sich an kleinen und großen Restaurants, Cocktailbars, Fastfood-Ausgabestellen vorbeischob. Ich blieb in der Spur, bis die Wohnanlagen mit Grün den Lagerhallen und diese dann den betürmten Häuserreihen wichen, die eine Schote um die heruntergekommenen Geschäftsstraßen der Innenstadt bildeten.

Einige Jahre zuvor hatte ich mich durch einen Zubereitungsfehler anscheinend in einen Berufsberater verwandelt und erschien allmorgendlich in einem fassadelosen Gebäude mit Fensterband, das am Zentralplatz lag, und damals war es mir mittagspausenlang innerstädtisch unwohl. Seither war ich nicht dort gewesen.

Ich parkte den Transporter an einer Uhr, auf der noch fünfundsiebzig Minuten waren, und schnaufte auf den McDonald's zwei Straßen weiter zu. Außer ein paar stotternden Eigenbrötlern an den Kreuzungen war ich der Einzige, den die Laternen beleuchteten.

Drinnen humpelte ich an all den Nischen mit den Plastiktischen entlang, an denen die Notunterkünftler allein oder als Primus inter Pares saßen und sich an den Kaffeetassen festhielten, die ihnen den Aufenthalt garantierten.

Ich landete, außer Atem, an der Theke.

Ich sah einen aufgequollenen, schweißtriefenden Mann auf die Stapel eingepackter Hamburger hinter der Theke zeigen und dann langsam, fettig, seinen Zeigefinger hochhieven. Ich sah, wie die Bedienung die Bestellung eintippte und wie der Mann tablettlos den Hamburger, ein paar Ketchuptütchen und einen Stapel faustverkrumpelter Servietten an einen einsamen, wackeligen, an einen Seiteneingang geklemmten Tisch trug. Ich sah, wie er sich auf seinen Platz krümmte, die Burgerverpackung herunter- und den Rindfleischbratling aus dem doppelten Brötchenkissen herausriss, ihn auf ein Serviettenbett legte und mit einer weiteren Serviette sorgfältig den Ketchup, die Zwiebeln und die Gurkenscheiben von der Unterseite der oberen Brötchenhälfte wischte. Ich sah, wie er sich dem Bratling zuwandte und zunächst die widerlich dicke Soßenschicht abtupfte und ihn dann in Lagen von Servietten stopfte, um mit seinen überfleischigen Fäusten das Fett herauszupressen. Ich sah, wie er die Gurkenscheibe abwischte, kleinhackte und dann auf das Rindfleisch herunterregnen ließ. Ich sah, wie er ein Ketchuptütchen aufschlitzte und ganz sanft ein paar Schnörkel auf das Fleisch drückte. Ich sah, wie er das Fleisch mit den Daumen und Zeigefingern beider Hände zangte und auf die Unterseite des Brötchens senkte. Ich sah, wie er den fertig hingefummelten Burger dumpffingerig beklopfte.

Ich sah, wie er einen ersten Halbbogenabbiss wagte, sich dann aus seinem Platz wuchtete, mit dem Burger in der Hand ein paar langsame Expeditionsschritte über die paar Meter vermüllten Bodens zwischen seiner Burg und dem Abfalleimer ging. Inzwischen sahen ihm wohl alle zu – auch der einsoutanierte Alte in einer nahegelegenen Nische, der eben noch zufrieden, geschlossenen Auges die Überbleibsel eines Karamell-Milkshakes bebrummelt hatte. Allen war klar, dass dieser feuchte, weitreichende Mann mit dem Hamburger ein historisches Ereignis war.

Ich sah, wie er nur einen Schritt vom Mülleimer entfernt plötzlich beschloss, dem Burger doch nicht den Laufpass zu geben. Die Gedankengänge friesten ihm über das Gesicht – ein offenes Geheimnis. Sie waren so klar, so sorgfältig angeordnet, dass ich sie mir für später hätte notieren können. Stattdessen sah ich zu, wie er sich zurückschuftete, den Rest des Hamburgers in vier oder fünf Bissen verputzte, sich wieder anhob und schnaufend und völlig aufgelöst auf die Straße hinausging. Zurück blieb eine Schneewehe von Servietten, die irgendjemand auffegen musste.

Ich sah zu, wie er die zwei Kreuzungen zum Parkplatz seines Kleinbusses ging. Da hatte ich dann das Gefühl, dass ich dabei war, mich in seine Angelegenheiten einzumischen.

Da dachte ich, ich will auch nicht zu lange bleiben.

Ich sah zu, wie er sich in den Kleinbus hievte und losfuhr.

MEIN

Machen Sie es wie ich: Kommen Sie aus einer Familie, haben Sie Eltern, haben Sie was gemacht, Blödes, immer und immer wieder. Der eine Tag, als ich jemand Nettem zu nahe kam. Im Sommer danach begrüßte ich bei uns zu Hause einige Männer, während meine Mutter und mein Vater bei der Arbeit waren. Das tat ich statt allem anderen, wofür ich mit zweiundzwanzig bereit schien. Irgendwie gingen die Männer alle durch mich hindurch, und nachher gehörten sie knapp mir.

Das war der eine Sommer, in dem mein Herz eine gewisse Schlagkraft hatte.

Am frühen Abend saß ich auf der Terrasse, während mein Vater sich zwischen die Blumen kniete. Ich konnte keine halbe Stunde irgendwo sitzen, ohne aufstehen und auf die Toilette gehen zu müssen. Ich weiß auch nicht, was da rauskommen sollte, jedenfalls habe ich nie nachgeschaut. Vor dem Spülen klappte ich den Deckel runter.

Später, im Wohnzimmer, wenn der Tisch schon gedeckt war, sagte mein Vater seinen Teil. Es war letztlich immer dasselbe: Wenn etwas nicht stimmte, sollte ich Dr. Zettelmayer anrufen.

Nach dem Abendessen ging ich sofort ins Bett. Die Nacht durchquerte ich, indem ich jede Minute fest mit der folgenden verknüpfte und eine Hängebrücke durch das Dunkel baute. Den eigentlichen Schlaf erledigte ich in der Morgensonne, und gegen Mittag klopfte der erste Mann. Dass sie nicht alle gleichzeitig kamen, machte mir klar, dass sie einander kannten und miteinander auskamen und vernünftig waren. Es war nie eine Überraschung, wer zuerst kam, aber sie hätten es, glaube ich, gut gefunden, wenn die Reihenfolge irgendwie bedeutsam gewesen wäre.

Wenn mein Vater tagsüber krank nach Hause gekommen wäre, hätte er mal sehen können, wie ich auf dem Wohnzimmerboden kniete mit der ganzen ernsten, hilflosen Rechtwinkligkeit eines anderen im Mund. Meinen Vater sah ich nie so auf Augenhöhe, wie ich es gewollt hätte.

Mein Vater: An ihm fiel auf, dass das Leben an ihm vorbeigeschleust wurde.

Dafür brachte mir meine Mutter das Lohnende bei: Wenn man dich fragt, ob du das, was du im Spiegel siehst, schön findest, dann tu so, als meinten sie das, was hinter dir ist – den Duschvorhang, die Kacheln, die Tapete, was halt da ist.

Die graue Schüssel, aus der mein Mann seine Cornflakes aß, die Schüssel, die er von irgendwoher mit in die Ehe gebracht hatte und aus der ich nie aß, zerbrach nicht und war nie angeknackst und ging auch nicht dahin zurück, wo sie hergekommen war. Sie kam einfach irgendwann nicht mehr an den Tisch. Bis dahin waren die Vorkommnisse wenig ereignisreich gewesen: Ich spülte die Schüssel und trocknete sie ab, stellte sie wieder in den Schrank. Das machte nur wenig Mühe, ich machte das sogar ganz gern, aber ich schrie jedes Mal wie am Spieß.

Ich glaube, ich weiß schon, was als nächstes kommt: eine Initiativdefinition von Ehe als zufälliges Nebeneinander von Fleisch, bei dem kleine, grolllose Gefühlsaustauschprozesse im Bereich des Möglichen liegen, unter der Voraussetzung, dass ... und dann folgen seitenweise Voraussetzungen. Die Seiten sehen verknittert aus, als hätte sie jemand in der Badewanne gelesen und dann zum Trocknen auf dem Boden ausgelegt. Die Definition lädt zu einem riesigen, steilen, stürzenden Gegenargument ein, dem ich wehrlos ausgeliefert bin, es sei denn, ich lege zwei Karten auf den Tisch, die ich in meinen Blutbahnen versteckt hatte – welchen anderen Rückzugsraum habe ich sonst? Die beiden Karten jagen zu lang schon durch meine Adern. Die eine ist so einfach, so offensichtlich, dass ich mich wirklich bemühen muss, sie immer wieder zu formulieren, nur damit sie irgendwo formuliert ist: Die Frau, mit der er was hatte, hatte irgendwann was dagegen.

Die zweite Karte muss ich auf den Punkt bringen. Ich wachte auf, und er biss mich im Schlaf in den Finger. Es war kein Lutschen, sondern ein Beißen. Eine ziemlich nervtötende Wendung, bei der er der Container war, statt sich in mich hineinzubohren und in mir herumzugaukeln, wenn ich tot war oder mich tot stellte. So aber war ich in ihm allein. Ich wurde aufgegessen.

Da knallte ich ihm eine, und noch eine. Schließlich wachte er auf. Ich sagte ihm, was er getan hatte.

Er sagte, »Echt?«

Denn ich war eine Frau, mit der er reden konnte.

Seither ist die Grundeinheit unseres Diskurses, der wichtigste Baustein unserer Sprache, die Frage aus meinem Mund: »Was ist gruseliger als zwei Leute im selben Zimmer mit ihren Nachttischen und den Dingen auf ihren Nachttischen?«

Ich sage das so, als wüsste ich es.

DIE TOCHTER

Der Mann hatte Höhenangst, guckte nicht gern hoch. Alle im Haus wussten das. Es war eine allgemein bekannte Tatsache.

Alle wussten, dass er eine Kappe mit breitem Schirm trug, wenn er aus dem Haus ging, um sich durch diese Markise Teile des Himmels aus dem Blickfeld zu halten, auf die man sich nicht verlassen konnte.

Die Tochter wusste das.

Eines Tages ging der Mann in die Küche, der verschiedenste Geschichten entsprossen und deren Ebenen und Balkone immer ausgefeilter, skulpturaler wurden. Er schaute mit halb geschlossenen Augen nach unten, auf die Arbeitsflächen, die Sitzflächen der Stühle. Am Tisch fand er einen Anflug seiner Frau.

»Wir müssen schauen, ob wir nicht umziehen können«, sagte er zu ihr.

Ihr Schweigen war ungewohnt senkrecht.

»Hast du gehört?«, sagte der Mann.

»Es fällt kaum auf«, sagte die Frau.

Der Mann setzte sich die Kappe auf und ging in die Schule seiner Tochter, um mit den Lehrern zu sprechen. Er beobachtete ihre Gesichter, als er den Namen der Tochter nannte.

»Sie fehlt immer«, sagten die Lehrer nur. Sie zeigten ihm ein Klassenbuch - kleine Haken in einer langen Spalte bedeuteten, dass sie jeden Tag des Halbjahrs gefehlt hatte.

»Erzählen Sie uns, wie sie aussieht«, sagte jemand.

Der Mann sprach gnadenlos lang über seine Tochter. Die Lehrer beschwerten sich, dass sie sich das Mädchen immer weniger vorstellen konnten, je länger er redete, und dass sie sich inzwischen kaum noch vorstellen konnten, wie ein Mädchen überhaupt beschaffen sein konnte. Sie sagten, was er erzählte, klinge weniger nach einer Person als nach einem Ort, der Hauptstadt von irgendwas.

»Das ist halt so«, sagte der Mann ihnen.

Als er nach Hause kam, ließ er die Kappe auf und hechtete die ganze, lange Treppe hoch zum Zimmer seiner Tochter.

Sie lag im Bett und schlief. Er sah auf ihr Gesicht hinunter, sah ihr in die Ohren. In die Nasenlöcher. Im linken sah er einen Popel-Stalaktiten. Den rührte er nicht an. Er beschnüffelte ihre Unterarme. Er beschnüffelte ein ganzes Bein. Er roch ihren Mund. Er küsste ihn spückisch, mit Tiefgang.

Um die Tochter herum ragte eine steile Stadt auf. Angesichts ihres Umfangs wollte der Mann aufgeben. Er hatte das Gefühl, zum Hinsehen gezwungen zu sein. Er warf den Kopf in den Nacken, biss sich auf die Zunge, um sie vor Angst nicht zu verschlucken, und sah, wie Wolkenkratzer dort oben herumturnten, sich verrenkten, herausblusten.

SCHWIEGERVETTER

Alle waren immer überrascht, wenn sie herausfanden, dass er an einem Beistelltisch arbeitete. Sie hatten sich eine Werkbank vorgestellt, einen Tresen oder wenigstens einen Couchtisch. Aber was er machte, war nicht gerade groß, und irgendwann ist ein Beistelltisch nicht mehr einfach ein Beistelltisch, sondern ein richtiger Tisch, den man an jedem beliebigen Ort in die Mitte stellen kann. Eines Tages kamen ihm Zweifel an allem, was er an diesem Tisch tat. Er sah dorthin, wo der Zweifel herkam. Da stand eine Frau, die rosa gefärbtes Wasser trank. Sie behauptete, sie wisse schon, was Leute sagen würden, und zwar selbst vor deren Geburt. Es tue ihr weh, dass Straßen nicht endlos weitergingen. Sie war es auch leid, alles vor einem Hintergrund von Himmel sehen zu müssen. Er werde schon erkennen, dass sie genau so sei wie er, ihm keineswegs unterlegen, nur jünger und in jeder Hinsicht sein gelackmeiertes Gegenüber. Wahrscheinlich haben Sie das auch schon durchgemacht, ohne dass sich irgendein innerer Wesenskern dabei gezeigt hätte. Gleichwohl zeichnete die beiden zusammen etwas Gekrümmtes aus, nur richtete sie nie auf ihm etwas an, was klebrig oder gut ausging.

Was der Mann tat, verwechselte ich irgendwann nicht mehr mit einer neuen Form des Kommens und Gehens. Ich sah es als das, was es wahrscheinlich war: eine Reihe fälschlicher, ungehöriger Schritte von mir weg. Meinen eigenen Stand musste ich dem anpassen.

Im Bett starrte ich auf ein Buch mit Listen von Wortpaaren, die oft verwechselt werden. Der Mann hatte es ziemlich am Anfang mitgebracht, in einem Anfall von Möblierungseifer. Zum Beispiel: *fraglich* im Gegensatz zu *fragwürdig*. Nur verstand ich nicht unbedingt, inwiefern das ein Gegensatz ist.

Ich wohnte in einer Stadt, die den ganzen Tag lang von ursprungslosem Licht beschienen wird. Vorne im Telefonbuch, direkt nach der totenblauen Landkarte, stand, dass ein beträchtlicher Anteil der Bevölkerung des ganzen Landes innerhalb was weiß ich wie vieler Kilometer der Stadt lebte. Aber immer wenn ich auf die Straße ging, entzog sie mir ihren Längengrad. Enthielt mir die Entfernung vor.

Das war die Stadt der immerwährenden Zwischenzeit, wo das Papier für die Hausaufgaben von eins bis fünfzig durchnummeriert war. Die Hausaufgaben mussten in Ordnern abgeheftet werden, die die Lehrer in den Blechkisten abholen konnten, in denen mir die Milchmänner die Milch vor die Tür stellten. Die Lehrer habe ich nur einmal getroffen: als sie neu und folglich unsicher waren; daher nahm ich sie mit ins Schlafzimmer, wo sie den Klapptisch mit den Bechern voller Kulis, die Papier- und Ordnerstapel, die Pinnwände mit dem Ausschlag von Handschriftenproben anderer Lehrer und den immer höheren Notendurchschnitten selbst in Augenschein nehmen konnten. Später brachte ich sie noch an die Tür, sah zu, wie sie sich ins Auto steckten.

In den Ordnern stieß ich immer auf Blätter, die zerknüllt und dann reumütig umentscheidungsfroh wieder glattgestrichen worden waren. Andere waren eingerissen, umgeknickt, gekräuselt oder gekelcht. Manchmal fand ich Blätter, die nass und krumpelig und enthusiastisch eingefärbt oder schraffiert waren, sodass sie irgendwie gemüsig aussahen. Der Großteil der Blätter war aber beschichtet, belegt – nicht nur mit verschüttetem Kaffee oder Wasser, verschmierter Schokolade oder Pizza, sondern Entzügelungen, Auskolkungen von Körpern. Oft, wenn ich einen Ordner aufschlug, schlug mir der geballte Geruch von Unterteilen entgegen, der sich mitten in diesem ganzen Loseblatt-Aufguss erhalten hatte. Was immer die Beschulten sich entringen konnten, brachten sie zu Papier, denn irgendjemand würde es einsammeln. »Gebt was ab«, höre ich die Lehrer noch sagen.

Bevor der Mann, der immer wieder ging, endgültig ging, warf er mir noch zweierlei vor: Behaarungsfreude und »Selbstabhängigkeit«. Tatsächlich waren meine Arme und die Oberseite meiner Hände und ein paar andere Stellen mit Härchen vollgekritzelt. Und es stimmt auch, dass ich die Ehe weitestgehend für mich behielt. So hatte ich mehr davon.

Ich fing an, Haare zu zärmeln, ging wegen der anderen Stellen aber zum Arzt, denn das reichte nicht. Da war also der Hausarzt, der seinen Behandlungsunwillen gerade so lange im Zaum halten konnte, bis ich das behielt, was ich schlief, denn morgens machte es sich aus dem Staub. Und die Neurologin: Nur sie konnte ich wegen der ganzen Bewegung auf meinem Gesicht aufsuchen, denn meine Wangen blinzelten anders als die Augen. Zum

Zahnarzt ging ich am meisten. Er füllte mir die Löcher, immer wieder die gleichen, immer mit etwas anderem: kunstvolle Arrangements aus wallenden Seidenfädchen, geistreich betunkte Pflaster und Breie, Quarze, die stundenlang eingejagt werden mussten. Schon wenn ich aus der Praxis ging, pulte meine Zunge die Füllungen heraus, und in der Bodenlosigkeit meines Schlafes schluckte ich dann alles herunter. Morgens glotzte ich vor dem Spiegel auf meine Zahnreihen, vor allem die schiefen, grabsteinartigen Schneidezähne, bis ich die Löcher gefunden hatte. Ich fuhr wieder zum Zahnarzt und ließ ihn mir in den Mund greifen. Dann fuhr ich nach Hause und steckte meine eigenen Finger in Öffnungen, die weniger offensichtlich waren.

Kurz danach – nach der Ehe und den Arztterminen – fing ich mit den Einladungen an. In einem Ordner fand ich ein Blatt Papier mit dem rot getippten Text: »Ein Kind zu leeren nicht auf eine Raupe zu trehten, isst ebenso wertvoll für die Raupe, wie für das Kind.« Biologie, die Wissenschaft vom Leben – ein Arbeitsblatt aus der Oberstufe. Ich sah mir den Namen an: Lu Clovis. Ich sah mir meine Hand an, die unten auf das Blatt schon schrieb: »Ich bin nicht der Lehrer.« Darunter schrieb ich, wo ich kommende Woche abendessen würde, in welchem Restaurant. Ich stellte mir die sogenannte »untypische Bildungsbiographie« vor: eine Hausfrau am Abgrund. Sie stellte sich aber als jung heraus, vielleicht dreiundzwanzig und nicht überall sauber. Sie ließ einen Faltregenschirm auf den Tisch tropfen, bevor sie sich hinsetzte. Sie hatte braune, wallende Haare. Ihr hervorragender Körper bereitete sich schon auf etwas vor. Sie wollte wissen, wo meine Jugend verflossen war, wie lange schon am aktuellen Wohnort, meine Anhaltspunkte, wem ich mein Leben vorhielt, Gründe für den Abschied von dem, wovon ich mich womöglich verabschiedet hatte. Als ich ihr aber einen tatsachenartigen Bericht lieferte, Handfläche oben, haarverschattete Oberseite unten, schaute sie weg. Ich sagte nichts mehr und aß mein Brötchen, bis sie wieder herschaute. Sie hatte braune, trockene Augen, die schnell blinzelten.

»Ich habe gelesen, dass Leute, die von zu Hause aus arbeiten, Anzüge anziehen, genau wie die Pendler«, sagte sie. Oberhalb ihrer Oberlippe – dafür gab es ein Wort, es stand in dem Buch mit den Wortpaaren: *Amorbogen* und *Amoralität* – bildeten sich Schweißperlen.

»Ich jedenfalls nicht«, sagte ich.

»Ich bin sauer«, sagte sie. Dann: »Nicht deswegen. Ich bin wegen was anderem da, gleichzeitig oder so. Mein Fehler, okay? Darf ich? Können wir das bitte vergessen? Da müssen wir uns jetzt nicht ewig daran erinnern? Entschuldigung.«

Eines kam zum anderen, da es keinen Grund für den entscheidenden Schritt gab. Trotzdem musste ich in Tage hinein. Wo die Hinwollten, gab es keinen Ausweg.

In einem anderen Ordner fand ich eine überverkritzelte Kinderpsychologie-Arbeit mit weitreichenden, ausführlichen Forschungsergebnissen auf der einen Seite und dann, auf eine leere Seite folgend, dies: »ICH GEHE MEIN TAGWERK EIN LEBEN NACH DEM ANDEREN AN, ICH LEBE MEIN LEBEN EINMAL AM TAG, UND SO WIRD MEIN KÖRPER EINES TAGES MEIN LEBEN AUFNEHMEN WOLLEN.« Darunter befand sich eine immense, rote Unterschrift, die allerdings erst nach wiederholten Paraphenausbrüchen und Schnörkeln aufflammte. Der Name lautete Tracy Fricker. Ich wiederholte die Sache mit dem »Ich bin nicht der Lehrer«

Denn mein Bett zu Hause war draußen und amphitheatralisch und damals schon für die Öffentlichkeit zugänglich. Oder weil der Mann, wenn einer da war, mir mit dem Finger über die Beine fuhr, als wollte er alles ausradieren und das, was schon da war, mit etwas anderem ersetzen.

Schauen Sie: Hier gab es ordnerweise Wörter, die ein entsetzter Organismus nach dem anderen hervorgebracht hatte. Die Ordner waren bei mir zu Hause, in dem Zimmer, wo mein Bett hätte stehen sollen. Weshalb das Bett eben woanders war und weshalb ich einem Mädchen namens Tracy das schrieb, was ich schrieb, und Tracy tauchte ja dann auch auf.

Nur war Tracy ein Junge – und eigentlich noch nicht mal das: nur eine Zurschaustellung von Wuchs und Haltung. Eine unelterliche Erwachsene war ihm in glaubwürdiger Entfernung gefolgt, eine Frau mit verkrampftem, vereindrucktem Gesicht, die sich in der Nähe einnischte und immer mal wieder eine Zigarette in den Mund spießte und Richtung Klo verschwand.

Ich sah zu, wie Tracy sein Sandwich in eine Ketchupschweinerei verwandelte. Seine Wangen waren mit Akne bestipselt – weiche Pickel, die mich an Mais erinnerten. Wir aßen schluckschweigend.

Dann sagte er was.

»Geht das, dass man über bestimmte Leute redet, als ob sie weiter weg wären, ganz sehr viel weiter weg, als sie sind?«, sagte er. Das war aber schon eine Rede – sein Blick war weit von mir entfernt. »Ich frag nur, weil ich eine Grundlage suche, auf der ich über genau eine Person sprechen kann. Diese Grundlage stelle ich mir wie einen hohen Sockel vor. Der Sockel müsste so hoch sein, dass die Leute, die vorbeigehen, nicht wissen, wer da redet.«

Ich schaute zu der Frau in ihrer Nische rüber. Ihre Hände waren mit einer Papierserviette reichlich beschäftigt und versuchten diese offenbar in etwas völlig anderes zu verwandeln.

Ich fing an, teilweise probeweise mit ihr unter einer Decke zu stecken.

Im Folgenden spreche ich als Frau mit einer Schlafbehinderung – als Frau, deren Schlaf sie und andere behindert, sobald er sie überkommt.

Der letzte Ordner, den ich je benotete, war offenbar voller Konjugationen – seitenweise permutative Wortläufigkeit, die mir vorkam wie zu lange aufgeschobene Fortschritte hin zu einer zweiten, vollkommeneren Sprache. Ich rotstiftete die üblichen Einladungssätze ans Ende.

Der Mann, der mir Tage später im Restaurant gegenübersaß, erklärte, er habe das Haus voller Töchter, die nicht mehr mit ihm gesehen werden wollten. Er war viel älter als ich und überschattete sich selbst auf eine Art und Weise, die ich schwer erträglich fand. Da war sein Körper, der aus irgendeinem Grund nicht im Bilde war, und seine Dableiber von Nachkommen, die angeblich jeweils eigene Namen und Zimmer und Stauräume und ungeteilte Aufmerksamkeiten besaßen und ihn tagein, tagaus auf an die Kühlschranktür magneteten Zettelchen verleumdeten.

Der Mann hatte seine Tragweite und war höflich. Ich brachte ihn dazu, über seine Ehen zu sprechen, die alle daneben lagen und ihm nicht gefielen – punktuelle Improvisationen von jeweils kurzfristiger Relevanz, die vor einem Hintergrund wachsender Landlosigkeit stattfanden. Zwischen einzelnen Bissen (»mein heutiges Essen«, nannte er es) versuchte er, mich dahin zu bringen, wo er angeblich selbst war, nämlich die Stelle, von der aus man sehen konnte, dass zwischen der Stelle, wo die Haut aufhört, die einen Körper von einem anderen trennt, und der Stelle, wo die Luft anfängt, eine Stelle ist, wo eigentlich nicht viel stattfinden müsste.

Ich sagte entweder »Immer?« oder »Und wie?«

Ich hatte den Faden verloren.

Später stellte sich heraus, dass ich diesen Mann nicht sofort heiratete – ich konnte keinen Teil an ihm erkennen, den man noch hätte heiraten können –, ihm aber, sobald er aufstand, größtenteils folgte.

Da waren es nur noch zwei – die beiden, die ich alleingelassen hatte.

Es ist einfacher und höflicher, und auch für mich augenscheinlich natürlich eine pronominale Annehmlichkeit, sie dieses eine Mal Frau und Mann sein zu lassen; im richtigen, unausweichlichen Leben waren es, wie Sie sicher einsehen werden, beides Männer – Männer von ähnlichen Rückschlägen und Höhenmetern.

Der Mann: Fast eine Woche Fahrt war nötig, um ihn zu erreichen. Mein Wagen nörgelte sich durch die Lande. Die Tage waren weiträumig.

Bei meiner Ankunft machte sich die Stadt an einer Bucht zu schaffen. Die dünnen Sträßchen bildeten weder ein Schachbrettmuster noch eine Stufenfolge.

Später, auf seiner Terrasse, wollte er nicht, dass ich sie Fotos nenne, und ich wollte sie nicht einfach Bilder nennen, ohne sie wenigstens erstmal anzuschauen.

»Schnappschüsse«, muss einer von uns wohl gesagt haben, denn zu dem Zeitpunkt wurde mir das erste Album schon auf den Schoß behoben. Auf jeder Seite hielt eine apathische, unvollkommene Saugwirkung die Abzüge hinter durchsichtigen Plastikfolien gerade so fest. Die letzten waren nur noch grelle Stapel in Umschlägen.

Dargestellt waren geplatzte Kragen, alte Hüte.

Bei zwei Männern, da lasse ich nicht locker, auch weiterhin nicht, stellt der eine Körper den anderen in Frage. Man sieht den einen, wie er sich kleinredet, das meiste Gewicht aus der Waagschale wirft, sich abwendet.

Was für Bilder! Was kann nicht alles passieren, wenn man wach bleibt, war alles, was ich dem entnahm, was mir die Leute vorsetzten und was ich sofort irgendwie rotzig kommentieren sollte.

Ich erklärte mich ihm aber in die Arme: Er war für mich immer noch eine Möglichkeit, meinen Körper besser in den Griff zu kriegen.

Und die Frau? Wohnte in einer Großstadt. Nicht die große, abschüssige, an die Sie gleich denken, sondern eine, die mit ihren Insassen viel weniger schmeichelhaft umgeht. Ich wollte wissen, was sie so früh am Tag schon anstellte.

Sie erklärte, der Mann mache sich nur eine gewisse Zeit lang an einem zu schaffen, dann höre er auf und man gehöre sich selbst

»Bist du trocken?«, sagte ich. »Ich schon.«

Da stand ein Schränkchen auf Beinen – keine Kühlkiste. Die Frau griff hinein und zog ein paar Drinks heraus, warmer Saft in Bechern.

Aus schlechter Gewohnheit musste ich ihr zum Sofa folgen.

Solange mich keiner vom Gegenteil überzeugt, sage ich nur, dass die Leute schon voll sind. Man kann sich nur obendrauf auslegen.

SORGEN VERHINDERN

Irgendwann redete ich mir so sehr nach dem Mund, dass ich in einem Zimmer wohnte, das kaum mit dem Haus verbunden war, zu dem es gehörte. Morgens ließ der Raum zwischen der Unterseite der Tür und dem Teppich einen ungleichseitigen Lichtkeil aus den wichtigeren Teilen des Hauses durch. Auch etwas anderes hätte durchkommen können. Ich war schuld, denn ich hatte nicht auf einer Tür bestanden, die dicht hielt.

Eigentlich hatte ich in dem Zimmer aber nur wenig Ärger. Ich lebte zur Frau überredet. Ich arbeitete in einem Büro und hatte in klar definierter, zeitlich begrenzter Art und Weise mit den Männern in meiner Umgebung zu tun. Einigen dieser Männer gab ich die Erlaubnis zu jagen und zu picken.

Meine Gedanken kreisten damals angeblich um Nähe. Irgendwo hinzukommen, war überhaupt kein Problem. Der Bus kam immer gleich.

Die Eigenschaften von Zimmern unterscheiden sich, so heißt es, von Haus zu Haus. Einmal mietete ich ein Zimmer in einem Reihenhaus an einer Durchfahrtsstraße. Das Zimmer, so wurde mir versichert, war eine Gefälligkeit, mithilfe derer überschüssiger, widerständiger Raum rechtwinklig abgeschieden worden war, um jemanden zu beherbergen, für den Fleischlichkeiten nicht mehr zur Debatte standen. Damals erkannten mich auf dem Weg am Fluss entlang meine Affären schon nicht mehr. Sie gingen mit Paketen unter ihren nackten Armen an mir vorbei. Zur Ruhe kam ich nie wirklich. Die Luftquader meines Zimmers verhärteten sich bis zur Schlafundurchlässigkeit. Wo die Luft über meinem Kopf hing, konnte ich sie abklopfen.

Wie sicher sollte man sich je bei Sachen fühlen, die an die Wand kommen könnten?

Eine Zeitlang sah ich mir auf der Straße immer die Leute an, bis ich jemanden sah, der so aussah, wie meiner Einschätzung nach jemand aussah, der mir ein Zimmer zugunsten könnte, der es mir vorbeibringen könnte.

Jetzt rede ich schon wieder schlecht über den Ort, an dem ich jung war.

In dem Zimmer war der Empfang von Gegenständen, Besitztümern noch unvollständig. Monatelang hatte ich zurückgezogen gelebt, bis ein Mädchen erschien, das mir half, die Sachen zurechtzurücken. Sie hatte keine hohe Meinung von sich selbst. Ich fand es schrecklich zu sehen, wie sie etwas anfassen musste. Ich musste ihren Fingern Einhalt gebieten, wann immer sie etwas fast erreicht hatten, was nur mir hätte gehören sollen.

Ich überzeugte sie davon, dass mir am meisten geholfen wäre, wenn sie mir Gesellschaft leistet, während ich das Saubermachen erledige. So hielten wir es, peinlich verlegen, wochenlang. Ich war dem Mädchen immer mehr zu Dank verpflichtet. Eines Abends fiel mir auf, dass etwas anders war. Das hatte nichts mit Licht zu tun, mit dem Wechsel der Jahreszeiten. An dem Mädchen war neue Erfahrung – ein neuer Zugriff auf die Dinge. Ihr wurde Zutritt zu dem Zimmer gewährt. Ich sah, wie ihr ganzes Leben auf einmal auf sie einströmte. Was mir gehörte, gehörte nun ganz massiv ihr.

Die Frau legte einen Riesenwert auf das Partnerschaftliche. Sie ging völlig darin auf, etwas Besseres zu tun. Ich ging ihr nach, durch einen Bereichsweg in ein Vorzimmer und dann in das Zimmer, wo der Ehemann schon eingerichtet war. Das Gesicht der Frau war wieder eng und gerötet. Ich roch das Deo an uns dreien. Der Frau gelang ihr Lächeln. Daher wischte ich mir die Füße ab.

»Ich fang erst an«, rief ich ihr ins Gedächtnis.

Sie berührte meinen Arm, als wollte sie sagen: »Mach dir nichts vor.«

Im Gegenzug fühlte ich mich bedrängt.

Ich hörte, wie jemand die Tür hinter mir schloss, wie schon zuvor.

Irgendwann ließen der Ehemann und ich alles in Kisten packen und die Kisten an der Wand aufstapeln, sodass die Mitte des Zimmers frei blieb. Der Ehemann streckte sich auf dem Boden aus.

Hier hätten die Ähnlichkeiten aufhören sollen.

Irgendwas geht mit einem Zimmer ganz schrecklich schief, wenn sich lange Zeit nur ein Leben darin abspielt. Davon und nie wieder hatte ich es mit Leuten, die etwas anderes behaupteten. Ein Zimmer von mir wurde betrachtet und falsch aufgefasst. Ich ließ einen Mann ins Zimmer, der Mädchen erzog, die seine Frau schon gehabt hatte. Die Mädchen erkundeten tumultartig, rotzig mein Bett. Ich versuchte, mit ihnen mitzuhalten.

Ich war das neue Mädchen, die Auszubildende. Ich wurde an die Kasse gesteckt. Auf der anderen Straßenseite wohnte ich. Der Manager wollte auf etwas hinaus.

»Vergiss es, das ist hier kein Zuckerschlecken«, sah ich ihn sagen. »Glaub nicht, dass die Sachen, die die Leute aufs Band legen, eine geheime Botschaft enthalten. Es gibt kein ›ganz anderes Leben‹.«

Ich kann mich noch an das Zimmer unter dem Dach erinnern, wo ich taschenweise Second-Hand-Kleider hinbrachte, von Flohmärkten, Kleidersammlungen. Die Kleidungsstücke waren durch die Leben derer, die sich ihnen aufgelebt hatten, verworren. Bei jedem einzelnen war etwas von seinem Besitzer in das Material gedrungen, und kein Wasch- oder Bleichmittel kam dagegen an. Oft war das absolut unhimmlisch.

Auch Unterwäsche kam in Betracht. Auch beschränkte ich mich nicht auf das, was von Männern getragen worden war. Da war eine ganze Kiste mit Umstandskleidern und eine mit hautengen Oberteilen. Da waren Badestrampler für Kinder, Schneeanzüge.

Gelegenheiten, die Sachen zu tragen, hatte ich in den seltensten Fällen, aber es gelang mir, sie so anzuordnen, dass sie mich überzählig beengten. Ich schlief unter riesigen, riechigen Bergen. Die ganzen Kleider drückten sich in die oberen Schichten meines Schlafes.

Wenn ich etwas anhatte, konnte es vorkommen, dass ich mir vorkam, als wäre ich mit jemandem zusammen.

In der ganzen Stadt gab es Männer, denen man Kleinkinder in einem gewissen Alter mindestens jede Woche vorbeibringen musste. Es hieß, von diesen Männern gab es nie genug. Einmal begegnete ich einem, der gerade auf dem Weg in sein Zimmer war. Bei ihm war eine Frau, die das Reden übernahm. Ich weiß nicht mehr, ob ich in ihrem Namen irgendwas Eindrucksvolles tun sollte.

Die Welt war ein Ort und von einem Tag auf den anderen war sie anderswo. Das geschah weitestgehend ohne eine Umverteilung von Land- oder Luftmassen, ohne irgendeine Veränderung der Worte, auf die man angewiesen war, um sich Einlass verschaffen zu können.

Ich brachte mir bei, im Wasser zu leben.

ÄRMELLOS

Ich hatte was im Auge, manchmal zu viel gleichzeitig.

Außer dieses eine Mal.

Das war während einer Ruhephase inmitten einer ansonsten beiderseitig ereignisreichen Arbeitslosigkeit. Meine Frau bat mich um Erlaubnis. Sie war ärmellos. Das Auto war schon auf sie umgeschrieben.

»Lass mich doch wenigstens einen Blick auf ihn werfen«, sagte sie nur.

Er wartete in einer Nische im Café. Meine Frau schlüpfte neben ihn hin. Normalerweise trinke ich keinen Kaffee, aber er bestellte für uns alle drei. Ich nahm mir vor, meine Schlucke zu zählen.

»Heut ist nicht mein Tag«, sagte er. Er erzählte, was ihm auf dem Weg hierher passiert war – knappes Verpassen, Kurzbiographien der Direktoren usw.

Wir saßen inmitten meiner ungeordentlichen Lappalie von Ehefrau.

Er durfte mir Honig um den Mund schmieren. Ich klopfte mit meinem Fuß auf seinen. Nur ein bisschen.

Ich kenne mich doch von irgendwo, oder?

Ich bin mir schon um Haaresbreite nahegekommen.

Nichts Großes geschieht in meinem Herzen, soweit ich weiß.

MIR FEHLT NOCH EIN LOCH

Ich mag es wirklich nicht, wenn das alles so rumgeredet wird. Ich habe keine Lust auf »Wenn ich einen Hund hätte« oder »Wenn ich keinen Hund habe«. Mich interessiert, wie ich das so weit bekomme, dass ich entscheiden kann, ob ich als nächstes etwas tun möchte.

Mit anderen Worten, es geht immer um mein Meins, nicht deines.

Gestern Abend sagte er zu mir, wir könnten das auf eine Junge-Mädchen-Sache herunterbrechen, und dann durfte er mich ausziehen. Ich musste an die Knie von dem Mädchen denken, dem ich im letzten Schuljahr gegenübersaß.

So viel steht fest: Wenn man ein Mädchen ist, bleibt etwas in einem stecken. Aber bei einem Jungen geht etwas weg und kommt nie wieder. Ein Junge verliert sich dauernd. Ein Junge sieht immer zu, wie er ausläuft. Wie viel lässt sich dadurch erklären?

Der »Junge« ist an einem Ende weit offen, sodass gewisse Dinge herauskönnen? (Sprechen Sie das einmal aus, und Sie werden nie damit fertig, es sei denn, Sie bringen sich auf den Gedanken, dass Ihre Stimme auch noch zu etwas anderem gut ist.)

»Mädchen« ist verschlossen: Sprechen Sie es aus, und schon ist es abgetan.

Nichts davon steht mir vor Augen.

Ich sage immer »Junge«, egal was Sie all den Leuten zufolge hören.

WEHEN

Als ich alt genug war, organisierte ich eine Ausstellung über das, was ich eigentlich gar nicht wissen sollte – was meine Eltern vor ihrer Hochzeit gemacht hatten. Das sah fast aus wie ein Bastelprojekt in Bio: Poster, Styropormodelle. Ich hatte monatelang heimlich an dem Projekt gearbeitet und dabei das meiste an Tatsachen aus gebeutelten Schuhkartons ausgebuddelt, auf die ich hinten im Kleiderschrank meiner Eltern gestoßen war, und eines Samstagabends baute ich alles im Keller auf, vor allem auf der Tischtennisplatte, aber dann auch auf der Waschmaschine und dem Trockner, während meine Eltern und meine Schwester beim Einkaufen waren. Im Mittelpunkt stand ein viertafeliger Beitrag unter dem Titel: »Meine Mutter war schon mal verheiratet, und ich habe einen Halbbruder, den ich noch nie gesehen habe.« Zu den Beweisstücken, die ich unter Zellophan auslegte, gehörten mehrere stockfleckige Exemplare des Gregg'schen Stenografie-Handbuchs, aufgeschlagen jeweils auf einem Vorsatzblatt, auf dem meine Mutter mit ihrer spinnenhaften, eingerungenen Handschrift ihren Vornamen und einen unhöflich, unvertraut klingenden Nachnamen sowie ein Datum – Tag, Monat und Jahr – vor meiner Geburt notiert hatte. Viel Mühe hatte ich auch in die Diptychen »Eine Art weiterer Halbbruder: Der geheime Bastard meines Vaters« (mit lexikonartiger Seitenleiste sowie Kopien von Gerichtsunterlagen, aus denen das Schlichtungsergebnis hervorging) und »Die Welt meiner Schwester« (mit Zeitstrahl zu den fünfeinhalb Monaten zwischen der niedrigschwelligen Hochzeit meiner Eltern an einem Saint Patrick's Day und der Geburt jener Schwester) gesteckt. Farbig unterstrichene Textbausteine wurden durch abgelichtete Familienfotos aufgelockert, die ich mit Buntstiften ausgemalt und dann mit destruktiven Bildunterschriften versehen hatte.

Abends ging ich mit dem Jungen aus, der sich für meinen Freund hielt – ein haltloser, unethnischer Typ, dem immer eine unangezündete Zigarette apostrophisch aus dem Mund schrägte. Am nächsten Morgen fand ich meine ungeschlafen, tränenverquollen aussehende Mutter am Küchentisch. Mein Vater brachte seinen nackten Unterarmen jene langsame Folge von Schlägen, Wischen, Beklopfungen und Härchenziehereien bei, die meiner seit Jahren gefestigten Meinung zufolge sein Versuch waren, sich verschwinden zu lassen. Meine Schwester fehlte allerdings tatsächlich.

Das Ende vom Lied war, dass ich irgendwann achtundzwanzig und verheiratet war. Im Bett schäumte und säuerte und müffelte ich neben einem Mann, der selbst auch eine Wolke aus Abgasen und Ausflüssen war. Schlafen wurde zum Wettbewerb: Wessen Gerüche würden am nächsten Morgen das Zimmer dominieren?

Aus meinem Mann tröpfelte Tag und Nacht die Pisse, sie sabberte ihm durch die Unterhosen, ließ den Bereich um den Eingriff gelblich verschwimmen. Seine Prostata war vergrößert, und er stellte sich eine Tupperdose an den Nachttisch. Bis er einschlief, hörte ich ihn alle fünf Minuten, wie er sich feucht und unabdrehbar über den Rand der Matratze beugte, in der einen Hand die Tupperdose, in der anderen der Penis, den er an die Innenseite wedelte, bis sich endlich ein, zwei Tröpfchen mit letzter Kraft dort niederschlugen. Wenn er sich wieder in seiner Zone des Bettes eingerichtet hatte, klopfte ich ihm manchmal gönnerhaft auf den dribbelnden Penis. Dann war meine Hand klebrig, mariniert.

Mich überraschte immer, wie offen und unverlegen andere Leute über ihr Bett sprachen, als wäre es einfach die unbeschämende Endstation einer Tagesreise. Als ich zum ersten Mal allein wohnte, stellte ich mir mein Bett als eine weiche, größere Version der Toilette vor, als Einrichtungsgegenstand, auf den man etwas fließen und unwiederbringliche Selbste herauspressen konnte, die dann in den reinigenden Wirbeln der Laken verschwanden. Wenn ich mich anderen zur Verfügung stellte, hinterließ jeder neue Körper, der auf mein Bett drang, eine nicht mehr zu schließende Furche in der Matratze. Manche waren geradezu Klüfte, Schlünde. Im Studium hatte ich eine Mitbewohnerin, deren Bett ich eines Tages ein bisschen zu lang anstarrte. Sie war das Wochenende über bei ihren Eltern und hatte ihr Bett nicht gemacht. Ich starrte auf die Wirbel und Wellenkämme von Laken und Bettdecke. Ich spürte ihre schmeichelnden Gezeiten. Ich lag auf meiner eigenen Matratze, mit einer Hand um einen kalten Metallfuß, und nahm mir fest vor, nicht aufzustehen und auf ihre Matratze zu springen. Ich hörte das Hissen der Duschen am Ende des Korridors. Das Mittagessen hatte ich wahrscheinlich schon verpasst. Ich gab mich mit der Erklärung zufrieden, dass das Spiel auf der Matratze meiner Mitbewohnerin nur die Nachwehen einer gewissen Art des Schlafens waren, eines schwappenden, schweren Schlafens, von dem ich *unabschätzig* ausgeschlossen gewesen war. Meine Mitbewohnerin hatte einen Pullover auf dem Boden liegen gelassen, und den trug ich dann den ganzen Tag. Am selben Tag ging ich auf einen Jungen zu, mit dem ich noch nie gesprochen hatte, und fragte ihn, woher er kam.

Mehrmals täglich musste ich irgendwas kaufen – Kleinigkeiten: eine Pinzette, Marker, Zeitungen. Jedesmal hätte ich in einer festen, unvermehrdeutbaren Beziehung zu der Person an der Kasse stehen müssen, doch wurde die Transaktion stets komplizierter, weil Wärme ausgetauscht, das Fleisch von Handflächen und Fingerspitzen bei der Geldüber- und Wechselgeldrückgabe gestreift wurde usw. An manchen Tagen hatte ich mich auf solche Verführungen verlassen, doch dann knallte der Kassierer die Münzen einfach auf den Tresen oder tablettete sie auf Geldscheine, die er dann auf meine ausgestreckte Handfläche herunterfallschirmen ließ.

In den Gängen von Schreibwarenläden schob ich zwischen den beidseitig aufragenden Klippen aus Heften und Ringbucheinlagen leere Einkaufswagen hin und her. Manchmal griff ich nach einem Notizblock mit Spiralbindung und blätterte ihn durch, damit die Seiten nicht zusammenklebten, und bei all dem blassen Rosa und Blau der Randspalten und vorgezeichneten Linien wurde mir ein bisschen übel. Ich stellte mir die ragenden, unparallelen Geraden vor, an die die Lehrer vergessliche Tatsachen hängen würden.

Vor allem suchte ich so ein besonderes Stück Kreide wie das, was meine Lehrerin in der dritten Klasse benutzt hatte, um auf dem Linoleumboden der Bühne zu markieren, wo wir zu stehen hatten – ein würstchenförmiger, in flauschige Wolle eingekuschelter Kreidezylinder. Damals wünschte ich mir, dass meine Worte so sanft und kratzlos herausströmten wie die Linien und Eresse und Xe, die jenem übermäßigen Kreidekolben entflossen. Stattdessen schien alles, was ich sagte oder schrieb, irgendetwas anderes auszukratzen. Meine Buchstaben auf Notizpapier und Wandtafeln waren zinkig und zackig. Ich bekniete meine Klassenkameraden, meine Hausaufgaben nochmal für mich abzuschreiben, damit jede Antwort kurvig, unklauig, beruhigt aussah.

Einmal war ich befreundet. Jahrelang hatten unsere gänsehäutigen Leben in Klassenzimmern, auf Spielplätzen, an Bibliothekstischen aneinander gegrenzt. Selbst als wir zu alt waren, einander über die Beine und Oberkörper und Arme zu klettern, häufte ich mein Leben neben ihr auf. Einmal, da waren wir beide dreizehn, lagen wir an einem überwölkten Julinachmittag auf einem unkräutigen Feld hinter einem Einkaufszentrum. Es gelang mir, meinen Kopf auf ihrem Bauch zu platzieren und dem Glucksen und Brummeln in ihr zuzuhören. Mein Ohr drückte sich auf die nackte Haut zwischen dem Saum ihres T-Shirts und dem Bund ihrer Shorts. Sie lachte auf. Es war ein trockenes Lachen, und doch schien mein Leben plötzlich lösbar, durchführbar. Ich überlegte, meinen Kopf zu entkissen und mit den Händen an ihren langen Armen hochzubalustern, bis unsere Gesichter nah beieinander waren, und genau da zuckte sie zurück. Das fleischliche Saugen meines Ohrs an ihrer Haut, das Vakuum zwischen uns beiden, zerbrach. Sie buckelte sich auf, setzte ihr Kinn auf die Knie und fing an, Fingerhirse aus dem Boden zu rupfen. Ich buckelte mich auch auf und sah sie an. Ihre Schienbeine waren schraffiert und abgeschattet, voller dunkler Härchen, die mir gefielen, weil meine blonden so unaufdringlich waren, fast unsichtbar. »Was guckst du?«, sagte sie. »Nichts«, sagte ich. Aber beim nächsten Mal, als ich ihre Beine sah, ein paar Wochen später, waren sie rasiert, aufgeweiblicht.

Spätabends schaute mein Mann immer eine Schwarzweiß-Revue aus den Fünfzigern, auf einem Nostalgiesender. Die Augen zu, eingeseicht in einen tümpeligen Beinaheschlaf, hörte ich die Applausspritzer und das angestrengte Lachen des Studiopublikums. Und natürlich war da immer jemand, meistens ein Mann, dessen plötzliches, bittstelleriges Loslachen überhaupt nichts mit dem Trällern des Gewitzels zu tun hatte. Ich beschloss, dass ich dem Mann ein Gesicht geben und ein so unabschließbares Leben wie meines zuteilen musste, bevor ich in den Schlaf hinuntergleiten konnte.

Einmal, als ich von der Arbeit kam, sah ich, wie mein Mann hingerissen vor einem Weidenkorb kniete, aus dem meine Schmutzwäsche übergeflossen war. Er schnappte nach meinen Socken, schneidezahnte sie einzeln ein, krante sie dann durch die Gegend und auf den Teppich und tandemte sie dann hintereinander. Mindestens ein halbes Dutzend fersenverschmutzter Paar, jeweils unterschiedlich nichtmehrweiß, waren da schon auf dem Boden drapiert. Währenddessen segelten seine Hände langsam, flatternd um seinen Schwanz herum, streiften ihn manchmal, wenn sein Schwebewinkel sich änderte.

Unbemerkt rückte ich aus dem Zimmer heraus. In der Küche setzte ich mich quietschlos auf einen Sessel. Ich dachte an die traurige, verstutzte, toilettige Welt des Mannes. Ich war mal einem begegnet, einem liederlichen Professor, dessen geheimes, unzugängliches Lebenswerk ein lückenloser Atlas der weiblichen Körperhaarverteilung war – ein übergroßer, in Sperrholz eingeschlagener Band voller dicker, radiergummiverschmierter Seiten, der zugeklemmt unter einem terrassierten Stapel von Fächermappen in seinem Kofferraum lag.

Männer wollten meine Zehen im Mund haben oder meinen Oberkörper an einen Stuhl binden, oder sie wollten meinen Mund belippenstiftet und wortlos oder mein Hirn an genau der unauflöslichen neuronalen Zuckung in ihrem eigenen Hirn, die ihren rohen, stumpfen Schwanz zurechtleierte. Sie wollten oder ertrugen immer nur eine Sache gleichzeitig. Ich war fest davon überzeugt, dass ich so viele Leben in mir drin hatte, dass ich es mir erlauben konnte, meinen Körper Stück für Stück auszuteilen, ohne etwas zu verpassen, und dass alles nachwachsen würde.

Es fiel mir allerdings schwer, am Leben eines Mannes auch nur annähernd etwas Fetischisierbares zu finden. Ich durchwühlte den Mist in den Nachttisch- und Schreibtischschubladen meines Mannes, den Schlick aus Quittungen, Visitenkarten, Uhrenarmbändern und knitterfleckigen Zeitungsausschnitten, die ihn auf dem Weg durch die Wohnung sicher beschatteten. Ich steckte meine Finger in den Eingriff seiner Boxershorts, bevor ich seine Wäsche in die Maschine steckte. Ich stand im Bad und starrte die pfeffrigen Verkrustungen seiner Schnurrbarthaare im ungeschrubbten Waschbecken an.

Irgendwann ließ er mich auch mit seinem Sex in Ruhe.

Der einzige Weg raus aus dem Gebäude, in dem ich mit meinem Mann wohnte, war durch eine fahl beleuchtete Eingangshalle mit einem Sofa, einem Spieltisch und ein paar Klappstühlen. Beim Rein- und Rausgehen musste ich an zwei schottenstoffverstaubten Alten vorbei, die sich frühmorgens auf dem Sofa einrichteten und dann alles beobachteten. Jede besaß eine Kathedrale aus gelblichgrauen Haaren, deren gehaarklammerte Strebepfeiler und Fialen die andere eifrig überblickte. Wenn ich, unter solcher Beobachtung, durch die Halle stakste, ließ ich manchmal ein lippenloses Falsett-Hallo schmetterlingshaft aus meiner Kehle herausflattern, und zwar genau in die Netze, die die quietschenden Hörgeräte der Frauen in der toten Luft ausgerollt hatten. Doch die Frauen nickten mir nicht mal zu. Es war echt Arbeit, meinen Körper an ihnen vorbeizubewegen, wobei mein Leben bei jedem Schritt auf mich einprasselte. Noch schwieriger war es in den trüben, langen Mittagspausen, wenn ich Frauen mit mir rein- oder rausschleppte, eine nach der anderen, und nie zweimal die gleiche. Denn zu dem Zeitpunkt brauchte ich schon Frauen, den Leinschein ihrer Knie, ihre Aufnahmefähigkeiten, obwohl ich mich nach jeder fade und entvölkert fühlte.

Jedes Jahr hatten wir im Sportunterricht sechs Wochen, also eine Lerneinheit lang das, was die Lehrerin »Gerätschaften« nannte: Klettergerüst, Barren, Seitpferd, Reck, Ringe. Die Lehrerin war eine lauthals verheiratete Schnüfflerin mit hohen Kegelbeinen, die aus den lachsfarbenen Shorts herausragten, die wir alle tragen mussten. Sie wusste, dass ich keine Rolle vorwärts konnte, was aber die Voraussetzung für alle anderen Tricks war, und so wies sie mir eine eigene Matte zu. Zweimal die Woche, jeweils vierzig Minuten lang, sollte ich mich auf die schlitzige, radierweiche Matte knieen, mir den Kopf zwischen die Beine stecken und dann darauf warten, dass eine Saltokraft auf mich einwirkt, die die Betonziegel-Turnhalle auf den Kopf stellte und mich in die Welt vorwärtskatapultierte, in der sich alle anderen schon befanden. Ich blieb aber ungeschleudert, erdverbunden. Durch das Dreieck zwischen meinen Schenkeln beobachtete ich die Speichenkörper der anderen in meiner Klasse, wie sie den mattigen Weg zu den Gerätschaften herunterkreiselten, wobei sie einander die Beine entzündeten. Dann sah ich ihnen beim Felgaufschwung und beim Barrenentlangstemmen zu.

Allein und unter Bewachung auf meiner Matte bückte ich mich gehorsamst in meine Lenden und lernte die Einbuchtungen und Enthüllungen des Körpers, dem ich vorstand, ein bisschen zu genau kennen.

Ich verbrachte dann ziemlich viel Zeit in meinem Auto, einer rostbefleckten, unauffällig braunen Chevette. Hier fühlte ich mich plötzlich am meisten zu Hause, und der Wagen sah so sehr nach Lazarett aus, dass sich kein Einbrecher damit abgab. Der Boden auf der Beifahrerseite war dank einer ganzen Schicht verbleichender, ungelesener Zeitungen felsenfest und der bekrümelte Beifahrersitz ein vielseitiger, ablagebereiter Begleiter. Ein paar Becher und eine Kiste mit Plastikgabeln, -messern und -löffeln hatte ich auf dem Armaturenbrett eingestallt. Das Radio rauschte, aber es handelte sich um das tiefe, erträgliche Rauschen, nicht das kampfeslustige Kreischen eines Insektenreiches, das unausweichlich zu Kopfschmerzen führt.

Nach Feierabend und am Wochende fuhr ich durch die Flussbetten von Innenstadt und Vororten. Eine Zeitlang aß ich nur kleine Hühnchen-Meteoriten aus ihren sargähnlichen, ungeschickt zusammengesteckten und beklebten Pappkartons. Der Arm, der mir aus dem Drive-in-Fenster heraus meinen Karton entgegenstreckte, war fast immer derselbe: flaumig, überreift. Ein Arm, mit dem ich etwas zu tun haben wollte. Stattdessen schloss sich das Fenster wieder. Auf der Zufahrtsstraße malmte ich mich durch die Hühnchenkrümelchen und ließ das Fett meinen Körper durchterrorisieren.

Die Frauen, mit denen ich ausging, waren immer weniger auslöschbar, und einige hießen schon irgendwie. Karen zum Beispiel, eine strohblonde Apothekerin mit einem Sternbild warziger Pickel, die sich ihr in den Tagen oder Stunden, die wir nicht zusammen waren, offenbar aszendental über das Gesicht gürteten, ohne je auf der einen oder anderen Wange wirklich anzukommen. Die mit den ganz kurzen Haaren und den Papierschnittwunden hieß Marcia. Eine UPS-Fahrerin. Dianne arbeitete in der Elektroepilation. Das Wartezimmer war immer voll mit ärmellosen jungen Männern hinter Modezeitschriften, und sie ging mit mir nach oben, in ihr vorhangloses Studioapartment, wo sie dann über ihren amtierenden Freund und die beiden anderen Männer sprach, die es auf sie abgesehen hatten, und darüber, dass sie als lebensunwürdig entlassen werden würde. Gretchen sagte immer, es falle ihr schwer, für ihre Überzeugungen beizudrehen. Sie war kurz davor, ihre Stelle an der Volkshochschule zu verlieren, denn sie schleimte sich bei den Kursteilnehmenden nicht genug ein. Jede dieser Frauen war ein Aufschrei salzigen, verkommenden Fleisches.

Ich kam jeden Abend nach Hause. Ich ging rasch durch die kaum belampte Eingangshalle, nahm den Aufzug in den zweiten Stock und sah, wie mein Mann im Wohnzimmer auf dem Sofa saß. In diesem Stadium unserer Ehe hatte er sich so umfassend in die Wohnung geschwitzt, dass die Luft urinös, unteilbar schien. Jedes Zimmer war eine Falle, die sein Leben stellte. Sein Schlaf rankte sich über Badetuchablagen und Lehnen und Schuhspanner. Er faserte von Tassenhenkeln und Bleistiftclips aus. Manchmal weckte ich ihn auf und zeigte ihm das Schlafzimmer. Wie er dann an mir vorbeischlurfte, sah ich ihn sein Leben hinter sich herschleppen, bodenschmutzig und unversprachlicht, verelstert mit mülligen Kleinteilen meiner selbst. Ich schlief auch weiterhin in demselben, abgrundlosen Bett wie er. Ich wäre gern aufgestanden, um dem weißen Hemd Einhalt zu gebieten, das er am nächsten

Tag auf der Arbeit anziehen wollte und schon mal an die Schranktür gekleiderbügelt hatte – der Kragen wimpelte in der Brise des elektrischen Ventilators, den er als Geräuschfilter nutzte.

Mein Leben fusselte da schon längst. Ich haarte flauschweise, und die Leute nahmen sich ein bisschen, drehten es zusammen und schnipsten es in die übervolle Luft.

An der Ampel lehnte ich irgendwann den Hals zur Seite, sodass ich in das neben mir angebahnte Auto funkeln konnte. Genau so wollte ich es: blutunterlaufene Indizienverzweiflung in eingefensterten Gesichtern, ausufernde Finger auf einer Wange, das Ausgewrungene.

Dann zog ich verkäuferinnenhafte Blusen an, wenn ich nach Feierabend in ein Einkaufszentrum fuhr, sodass mich, wenn ich nur lange genug an einer Auslage verweilte und Töpfe umordnete oder verstreute Schuhkartons wieder säuberlich aufstellte, eine alte Frau ansprechen würde, um mich zu fragen: »Fräulein, wo haben Sie ...«, wobei die Frage immer mit dem hingespeichelten Namen eines unvertraut klingenden Küchengeräts oder eines Nähkästchenbestandteils besiegelt wurde. Ihr klaffender Mund war ein Fuchsbau aus Karies und glasierter Zunge. Ich tat dann alles, um mein Gesicht in leere Falten zu legen und mich eifrig mit den vor mir befindlichen Waren zu befassen. »Arbeiten Sie hier?«, fragte die unbeantwortete Frau dann weiter. Ich wartete so lange ab, bis ich ihr Gestarre nicht mehr in meine Wange brennen spürte, und dann sah ich zu, wie sie davonflatterte, zu jemandem, der dort wirklich arbeitete.

Die Leute in den Einkaufszentren hatten es verdient, auch die Mädels, die einander von Laden zu Laden weitergelenkten oder sich an ihrem eigenen Unmöglichkeitsschmollen weideten. Das Leben stand leuchtend über dem Eingang ihres Gesichts. Meine Augen schossen sofort auf ihre berockten Beine zu, auf das Fleisch, das über den Manschetten ihrer Socken prangte. Ihre Haut schien bedrohlich.

Ein paar Straßen von dem Garten der Erinnerung entfernt, in dem meine Mutter ausharrte, befand sich ein kleiner Laden, in dem ich eines Tages zu dem Schluss kam, dass der Mann an der Kasse sich auf seine Sache verstand. Er hatte sich ein altes Kehrblech hingestellt. Darauf deutete er gelassen, wenn man etwas kaufen wollte, und früher oder später wurde einem klar, dass er wollte, dass man das Geld da drauflegt, was man dann auch tat. Er nahm das Blech am Griff in die Hand und stellte es auf die Kasse. Er tippte die Artikel in die Kasse, schubladete die Scheine ein, die man ihm gerade gegeben hatte, klimperte das Wechselgeld auf die eingebuchtete Rampe des Kehrblechs und schaufelte es einem dann bis genau an den Rand des Tresens entgegen.

Das war schon richtig so.

Ein früher Samstagnachmittag. Ich kaufte mir einen Tacker, einen billigen, blauen aus Plastik, fürs Auto.

Um im Namen meiner Frau wieder mit mir selbst im Reinen zu sein und um zu sehen, wie sehr ich sie vor den Kopf gestoßen hatte, fing ich an, meinen eigenen Samen runterzukäuen. Am ersten Abend musste ich die ganze Sache zweimal machen, weil er so dünn herausgesabbert war, dass es keine Strafe gewesen wäre. Beim zweiten Mal, vielleicht eine Stunde danach, blieben ein paar Perlen an meinem Finger kleben, und ein großer, schleimiger Nebel breitete sich über den Becher meiner Handfläche aus. Es dauerte ein bisschen, bis ich alles hinter meine Lippen gebracht hatte, und da war es schon ziemlich abgekühlt, aber ich bewegte die Kügelchen langsam, verdienstvoll, mehrmals durch meinen Mund, bis ich sie andächtig herunterschluckte. Das verlief alles ungerinnselig und ohne Würgen – warum also meckerte sie? – und nur mit einer bitteren Klebrigkeit, die nicht so schnell vorbeiging.

Das machte ich morgens alles nochmal und dann nochmal vor dem Schlafengehen. Ich fing an, eine Bappigkeit, eine Enge in dem, was ich sagte, zu hören, oder jedenfalls kam es mir so vor. Ich zögerte, bevor ich den Mund aufmachte.

Es wird wohl niemanden überraschen, dass meine Frau mich schon von vorne bis hinten aufgegeben hatte? Sie wollte ihr eigenes Zimmer, und das bekam sie auch, das kleine unten, das wir nie richtig genutzt hatten. Ich spielte mit, weil ich wusste, wie schnell ein Raum sich ins Ungeräumige verkehren konnte.

Ich will mich noch was anderes fragen: Ist es gut, wenn ein Vater und seine Tochter sich in einem Kleinkrieg Angst machen? Hab ich nicht dafür gesorgt, dass ihre Tür auf ist, wenn ich mich mit ihr höflich vor dem

Zubettgehen unterhalte? In ihren dunkelblauen Adern stand eine subkutane Weitschweifigkeit, und ihre Gesichtszüge entstellten, berichtigten, kompensierten meine. Kindlichkeit hatte sich in ihr zusammengeballt und würde bald anders, sauer, schlimmer werden. Sie führte ein Doppelleben und hatte ein Freundeskreischen, in dem alle ungefähr gleich hießen – Loren, Lorene, Lorena, ich kam immer durcheinander. Sie war anständig, machte nachher sauber, hatte in den schwersten Fächern gute Noten. Ich hatte nichts gegen sie, nur dass sie mir im Kragen saß und dann erwartete, dass ich ihr so lange Essen, Kleider und eine Unterkunft bereitstellte, bis sie mich endgültig ausschließen konnte.

Was ist die Ehe – die Zahl, mit der niemand rechnet? Reine Verschwendung? Welches von beiden?

Meine früheren Ehen hatten alle was von Ehebruch, denn sie waren knapp bemessen, aber vage. Auch später schaute ich jeweils noch eine ganze Weile lang nach den Frauen, in den Läden, wo sie ihre Einkäufe machten, aber wir gingen einander aus den Augen. Nach und nach sah ich, dass jede nachdrücklich schwanger wurde, eine jede setzte ihren Körper fantastisch gut für meine Nachfolger ein, und ich war immer kurz davor, ihnen eine Glückwunschkarte mit ein paar Fußnoten zu schicken. Aber dann konzentrierte ich mich doch darauf, mich gut mit mir zu stellen und das zu verwässern, was ich von anderen wollte.

Jetzt hatte ich eine neue Frau, und eine Tochter, und für beide war ich der letzte Mensch. Über die Tochter habe ich schon alles gesagt. Aber die Frau, meine letzte: Die habe ich geheiratet, weil ich sonst so spät nicht mehr herausgefunden hätte, wie viele Dinge jemand im Laufe eines Tages machen sollte, und ich hätte so viele Dinge sonst auch nicht mehr gemacht, nur machte ich eben andere, denn ich wollte nicht so abhängig aussehen. Zu dieser Frau konnte ich höflich sein, wenn ich wusste, was sie vorhatte, und wenn ich ahnte, was mir an Arbeit bevorstand.

Egal was meine Frau tat, mir fiel eine flankierende Maßnahme ein, eine Entsprechung. Ich hielt mit ihr Schritt, Arbeitsgang im Haushalt um Arbeitsgang im Haushalt, persönlicher Moment um persönlichen Moment. Außer dass alles, was sie tat, sich im Rahmen der Ehe abspielte, und alles, was ich tat, außerhalb. Ich hielt nicht an mich.

Ein Beispiel: An zwei Abenden die Woche war meine Frau ehrenamtlich tätig für eine Einrichtung, die sich um Leute kümmerte, denen das Sprechen zur Last geworden war. Dazu gehörten Leute, die immer den Plural benutzten, damit man dachte, sie hätten es mit mehr Leuten zu tun. Die Abendschule bot an denselben Abenden einen Kurs an. Er hatte nichts mit meiner Einkommensquelle zu tun, von der hier nicht die Rede sein soll, aber ich meldete mich an und kaufte das Lehrbuch. Wochenlang saß ein Mädel neben mir, bis sie schließlich den Satz »Wie sieht es bei dir mit Leuten aus?« in ihrem dicken Notizblock farbig anstrich. Sie riss die Seite heraus, faltete sie und schnippte sie mir zu.

Ich schrieb zurück, na was, dass ich gegen Leute gut abgedichtet sei, ein flotter Einer?

Eine Geschichte wird irgendwann so lang, dass sie kein Witz mehr ist.

Die Seminarsitzung dauerte drei Stunden, und es gab eine fünfzehnminütige Pause, die immer weiter nach hinten geschoben wurde, weil kaum einer von den paar beflissenen Analphabeten danach wieder zurück in den

Unterricht kam. Eines Abends zeigte das Mädel am Anfang der Pause auf einen Wagen, ein schwarzes Rechteck, draußen auf dem Parkplatz.

In dem Auto sagte sie: »Rate mal, was ich mir zum Abendessen gekocht habe – es hat mir die Haare verstunken.«

Ich prüfte eine glänzende Strähne mit den Fingern, konnte den Geruch aber nicht einordnen. Sie nahm mich zu irgendjemandem mit. Wir positionierten uns an entgegengesetzten Enden des Wohnzimmerbodens. Sobald wir merkten, dass das alles war, dass also die Tatsache, dass da Platz für irgendwas ist, noch nicht bedeutet, dass das dann da auch hingehört, nahm sie mich mit zurück auf den Parkplatz, wo mein Auto stand.

Meiner Frau erzählte ich alles.

Wer hätte das nicht gemacht?

Sie spürte das Mädel allein mit Hilfe des Vornamens auf, rief in einer ihrer Stimmen beim Standesamt an, und dann machte sie kaum Stunk.

Danach habe ich das Mädel nur einmal angerufen.

»Ich weiß, wir haben uns verkracht«, sagte ich zu ihr.

Ich ging in Läden und war darauf vorbereitet, sie dort zu sehen, wie sie noch etwas mehr kauft, was sie dann kochen kann.

Meine Zähne fingen an, an allem hängen zu bleiben, wovon ich etwas abbiss.

Eines Morgens kam ich nicht aus dem Haus. Ich versuchte es an allen Türen und ein paar Fenstern. Sie waren wie zugekleistert. Ich stellte das Radio an und erwartete nur Rauschen oder endlose Ansagen und Schulschließungen, aber da war Musik, Musik mit Worten, die mir vertraut vorkamen.

Ich musste mich krank melden.

Ich sah meine Frau an, meine Tochter. Eine von beiden sagte, sie hätte richtig Hunger.

Ich sah zu, wie meine Frau einen Schrank aufmachte, um eine Pfanne herauszuholen. Ich sah zu, wie meine Tochter den Kühlschrank aufmachte. Ich löste mich pflichtbewusst aus meinem Sitz. Ich machte mich Richtung Besteckschublade auf.

Ich lebte ihr Leben einfach weiter.

LAUFENTFERNUNG

Das war nur was, was eine ziemlich unbeholfene Frau, eine sehr junge, mit etwas eben erst Geborenem anstellte. Das ist alles schwierig in Worte zu fassen, auch wenn ich mich wieder ein bisschen mehr nach Nachruf fühle, denn mindestens zwei Bluttöne waren da zu sehen.

Sie hat Pappe und Zeichenpapier geschreddert und die Streifen mit ins Wasser geworfen. Ich sah zu, wie sie sich kräuselten und zusammennudelten. Sie war jemand, der die Badewanne gern bis ganz oben hin volllaufen ließ.

Seitdem wird sie mir immer folgende Antwort gegeben haben: »Ich deinerseits. Du meinerseits. Sie unsererseits.«

ICH HALTE SIE DOCH NICHT AUF, ODER?

Sie gaben meiner Mutter noch sieben Monate. Danach hatte sie auch noch die Erde im Kopf.

Es ist schon eigenartig, dass ich noch irgendetwas anderes über meinen Vater weiß, als dass er mit einer Frau durchgebrannt ist, die nicht wirklich da war, sondern eher alles andere zum Verschwinden brachte. Aber ich war jung, elf, zwölf, hatte viel Zeit, mich um die Zeit zu kümmern, und es machte mir nichts aus, dass meine Tanten alles machen mussten. Die waren alle auf der Seite meiner Mutter, ein bisschen zu oft abgewischte Frauen mit verrutschtem Gelächele, die lange schwiegen und mich eine nach der anderen bei sich auf- und dann auseinandernahmen.

Die erste Tante hatte einen Überwachungsblick und machte mir Essen auf Tellern, die zu breit für meinen Mund waren. In ihren vier Wänden befanden sich jede Menge Textilien – Baumwolle und Leinen: Grubentuch, Cloqué, Drillich, Georgette, Webstreifen, Gabardine. Aber eine Nähmaschine habe ich da nie gesehen, noch nicht mal Nadel und Faden. Sie sagte, ich solle rausgehen und ein bisschen Ball spielen. »So lernst du Leute kennen«, sagte sie. Ich traf tatsächlich ein Mädchen, ein älteres, mit einem Placken Akne und einem verdunkelten, begossen wirkenden Blick und abgestumpften Haaren, die mal mit Klammern und Nadeln stillgestellt waren und dann wieder in ihren Schädel einzusinken schienen. Sie klaute sich meinen Ball, warf ihn hoch in einen Baum, dann schälte sie sich aus ihrem Kleid, einer luftigen Spielerei aus Reyon, knüllte es zusammen, führte mir ihren ganzen Körper vor bis an die Stelle, wo er offen und wund war, und da sah ich, was herausstach und nicht aus dem Nichts kommen konnte. Sie unkte, sie habe ihr Herz vor langer Zeit in jemand anderem begraben, in einer Schwester, und die Brüste dieser Schwester seien akkurate Integerchen, und an den Spitzen ihrer in Wachstofftaschen steckenden Finger befänden sich großfarbig lackierte Nägel, deren Tageslichtblau den Restbeständen eines Tages glich, an dem man überlegen musste, ob man genau dann auf eigenen Wunsch zerstückelt werden oder aber die Risse, die sich dort schon befanden, würdigen wollte – was hatte ich ihr also überhaupt zu bieten? Ihre Knie glänzten vergeblich. Eine ihrer Hände geleitete eine von meinen bereits an ihre Wange, an ihrer Kehle entlang, immer tiefer hinunter. Dann verhärtete sich ihr Griff kühn um die Knochen meiner Hand. Da habe ich mich wohl entschieden, nicht länger zu bleiben, denn ich wollte gar nicht wissen, welche ihrer Beziehungen sie noch spielen lassen wollte.

Die nächste Tante lebte mit einem eliminierten Mittelsmann zusammen. Er hatte früher mal Sturmfenster verkauft. Ich könnte ihn mir auch einfach als jemanden vorstellen, der immer wieder auf das abzielt, was er längst hinter sich hätte lassen sollen. Das Wenige, was er je fertig gebracht hatte, hatte stets etwas Unfertiges. Immer war irgendwie schon der Lack ab. Diese Tante ließ die Tage abblättern, und dafür hatte sie ihre Gründe. »Erwarte nicht immer alles von mir«, sagte sie. »Warte am Fenster.« Und, klar, bei solchem Lichte besehen war es natürlich gut zu wissen, ob das, was man plötzlich ausspuckte, Blut oder einfach Schokolade war.

Diese Tante sah nicht ein, wie sie ein Kind in den Schatten stellen sollte, und dennoch waren da zwei Töchter, keine wirklich zum Heiraten. Beide waren überwachsen, gegenseitig unangepasst, aktiv krank, und selbst eine elegante, erfolgreiche Einsamkeit war ihnen verwehrt.

Sie kamen von entgegengesetzten Enden derselben Generation und hatten sich, so gut es ging, um das Leben gedrückt. Der Knackpunkt war, dass jede in dem tiefen, weitausschlängelnden Haus ihr eigenes Zimmer hatte. Die erste sagte mir immer: »Wenn mir mal was passiert«, als wäre das das Hoffnungsvollste, was jemand überhaupt sagen könnte, wenn er sich wirklich Mühe gab. Ich musste die Hände an die Ohren legen, wenn ich sie verstehen wollte. Sie stellte sich immer irgendwie an. Sie sprach ganz schön, doch ihre Gesichtszüge waren Prozessionen des Schmerzes. Ihr Kleidchen war wie ein Film, der von irgendeinem auf keiner Landkarte dieser Erdhalbkugel verzeichneten Ort her auf sie heraufgeweht zu sein schien. Ihren Rucksack füllten rückwärts geschmökerte, von Wachspapiereinbänden umschlungene Bücher und Broschüren. In ihrem Zimmer befanden sich zwei Ventilatoren mit jeweils drei Geschwindigkeitsstufen, und sie wusste genau, welche Kombination das, was sie gerade tat, und sei es auch nur ein Umblättern, am besten übertönen würde.

Eines Abends traf sie mich im Bad, als ich wirklich keine Zeit hatte. »Wir sollen die Klospülung nicht benutzen«, sagte sie. »Pinkel einfach ins Waschbecken. Das machen die anderen auch. Das nennt man Rücksicht.« So machte ich das, und sie sagte, der Witz gehe auf Kosten der älteren Kinder in einer Familie, wo alle gut miteinander auskamen, wirklich ganz dicke miteinander waren, denn die mussten jetzt noch näher zusammenrücken und dann erwachsen werden und trotzdem jemanden heiraten, mit dem sie gar nicht verwandt waren. So dachte sie oft, und diese Gedanken wurden immer gedankenloser, je länger ich sie hämisch verdrehte. Allerdings stellte sich raus, dass wir beide vor denselben zwei Sachen Angst hatten: Ratten und Reisen.

Sie dachte wohl wirklich, dass unsere Herzen eines Tages aufeinander zustreten und ein erfülltes, ermüdendes gemeinsames Leben beginnen würden. Und ein einziges Mal streckte ich tatsächlich die Hand nach ihr aus. Ich hab ihr wahrscheinlich einen Kuss gegeben, und dabei muss ich mir wohl den Kopf nach jemand Puppigerem durchwühlt haben, an den ich denken konnte. Ich habe mich dann sicher für einen schmalmündigen Tischnachbarn aus der Schulzeit entschieden, dessen Stumpfhirn für Aufmerksamkeit sorgte. (Der machte immer Schlagzeilen. Sein Innenleben sei voller Freiräume. Ihm fielen Sachen runter, weil sie angeblich nicht dableiben wollten. Wenn er den Mund aufmachte, fielen Satzteile raus.)

Sie erwiderte den Kuss allerdings nur recht maßvoll. Was da gemessen wurde, weiß kein Mensch. Sie wird irgendwann mal sexuell unbeschadet sterben.

Was ihre Schwester angeht, die war schon erwachsen oder jedenfalls fertig mit dem, was sie werden wollte. Sie arbeitete an einem Kundenschalter und kratzte den ganzen Tag lang an etwas herum, was sich aus ihrem Arm herausekelte. Ihre Stimme war hallig und feuchtkalt, ihr Blick verstrich alterslos, und ihre Haare waren zwar lang, aber wie aus der Zeit gefallen und machten nichts her. Sie hangelte sich von einer Zwischenzeit zur nächsten, immer in den offenen Schuhen, die ihre hageren Zehen erbarmungslos zur Schau stellten. Wenn sie badete, kam sie noch verschwommener heraus. Sie hatte eine panische Angst vor dem Wasserkocher – dass er jeden Moment explodieren könnte. Also stellte sie alles, was sie besaß, auf Plastikbehälter. »Aber du wohnst doch oben«, versuchte ich, sie zu beruhigen. »Heißes Wasser steigt nach oben«, sagte sie. Ich war verblüfft, wie kampfeslustig ihre Arme losschwangen. Ob der Sessel im

Wohnzimmer inzwischen *ihr* Stuhl war? Sie mochte ihn, weil er mit dem Rücken zum Fenster stand. Das Fenster ging auf die Garage, aber das Auto stand vor dem Haus. In einer Vase stand ein Geprotze gepflückter, glitzernder Disteln, und nur im BH kletterte sie über Riesenmöbel zu einer Stufenleiter, über die sie dorthin gelangte, wo sie Worte für eine Bettpfostenballade über das, was offen zu Tage lag, hortete. Ich lernte sie fingerweise und über den Mund kennen, begriff aber nie, was sie antrieb.

Wenn meine Aufzeichnungen stimmen, war in dem Haus jeder Raum direkt mit dem nächsten verbunden, ohne die Ruhepausen von Fluren und Eingangsbereichen. Ich sollte eigentlich nicht eigens hervorheben müssen, dass da sehr lange – sicherlich monatelang – jemand für mich am Telefon war. Ich legte das, was ich gerade machte, aus der Hand (inzwischen hatte ich ein paar Fähigkeiten) und ging in das Zimmer, wo der Apparat auf mich wartete. Das Telefon stand in einem Teil der Etage, auf dem ich mich immer nur schwer zurechtfand. Ein Kabelwust zwang mich in eine Haltung, die ich gern mit der eines durchtrainierten Schwimmers beim Kraulen vergleiche.

Ich sollte was sagen. Ich sprach mit einer Stimme, die so klang, als schottete sie sich von innen her ab.

Am anderen Ende der Leitung war noch eine Tante. »Lass alles liegen und stehen«, sagte sie.

Ich behielt das hantelartige Telefon fest in der Hand. Was das Reden angeht, war immer nur sie am Zug.

»Machst du überhaupt irgendwas? Aber was hat der Sohn meiner Schwester schon zu tun? Ich nehme an, du hast Tag und Nacht gehört, was mit deiner Mutter los ist? Und dein Vater, da weißt du Bescheid? Oder bist du nur schüchtern? Hast du dich entmutigen lassen? Bist du nicht mehr der Sonnenschein?«

So wurde ich an die nächste Tante weitergereicht. Sie sprach nie mehr von meinen Eltern, allerdings stand im Regal ein Foto von ihnen vor einer Würstchenbude auf einem Rummelplatz. Ich schaute mir die zwei an, wie sie Leib und Leben in sonnengrecremter Lässigkeit zur Schau stellten. Und so sollte ich was dazulernen? Das Foto stand in einem Nebenzimmer mit Vorhängen, die manches, vor allem den entscheidenden, unberührbaren Schnickschnack nur teilweise verhängten. Meine Tante bat mich auf ein Sofa. Wollte sie mich veräppeln, wenn sie sagte, sie hätte eigentlich gern Kinder gehabt, denn sie dachte, die könnten ihr weiterhelfen, oder brauchte sie einfach jemanden, der sich um sie kümmert, wenn sie tot ist? Ich fragte nicht nach ihnen. Ich wusste nicht mal, wie viele es gab und wann sie sich aus der Familie verabschiedet hatten. Sie sei jetzt schon über fünfzig und vertrage die Tabletten nicht gut. Jeder Tag sei der längste des Jahres. Wie schmerzhaft sie die sich um sie herum tummelnden Stunden auch spürte, so gern sprach sie doch über diejenigen, die sie zum Leiden brachten, und ihr Schimpfen hatte etwas Zermalmendes. Ich muss wohl gegähnt oder etwas allzu Umständliches mit meinen Händen gemacht haben, denn sie stand auf und zeigte mir das, was als mein Zimmer herhalten musste. Die anderen Wesen im Haus waren bodennah und schlichen sich nachts zu mir, um ein wenig Wärme abzubekommen. Offenbar versengte ich niemanden mehr.

Im Schlaf wurde ich nie weiter als nötig abgeschleppt.

Eines ihrer Beine schlang sich krepppapierig um meines, und andere Fleischlichkeiten brandeten an mir an – ich wachte in dem weitläufigen Bett der Tante auf und hörte ihr Schnauben, ihr Einatmen, und ich sah sie so genau an, dass es an Plünderung grenzte.

Dann kam eines Tages, plötzlich und entrückt, ein Sohn von ihr zurück, der angeblich spurlos verschwunden war. (Hatte mir nicht mal jemand gesagt, dass die Heimeligen doch immer wieder heimkommen?) Der Sohn wohnte oben und überließ vieles dem Auge des Betrachters. Sein innerer Lebenssprudel muss ziemlich im Verborgenen gesprudelt haben. Ich musste mich erst an ihn gewöhnen. Innerhalb einer Woche kam es aber dazu. Er kam gern hinter einer Nachtschicht von Bart hervor und machte mir deutlich, wozu wir wo auf dem Bett verpflichtet waren.

»Wir sind keine Mitbewohner«, sagte er nachdrücklich. »Wir wohnen im selben Zimmer. Der Unterschied ist mir wichtig.«

Nur benutzten wir dasselbe, immer feuchte Handtuch, und wir aßen dieselben klebrigen Salate, die er anrichtete.

Beim Essen setzte er nie die Schutzbrille ab.

Die Getränke, die er uns aus einem Messbecher eingoß, waren im Grunde vor allem verklumpter Zucker.

Er war trübsinnig, denn all seine Vorfreude auf Pornografisches war verflogen. Die grobschlächtig-handgeschriebenen Zettel, die er mir abends hinlegte, enthielten in jedem zweiten Wort einen Bonusbuchstaben.

Er übernahm die Führung in der sogenannten halben Stunde Sport: dehnen und strecken, schlagen und verkümmern. Ein paar unordentliche Leberflecken links an seinem Hals ließen ihn schmutzig aussehen. Die Haare auf seinen Beinen waren so ungedeihlich wie die eines Mädchens.

Er fragte mich nach meinen Verstecken, aufgeschobenen Zielen, ausgelatschten Grüßen, meinen Rechten und Abneigungen, nach allem, worauf ich mich erst noch einschießen musste.

Ich weiß noch, wie ich vor lauter Antworten den Mund voll hatte. Es kam dann alles ziemlich unziemlich heraus, in ungenauen Worten.

Aber in der Zwischenzeit hatte seine Mutter sich ganz interessant erkältet, mit einem Schnupfen, der sich in jede beliebige Richtung austreten konnte. Wer würde also eine Voraussage wagen, was sich zuerst röten würde?

Die Augen, dachte ich? Diese gerümpften, zugeschleimten, verkleckerten Stinkbombenaugen?

Dann kam ich mir eines Morgens ganz antriebig vor, als ginge es los. Ich nahm seinen ganzen Arm von ihm bei der einen Sache zu Hilfe, die selbst mir anzutun ich keine Lust mehr hatte. Es muss im Laufe der Wochen immer mehr solcher Körpersituationen gegeben haben, denn wie Sie sicher wissen, machen viele junge Frauen sich das Leben leicht und gingen gleich zu anderen Frauen. Denn, um es nochmal zu wiederholen, eine Frau mit einem Mann ist halt einfach nur eine Frau mit einem Mann. Alle wissen das, und keiner richtet sein Leben danach aus.

Was noch schlimmer ist: kein Teppich unter uns, nur festgetackertes grünes Billardtuch, und wer raus wollte, musste durch eine Tür bar jeden Griffs und jeder Klinke. Man musste sich dagegenwerfen, um sie aufzubekommen.

Die Stadt, wenn das denn das richtige Wort ist, war einfach verschmutzte Landschaft, vor deren Kulisse die Leute ihre Chancen verstreichen ließen. Ich ging unverfolgt zur Bushaltestelle und wartete. Ich ließ den ersten Bus vorbeifahren und den zweiten auch. Ich sagte Nein zu allen. Ein Nachmittag des verschwenderischen Weiterwinkens. Dann hatte eine Tante aus einem Taxi heraus ihren großen Auftritt. Dieses eine Mal schien die Sonne zu stark. Ihre Hand streckte sie aus und hielt sie wie ein Visier vor sich oder so, als grüßte sie jemanden.

Diese vierte Tante war die jüngste. Erwarten Sie hier keine Liste ihrer Mängel, ihrer Schwierigkeiten im Studium, ihrer Fehler und Besitztümer. Erwarten Sie von mir keine ausgefeilte Beschreibung des schlimmeren Zeugs in ihrem Essen oder ihren Beziehungen. Ich kann sie nicht einfach wieder in die natürliche Ordnung der Dinge einordnen. Sie beendete gern Freundschaften und machte anderen in der Öffentlichkeit gern Probleme. Niemand hatte ihr je beigebracht, wie man sich übergangen fühlt. Sie lungerte gern dort herum, wo was los war, auch wenn ihr Glück auf sich warten ließ. Ein Kind zu kriegen sei ihr aber vorgekommen wie von innen nach außen gefickt zu werden. Sie hatte das ganze Arsenal von Mutterliebe auf das Kind losgelassen, und mitten im Kleinkindesalter waren die Zielrichtung der Arme und die Zielrichtung der Beine nicht einmal ansatzweise deckungsgleich. Das Kind hatte Probleme, sein Gewicht zu halten, in irgendeiner Form zu bleiben. Das Kind wurde ein eher häusliches Wesen, und es lernte, dass es ausreichte, anwesenden Anderen in den Mantel zu helfen und sie zu verabschieden. Würde ich dieses Mädchen je kennenlernen, fragte ich mich, aber meine Tante machte sich darüber lustig, dass ich überhaupt die Frage stellte. Ich solle sie so belassen, wie ich sie vorgefunden hatte – als Frau, der ein paar Steine einzuflößen ich sonst eines Tages in der Lage wäre. Die Anordnung ihrer Finger auf meinem Arm an jenem Nachmittag hinterließ, was mir wie eine schwere Verbrennung vorkam.

Der Tag rückte näher, an dem ich alt genug war, allein zu leben, alt genug, um mich zu fragen, was ich von mir erwarten durfte, inwiefern ich mich auf mich verlassen durfte, und dann entdeckte ich Frauen, die ungefähr so alt waren wie ich, dann ihre unaufmerksamen Männer und dann wieder die Frauen, um deren Männer man sich nicht mehr so wirklich kümmern musste. Ich ging überlebensgroßen Leuten meist aus dem Weg, aber eine hatte die Sache so hingebogen, dass nur sie selbst überlebensgroß war. Man wusste nie, wie nah man bei ihr sitzen sollte und wie viel weiter sie noch ausschweifen würde.

Das spielte sich in einer Stadt im Landesinneren ab, die von Möwen heimgesucht wurde.

Die Stadt war gerade so zugebaut, dass es zu einem Gerangel der Fliehenden kommen musste.

Alle Busse, die aus der Stadt herausfuhren, waren wie Trambahnen bemalt.

Von den Briefmarken jenes Jahres schauten Erfinder abschätzig herunter, und Lebensläufe, die ihr Gutes an den Rand gedrängt hatten, erhielten neuen Schwung.

In den kommunalen Handreichungen wurde ein Restaurant gelobt, in dem die Abendessensgäste auf kleine Örtchen geführt wurden. Man konnte so lange und so allein essen, wie man wollte. Es war in Ordnung, wenn das Essen sich im Körperinneren herumschob. Man konnte sich dem eigenen Leben annähern, ohne sich davon einnehmen zu lassen. Es wurde erwartet, dass man an Leute zurückdachte, die sich nach der üblichen Zeit von einem entfernt hatten oder die man nie zur Rede gestellt hatte, um ihnen zu sagen: »So gehst du nicht mit mir um!« Vor dem Restaurant war immer eine lange Schlange.

Wo man auch hinsah, waren Leute auf kleine Wohnungen aufgeteilt, die alle von oben bequietscht wurden, und irgendjemand ließ einen immer so lange bleiben, bis man hörte, wie sie sagte: »Hast du eine Ahnung, was dieses Miststück da oben eigentlich macht? Dieses Miststück zieht sich gleich ne Hose an!«

Ich weiß, das ist kein einfaches Thema, aber wenn man in der Stadt wohnt, hat immer schon jemand genau das gemacht, was man selber machen wollte, und so hat man eine Ausrede.

Außerdem kann man ausmisten, indem man zum Mülleimer an der Ecke geht. Man kann jedem etwas anbieten. Eine Pflanze nach der anderen, die man ins Jenseits befördert hat. Seifenklumpen, aus denen alles Sandelholz gewichen ist. Alte Schulhefte mit den unvergesslichen Endpunkten weitreichender Rechenaufgaben.

Natürlich muss man irgendwann arbeiten, aber mit Sicherheit gibt es da eine Frau, die ihren Busen in offensichtlichem, herzhaftem Leid herumschleppt. In Wirklichkeit hat sie genau einmal mit dir gesprochen. »Und zwar«, waren ihre ersten Worte gewesen.

Wissen Sie, ich habe für einen Wetterdienst gearbeitet. Erst an der Rezeption, dann im Sekretariat. Zuarbeitend, mindestentlohnt, immer übergangen, in großzügig genähter Arbeitskleidung, und ich war bemerkenswert unabgelenkt.

Ich ließ die Verrechnungsschecks in einer Bank mit Marmorsäuleneingang verrechnen. Am Schalter saß ein Mann, der ungefähr so alt war wie ich und auf jede Quittung etwas schrieb – Nettigkeiten, Voraussagen. Wenn ich rausging, drehte ich sie um: »Einen schönen Abend noch! Irgendwann wird Ihnen aufgehen, dass Individualität kein Verbrechen ohne Opfer ist.«

In dem Jahr wohnte ich allein und freute mich an der Kubikeffizienz meines Zimmers. Mit heißem Magen saß ich in einer Dunkelheit, die mir klebrig vorkam. Von den Nächten ließ ich mich zukleistern. Auf dem Weg zum

Kühlschrank sagte ich gern: »Mal schauen, einfach mal schauen.« Wenn ich endlich schlief, war ich gut darin, Sachen an der Wurzel auszureißen.

Arbeit und Wohnung – mein Leben besaß nur diese beiden Anhaltspunkte, die sich gegenseitig auslaugten, und ich machte in beiden keine Fortschritte. Die Straßen dazwischen waren voller Leute, die sich ihren Eifer von der Seele redeten. Einsam Umherstreifende mit Trappelhirnen und niemandem, der ihnen zur Hand gehen konnte. Die Frau, die mir das Päckchen mit Härchen gab, die sie sich von den Beinen gekratzt hatte und von ihren Unterarmen. Die Blinzelfrau, die behauptete, dass die Bandbreite ihrer tatsächlichen Gesichtszüge sie über jede Kränkung hinaus verunglimpfte. Das Mädchen mit dem Sturmblick und den Schiefezähnen, die mich sanft nach Geburtsreihenfolgen fragte und dann meinen Wortschatz erweiterte: »Bannkind«, »platonische Eltern«. Hätte ich sowieso nur ein ballastartiges Mitgefühl empfinden sollen?

Ich weiß nur, dass ich mir eines späten Nachmittags vorkam, als würde ich in ein Museum gezogen, eine niedriggewölbige Kunsthalle, und am liebsten mochte ich dort die Sockel, die Standflächen, die Halterungen. Der ganze Skulpturenscheiß, die Standbilder und so, das war mir alles zu menschenhaft für die Stimmung, in der ich wohl noch eine ganze Weile lang sein würde. Nachher saß ich aber gedankenverloren auf der Toilette in der Nähe der Haupthalle und hörte dem Piepsen und den kleinen Ausbrüchen meines Nachbarn zu. Dann war er plötzlich ausgesprochen redselig, von der anderen Seite der Trennwand her, brauchte aber ein paar Anläufe. »Ich bin nur heute da«, sagte er. »Kannst du da mithalten? Warst du je nur einen Tag lang hier? Oder bist du jeden Tag hier?

Rund um die Uhr? Nachtwächter? Muss wohl so sein. Das spüre ich, so was Wachsames, allein schon, wie du nichts sagst. Erzähl mir was. Was kannst du mir über alles sagen? Hilfst du mir, auch nur einen kleinen Teil meines Lebens loszuwerden?«

Ich wartete, bis er die Hoffnung aufgegeben hatte und rauskam, ohne die Spülung gedrückt zu haben. Dann hörte ich das Zischen des Wasserhahns, das Brüllen des Händetrockners, das missmutige Schlurfen zur Tür.[1]

Heißt also: Man wird älter, man wächst mal ein Jahr ein bisschen zu viel, im nächsten geht man dann als Zahnstocher durch, man schaut auf die eigenen Finger und sieht nur, was sie gerade loswerden wollen – ich kann wirklich nur ganz ungefähr angeben, was ich über all die

1. Allerdings hatte der Mann am Waschbecken eine Nachricht hinterlassen, einen in der Mitte gefalteten Zettel, in dem der Bleistift viele Löcher hinterlassen hatte: »Wer je voller Hoffnung die Wasser betrachtet hat, um eine Taxonomie der Ausscheidungen zu erarbeiten, ob also die Fundstücke erst seit Minuten oder, unglücklicherweise, schon seit einer guten Stunde oder noch länger dort stehen und schwimmen oder verderben oder reifen (wobei wir natürlich davon ausgehen, dass die Hervorbringungen nicht durch eine neblig-textile Schicht verdeckt sind), dessen Geist wird, so wage ich zu behaupten, wohl als erster und mit einem gewissen Mangel an innerer Befriedigung Zuflucht nehmen zu den Klassifikationsterminologien anderer Wissenschaften, sei es der verträumten Nomenklatur der Wolkengestalten oder den stabileren Formulierungen der Geomorphologie; und er wird noch enttäuschter sein, wenn es zu einer jener seltenen großen Entleerungen kommt, einer einzigen, aber mehrstufigen Auslassung, die ein breites Spektrum an Gegebenheiten umfasst – zunächst eine kaum wahrnehmbare Grundschicht aus festem Stoff, der sich tief in die Kehle der Schüssel setzt (zählbare Einheiten könnten als Granulatkonstellationen erscheinen oder auch, seltener, als Teile wurstiger Kringel); und zweitens, über dieser und um diese Grundlage herum, ein dickflüssiger Durchfallglibber oder -schlabber; und schließlich, mittig und obenauf und für das Auge am leichtesten zu sehen, eine dicke, gepresste, pfützenartige und vollkommen kreisende Masse (der ›Haufen‹, wie Kindesmund ihn manchmal so treffend benennt) – und genau dies, in all der Deutlichkeit, die noch die beharrlichsten Buchführer unter uns in die Irre zu führen und vielleicht sogar auszuhebeln in der Lage ist, liegt Ihnen hier vor.«

dachte, die sich so verletzt aufgerappelt haben. Irgendwas wusste ich immer schon, bevor ich es wirklich wusste. Selbst wenn man, zum Beispiel, nur wissen könnte, dass die Welt von jedem Fenster auf der Welt aus viel zu selbstsicher aussah?

Müssen wir also letztlich auf meine einzige, unverbesserliche Frau zu sprechen kommen?

Ich war vierundvierzig; sie war gerade erst kaltschnäuzig aus ihren Zwanzigern aufgetaucht, als wir uns kennenlernten, allerdings war es bereits ihre dritte Ehe. Es hieß, aus ihrer ersten sei sie rausgeflogen. Die zweite hatte niemanden überzeugt. Eines Tages, so behauptete sie, kam ihr die Sache einfach wie vertagt vor. Die Liebe des Mannes sei ausgefallen oder so was. Sie verließ das gemeinsame Haus, kam bis zur Kreuzung, und da stand ich, in einer Seitenstraße, und schaute gerade an einem Baum hoch und runter. Es war ein wolkenschwerer Morgen, an dem ich mich gipfellos fühlte.

Ich muss wahrscheinlich dazusagen, dass ich in jenem ein paar baumgesäumte Straßen weiter gelegenen Haus, in dem wir zu wohnen kamen, die Türgriffe und andere Haushaltsvorsprünge mit Warnhinweisen beklebte, denn ich hatte Angst, dass ich mir, wenn ich einen verloren gegangenen Ohrstöpsel wieder gefunden hatte und aus der Hocke aufstand, einen Zahn ausschlagen oder ein Auge ausstechen würde. Ich musste ja wissen, wo ich aufpassen musste.

Und sie, diese gefährlich veranlagte Frau glanzlosen Wohlstands, glaubte nicht an Utensilien oder Öffner. Was in Dosen steckte, war einem wohl aus gutem Grund verwehrt.

Darf ich mit Bezug auf diese Verbindung noch ein bisschen mitreden? Meine Frau und ich waren die Falschen, das stimmt, aber wir gehörten ungefähr zum selben Typus. Eine Art Liebe könnte veranlasst worden sein, aber jeder neue Tag war bloß ein Mischling des vorherigen. Muss ich mich mit der gerade rechten Zeit am seidenen Faden beschäftigen, in der wir lebten? Wir schrieben einander via Pinnwand. »Na dann«, versuchte es einer von uns. Oder: »Bis später.« Aber wenn im Haus tatsächlich einen Moment lang so etwas wie Frieden herrschte, schubste sie den Abend vorwärts Richtung Abendessenszeit, Zähneputzenszeit, Schlafenszeit. Wissen Sie, wenn alles eine »Zeit« ist, ist auch die Dauer nichts Lästiges und Fließendes mehr, eher ein verkraftbares Humpeln. Wenn ihr Telefon klingelte, ging ich dran und meldete mich mit einer Stimme, die fast wie ihre klang, und so schwätzte ich stundenlang wütend mit ihren Eltern und ihrem Bruder. Der Sex, den ich mit ihr hatte, war immer seltener eine Gemeinschaftsarbeit, kaum je frontal oder aktuell, und im Grunde waren wir auch kaum persönlich beteiligt. Außerdem hatte sie Ersatzliebhaber, eine bestimmte Fruchtigkeit im Atem und einen Mädchennamen, dem zu entsagen sich niemand traute. Schon nach kürzester Zeit zerfielen in immer weiteren, verächtlichen Kreisen unserer Freunde ganze philosophische Schulen, die sich mit uns beschäftigten, und distanzierten sich erst von ihr, dann von mir, und ich kann ja ruhig auch jetzt noch sagen, dass es mir lieber wäre, dass die Tatsachen anders gewesen wären, als sie tatsächlich waren? Aber ich kannte sie bis ins Letzte.

Also: Gemäß meiner Exfrau gilt gemäß der Frau, die ihr als nächstes am liebsten war (obwohl nichts in der Welt sie noch in irgendeiner Weise auch nur im geringsten beeindrucken zu können schien), gemäß dem Mädchen, das bei ihr als nächstes dran war (und das ebenfalls nicht daran gewöhnt war, einfach so zu zweit oder zu dritt zu wohnen), gemäß einem späteren, tonkranken Vertrauten von mir (dessen Küsse spuckig und aufgedrückt waren und wahrscheinlich geradewegs durch mich durchgingen zu dem, dem sie eigentlich galten) gemäß einer engherzigen Streitpartei, in deren schiefen Blicken weder Mätzchen noch Trara standen (die sich aber schon bald auf eine andere Streitpartei pfuschte), gemäß der seit Kurzem unbeobachteten Person und wird hiermit gesammelt festgehalten:

Das Leben wird alt.

Es bremst dein Wachstum.

Das war inzwischen zu Zeiten meiner Sechziger.

Ich war wohl ein Galawrack der Jahrzehnte.

Ich hatte ein Kuddelmuddel dünner Haare. Ich aß immer auswärts, weil da die Wahrscheinlichkeit geringer war, dass ich allein ersticken würde.

Bei der Arbeit konzentrierten wir uns seit Längerem auf Vorhersagen für Dreiländerecks und später dann für Stadtstaaten. Finanziell lohnte sich das schon für mich, bis plötzlich keiner mehr ein Interesse daran hatte oder ich es nicht mehr hinbekam. Wie dem auch sei, das Geld ging total schief.

Um mich herum war dann auch keiner mehr, der irgendwie der Rede wert war, nur tauchte eines Tages die Tochter der jüngsten Tante auf und sagte, alle Tanten seien tot. Falls es mich interessiere, ihre letzten Worte seien alle schon niedergeschrieben worden.

Sie wollte einen Krug kaltes Wasser. Sie mochte das Hüpfballgeräusch des alten Kühlschranks, wenn ich die Tür zufallen ließ.

Sie habe zu spät ihre paar Kinder gehabt, sagte sie, und das seien auch nicht die stabilen Kindheitsstengelchen, die man ihr vorgegaukelt hatte, sondern einfache

Fleischportionen, Haut- und Aderangelegenheiten, und sie habe sie ihrem Mann gegeben und diesen dann verlassen für das ungebräunte Eckchen einer Frau, die sich gern mit Menschen umgab, die sich etwas vom endlosen Abbrechen von Freundschaften zuflüsterten, wobei es ihr noch lieber war, wenn sie selbst dafür sorgen durfte, dass sich wieder jemand über den Abgrund hinaus geleiten ließ.

Was für kühne Tränenkügelchen es da zu beschauen gab!

Dürfte sie also bei mir übernachten?

Ihr Name war nun eine eigenartige Wortwahl, ihre Haare eine braune Mahd, und sie behauptete nachdrücklich, dass ihre Arme jeweils anders rochen – der linke nach Zimt, der rechte nach verbrannten Nelken.

Sie müsse sich was von der Seele reden, sagte sie. Eins weiß ich noch: Lass nie was auf dem Beifahrersitz liegen. Nicht mal eine Taschenlampe oder eine Karte. Man sieht dann, wie oft da drinnen niemand neben dir sitzt.

Und noch was: Man soll nie denken, dass man als Antwort auf einen Gruß etwas anderes zu hören bekommt als »Du schon wieder«.

Schon bald fing sie an, von den wenigen zu erzählen, deren Du-weißt-schon sie war.

Ich ließ sie reden, denn was man in Worte fassen kann, kann man sowieso auch wieder herausnehmen, und ich musste natürlich zugeben, dass Leute wie sie (also auch ich) schon wissen, womit wir Vorlieb nehmen müssen. Nur dachten wir offenbar, dass wir irgendwie darum herumkamen? Das erklärte all die zusätzlichen, gegenläufigen Schritte, die man immer mitdenken musste.

Außerdem wollte sie wissen, ob unsere Ärzte überhaupt wussten, dass wir noch lebten.

Sie blieb ein paar Tage, wobei sie mit einer knitternden Regenjacke unter dem Kissen schlief, nur für den Fall der Fälle, und im Schlaf waren selbst die simpelsten Emotionen des vergangenen Tages noch über ihr Gesicht verteilt. Sie nahm eine Stelle an, bei der sie kränkliche Tomatenrädchen auf größere Fleischräder senken musste. Dann war da eines Morgens die frisch rasierte Gänsehaut ihrer Beine, und die Sache muss ein bisschen zu persönlich geworden sein. Ich sagte mein Sprüchlein auf, dass ich alle Zeit ihrer Welt hatte und halt nur nicht wusste, wieviel mir selbst noch blieb. Sie stimmte mir sofort und allen Ernstes zu, dass man alles ganz leicht in eine Reisetasche packen könnte. Dann war da ihr nackter Arm, der auf mich zustrebte, erregt, aber lustlos. Dann nur noch die Minuten, bis das Taxi endlich da war.

Sie ließ eine Baggerladung Wundpuder bei mir liegen, und ein bisschen von diesem Rosa tat ich mir auf die Wangen. Wie schnell würde es zu Asche werden und mir so noch besser stehen?

Später fand ich heraus, dass sie wieder zu ihrem Mann gegangen war. Sie hatten ein Haus gebaut, in Waldheide, Feldhausen, Strandberg, irgendsowas.

Es heißt dann immer, alles Weitere hätte sich pünktlich zugetragen – der erzwungene Vorruhestand, wie man das im Personalersprech so ausdrückt. Halbe Arbeitszeit, halber Lohn, aber noch ganz gesund.

Das war das Jahr, wo alle Ersatzschlüssel zu lange Halme hatten. Die sind dann auch wieder in den Schlössern abgebrochen. Reinzukommen war immer eine Qual. Noch schlimmer war, dass es inzwischen nur noch zwei Gruppen von Menschen gab, nämlich die, die man hätte sein können, und die, die man nie werden würde. Einen Schlüssel zu meiner Wohnung hatte sonst nur noch eine kürzliche Kollegin, eine gleichbrüstige, emotional unzusammenhängende Frau mit tiefliegenden Augen und praktisch betroffenem Blick. Neu sortierte Zähne, paprikafarbene Haare, die aufgesetzt wirkten. Kein einziger Leberfleck auf dem schmalen Halsfässchen. Sie war verschwiegen, sprach aber mehrere langverschwiegene Sprachen, teils mit selbstgemachten Wörtern. Ihr austernweißes Gesichtsoval legte Zeugnis ab von Tagen, die sie der Länge nach verfolgt hatten. Sie jagte den Schlaf und hoffte, von ihren Träumen unterhalten zu werden, doch diese verflogen, bevor sie eine tragende Rolle spielen konnte. Mit ihrem Schlaf war sie nur selten zufrieden. Sie legte sich den Bestseller zu, der davon sprach, dass das Bett der Weg sei und nicht das Ziel. »Gehen Sie sorgsam mit dem Bett um«, sagte das Buch so wooferig, wie sich inzwischen alles anhörte, was ich vorlas. »Gehen Sie damit regelmäßig zur Inspektion. Beziehen Sie es vernünftig.« Unsere erste, vorläufige Maßnahme war, dass wir Bettwäsche aus alten Regenumhängen und Frisiermänteln anfertigen ließen. Trotzdem hatte sie Mühe. Eine Zeitlang verstaute ich mein Leben schräg gegenüber von ihr. In einträchtiger Verschwiegenheit beobachteten wir Ehestandsstörungen aus Erkerfenstern heraus. Wir nahmen dem Nachbarshund einen Namen. Morgens, im urteiligen Licht, das die Fensterläden uns auf den Boden schredderten, nahmen wir von uns Abstand.

Dann eines Morgens hatte ihre Stimme plötzlich etwas Gurgelndes, Taucherhaftes. Die Wörter hörten sich irgendwie komisch an. In aller Armseligkeit sagte sie was von »Schmerzen hier und da«.

Frühestens in fünf Tagen konnte sie einen Facharzttermin bekommen, aber sie dachte schon gar nicht mehr in Tagen, sondern in »Stundenverbindungen«, die so kurz oder lang sein konnten, wie sie wollte, und sie wollte, dass eine solche Verbindung aus fünf Stunden bestand, das heißt der Termin verschob sich um vierundzwanzig Verbindungen in sichere Entfernung.

Nur färbte sie jeden Tag neu ein.

Die ärztliche Diagnose lautete, dass es sich um eine Fäule handelte, die man früher hätte behandeln sollen.

Meinethalben sorgte sie dafür, dass die letzten Schritte ihres Rückzugs laut und zählbar waren.

Ich ließ ein, zwei Stunden verstreichen, um klarzukommen, dann fing ich an, sie zu suchen, auf der Fundamentalallee, den arteriell komplizierten Zentralstraßen, den schrägen und biegigen Seitengässchen.

Durch das Wetter sah ich alles, nur sie nicht.

Als ich zurückkam, durchtrubelte ich ihre Sachen. Ich verschüttete Rockknopfsorten, hektische Unterwäschestapel, ein noch ungehätscheltes Kissen – ich war einfach kein Handwerker. Mir fiel nichts Handwerkliches ein, was mich weitergebracht hätte.

Die Unterschrift ihrer Lippen auf dem Glas – so was spült man am besten erst gar nicht.

In ihrer Handtasche: die Feder, der silberne Druckknopf und weitere Innereien eines ehemaligen Kulis; abgegriffene Münzen; das ausgefaltete Packpapier eines Schokoriegels, auf dessen glänzender Innenseite mit einem Augenbrauenstift geschriebene Zahlen standen, offenbar das Ergebnis einer raschen Multiplikation (Einkommensplanung, Gewinnausschüttungen?).

Ich schlief auf dem puppenbedrängten Bett, bis der

Himmel des nächsten Tages schon sein sicheres Blau angenommen hatte.

Anfang der Woche flossen die Tage nur so ab und hier und da in ein Minutengedächtnis des noch nicht Entpaarten hinein. Dann ließ sich ein Schild, auf dem immer »SCHWIMMBAD« stand, übermalen.

Ein Eheberater vermutete, es sei eben falsch, sich den Ehebund als Region, als Landmasse vorzustellen und ihn dann geographisch zu betrachten, also zu versuchen, zwischen beiden Parteien Einigkeit darüber herzustellen, von wie viel weiter weg jeder von uns beiden den jeweils anderen hätte angeschaut haben sollen, wenn man ohnehin schon aus noch weiterer Entfernung beobachtet wird.

»Wir waren gar nicht verheiratet«, sagte ich.

Ich sollte dann noch zu einem anderen Berater, der mich informierte, dass ein Mensch sich nicht ändert – wir suchten ihn nur immer wieder anders.

»Irgendwann werden Sie schon was hören«, sagte er.

Offenbar sollte das bedeuten, dass es mir, wenn ich in Zukunft nicht gleich an die Tür gehe, schlimmstenfalls passieren könnte, dass mich jemand fragt: »Ist da drinnen bei Ihnen sonst noch jemand?«

Desweiteren kann man seinen eigenen Körper nur eine gewisse Zeitlang zurückhalten. Irgendwann wird man ihn anschauen müssen, und sei es auch nur aus großer Entfernung. Es muss ja nicht gleich eine Untersuchung sein. Übrigens war es typisch für mich, immer im Dunkeln zu baden. Eines Abends spürte ich allerdings etwas von mir, den gewissen Eindruck von etwas, was über das hinausging, was sonst dort eingehalten wurde.

Beim ersten Ultraschall war es so groß wie ein Golfball. Die Frau in dem komischen Ärztekittel war noch jung, höchstens Mitte zwanzig. Sie wirkte völlig untailliert, uneingesteckt. Aber wozu die Karaffen, die Kerzenständer, die fast ganz heruntergebrannten Kerzen? Das war doch eine Klinik, ein Labor in einem Forschungszentrum.

Sie schwang ihren Zauberstab mit einer Geringschätzigkeit, nach der ich mich gesehnt haben musste. Ab und an klang ihre Stimme ein wenig kläglich. Es dauerte zwanzig, fünfundzwanzig Minuten.

Am nächsten Tag meldete sich der Arzt mit Ergebnissen. Er klang älter, verkündete die Diagnose (Hydrozele: eine Ansammlung von etwas Flüssigem im Gewebe oder so um den Hoden, wenn ich ihn richtig gehört habe) und sagte, sie hätten da drinnen auch ziemlich viel Totes gefunden.

Natürlich habe ich monatelang nichts gemacht. Warum sollte ich mir Sorgen machen über ein bisschen Wasser oder was auch immer diese Flüssigkeit war, die sie in dem Säckel da unten gefunden hatten, wenn ich jetzt mein ganzes Leben hinter mir ablaufen lassen musste.

Das Ding war bei der zweiten Untersuchung so groß wie ein Tennisball.

Die Technikerin war diesmal älter, vielleicht fünfzig, mit der detaillierten Ausstrahlung von jemandem, der schon seit langem ein Leben erbaulicher fleischlicher Verschandelung genoss. Sie war kühnhändig. Die Behandlung kam mir eher wie eine Massage vor – ein dauerndes Wischen mit der Hand über meinen Oberschenkel, während die andere Hand den Zauberstab führte. Ich sah, wie ihre Begabung sich entspannte. Sie gab mir das Gefühl, dass sie mir zustimmte.

»Als Kind weniger angefasst worden als später?«, fragte sie irgendwann.

»Weder noch, so richtig.«

Dann, ihrerseits: »Darf ich mich kritisch äußern? Schauen Sie, ich kenne Sie, ich meine, ich habe erst vor einer halben Stunde zum ersten Mal von Ihnen gehört.«

»Bitte sehr.«

»Ihr Körper spielt sich ganz schön auf. Aber in meinem Beruf sehen wir so was dauernd. Was haben Sie noch vor?«

Ich schwieg.

»Das wird wachsen«, sagte sie. »Wird da drin weiter volllaufen. Denken Sie nur nicht, dass sich das vermeiden lässt. Ich hab schon welche gesehen, die so groß waren wie eine Grapefruit.«

Ich schwieg beharrlich weiter.

»Welchen Nutzen würden Sie denn auch daraus ziehen?«

Ich ging wieder nach Hause, teilte das Schlafzimmer in Quadranten ein, Teilzonen (jede mit einem Thema, einem Leitmotiv), warum auch nicht.

Es handelte sich zweifellos um keine lebenslustige Krankheit, und eigentlich sowieso nicht um eine Krankheit, und weniger ein Leiden als eine Zwickmühle, ein Hodenflutzustand, aber ebenso unstrittig war, dass ich mit jeder Woche dort unten mehr ausbeulte.

Monate. Rief wieder den Arzt an. Sagt der: »Komm nur wieder her, mein Freund, und das mit dem Freund meine ich ganz ernst. Ein Kumpel von mir betäubt dich, dann nehmen wir ein Absaugrohr, und in ein paar Minuten ist alles vorbei und du kannst beschwingt hier wieder raus. Und das alles nur mit einer kleinen Zuzahlung. Junge, Junge. Wie findest du das, mein Kleiner?«

Aber wie ich mich kenne, suchte ich mir eine Aufschneiderin. Nicht so eine, wie aus den Kindern geworden war. Die andere. Nur hatte sich die einzige hier vor Ort auf Abtreibungen verlegt. »Ich sag Ihnen was«, sagte sie am Telefon. »Kommen Sie trotzdem vorbei.«

Es handelte sich um einen Plattenbau, der in eine Wohnanlage umfunktioniert worden war. Nichts Ledernes oder Vergessen-Wirkendes im Eingangsbereich. Ich fuhr mit dem Aufzug hoch, fand ihre Tür, klopfte. Sie machte ganz allgemein auf. Ich war mir auch selber im Unklaren.

Drinnen, unter einer hohen Gewölbedecke, wirkte sie klargesichtig, in Umhang und Strumpfhosen hoch aufragend, mit Haaren, die in einen fuchsfarbenen Aufruhr versetzt waren. (Am Ringfinger trug sie einen zusätzlichen Ring.)

»Schauen wir uns die Sache doch mal an, und dann sehen wir weiter«, sagte sie.

Sie beschäftigte sich glaubhaft mit einem der Zügel ihres Halsbands.

Ich machte mich untenrum frei.

»Also, sollen wir einfach das Kind mit dem Bade ausschütten?«, sagte sie und schaute noch genauer hin. »Wäre das in Ihrem Sinne?«

Ich nickte wie verrückt.

Sie machte die Augen zu und versuchte sich an einem Gleichnis über die Sorte von Mann, die es so weit gebracht hatte.

Das klang wie Bibelstunde. Offenbar schaute ich gewellt aus der Wäsche.

»Also gut, dann halt ohne Fantasie«, sagte sie. »Ohne das ganze Durchdenken. Einfache Probleme, einfache Lösungen. Und das hier ist womöglich das Allereinfachste.«

Während sie so redete, schien sie keine anderen, verschwiegenen Worte mehr in sich herumzuquirlen, und wenn sie mal nichts sagte, kam es mir vor, als dächte sie auch an nichts weiter.

»Wenn was so groß ist wie ein Tennisball, muss man vielleicht einfach mit einem Tennisschläger drauflosgehen, oder?«, sagte sie. »Da müssen wir auch gar nicht medizinisch werden.«

Und rein zufällig habe sie auch einen frisch bespannten Schläger. Sie müsse ihn nur aus einem abgelegenen Zimmer holen, einem noch viel abgelegeneren, als man sich das als Besucher vielleicht vorstellen würde. (Diese Wohnung mit den ganzen Gewölben musste sich regelrecht in Arkaden auswachsen. Es gab auch Rundfenster.) Während sie weg war (schon eine Viertelstunde?), fand ich irgendwann die Kapelle mit den Handtüchern und legte ein paar aus.

Als sie wieder da war, sagte sie, »Okay? Sie stellen sich auch nicht so an?«

Dann schlug sie los.

Ein paar Schläge, die sich gewaschen hatten, und die Dinger fielen einfach raus.

Das Blut war vielleicht üppig, aber so viel war es gar nicht.

»Na also, fast wie Wasser«, sagte sie. »Gar nichts Besonderes. Hab ich doch gesagt.«

Dann mit einer Sicherheitsnadel alles wieder zu, völlig ohne richtige Nadel.

»Sie werden's noch ein bisschen merken. Erstmal keine weitreichenden Entscheidungen, okay?«

Ich griff nach meiner Unterhose, meiner Freizeithose, dann darin nach meinem Geldbeutel.

Sie sagte, mit meinem Geld könne sie in diesem Teil ihres Lebens nichts anfangen.

Ich zog mich an, fuhr mit dem Aufzug wieder runter, nahm mir ein Taxi.

Eine Woche Arbeit ließ ich sausen. Ich nahm mir Urlaub, damit meine Leisten schlecht werden und anschwellen konnten. Ich spürte ein gefälliges Sich-Röten. Ich verzichtete auf Verbandszeug, Eisbeutel, Schmerztabletten. Ich ließ keine Infektion aus.

Innerhalb weniger Monate verkümmerte mein Schwanz ein bisschen, der ja wenig zu tun hatte, und auch das war ein Segen.

Von da an war ich als der bekannt, der ganz hinten im letzten Planetarium weit und breit saß und alles an Sternen anstarrte, was gerade an die Decke geworfen wurde. Ich saß gern unter einem falschen, begrenzten Himmel, und mir gefiel, wie schlau man sich unter dem Nachthimmel fühlen sollte. Ich glaube, der Kerl wusste gar nicht, dass ihm jemand zuhörte, bis ich mich räusperte oder mit der Snackverpackung raschelte, und aus Rache machte er alle Lichter an. Auf der Rückseite der Sitzreihe vor mir war ein Geländer, und das muss ich immer ziemlich besitzergreifend behandelt haben, während ich sagte: »Darf man sich was wünschen?«

Der ignorierte mich natürlich.

Draußen sah die Welt nachher überhaupt nicht planetar aus. Alles wirkte übermalt. Überall nur Glanz. Nur naheliegende Straßen, niedrige Häuser, Leute, ein paar, und nichts, aber auch gar nichts, was irgendwie auf mich schließen ließe. Ich konnte noch nicht mal die Leute sehen, die zu mir herübersahen.

Aber jetzt sagen Sie mal: Um wie viele Minuten, wie viele Tage – oder Monate, Jahre, was auch immer – ist das Leben Ihrer immer wieder vorgebrachten Behauptung nach zu kurz?

Ich halte Sie doch nicht auf, oder?

Halte ich Sie auf?

Wirklich?
Was denn sonst?
Mama!
Was kann man den Toten denn sonst noch beibringen?

Er war einen Kopf größer als ich, hatte es sich in seinen besten Jahren aber angewöhnt, sich beim Gehen herunterzuplanen, seinen beträchtlichen Körper durch eine ganze Reihe von Dellen, von Schmälerungen zu verunstalten, sodass die Leute im Ort auf direkte Nachfrage im Lichte ihres Hauses allenfalls eine Erinnerung an ihn hervorholen würden, die ihn als unvollständig gebauten, windschiefen Mann mit unklaren Zielen zeigt. Er war nicht mein Vater (mein Vater war unerhört geblieben), aber weil ich ihn nie namentlich ansprach (sondern ihn von vorne und hinten zuduzte), glichen unabhängige Beobachter uns beide natürlich ihren vertrauten, säuberlichen Vorstellungen von Vater und Sohn an.

Fußbekleidung hatte unter seinem Dach nichts zu suchen. Das war eine Sache der Hygenie. Er war fest überzeugt, dass der Dreck von Schuhen sich jeder Pflege widersetzte und dass man, sobald man mit einer Sohle in Kontakt kam, auf das Niveau all dessen herabsank, worauf der Schuh jemals niedergegangen war. Die auf Toilettenböden geschüttelte Pisse, die sich an die Sohlen eines öffentlich getragenen Latschens haftete, war sein liebstes, überbeanspruchtes Beispiel: Dann geistere einem die gesamte Kundschaft jener Toilette durchs Haus – Tür und Tor stehe dann allen offen.

Der Mann entwarf vielversprechende Kleidung.

Ich jugendlichte mich diplomatisch an seine Seite. In den weiträumigen, gründlichen Zimmern verbrachte ich lange Tage. Mein Herz spielte mit. Ich holte ihm, worauf er zeigte. Seine Hand war rasch, sie nominierte.

Ich war sein Kopf voller Haare. Er beanspruchte die schmierige Masse für sich – sandte die Haare wieder aus, beaufsichtigte sie neu, nahm sie durch Bändchen und Hütchen in Mitleidenschaft, regulierte das Licht darin, stachelte es zu immer neuen Erfolgen an. Ich gestattete ihm das volle Mitspracherecht, wo alles an mir schlappe, glitschige Strähnen waren.

Im Gegenzug versuchte er, das Kochen zu übernehmen. Er plante unsere Mahlzeiten mit trostloser Sorgfalt, brachte verblichenes Schweinefleisch und noch hellere Teilstücke, riskante Reste von Früchten auf der schmalen Arbeitsfläche in Anschlag. (Er argumentierte, dass eine Zutat sich immer für etwas anderes ausgeben sollte, wenn er lädiertes Gemüse auf einem Tablett am Kopfteil anordnete. »Um die Rückseite der Knie zu kühlen«, sagte er. Oder: »Deine Füße kommen eines Tages auch da hin.«) An Tagen, an denen ich mich in meinem Zimmer einschloss, wurden Rindfleischfetzen in dicke Brottaschen gesteckt und mir dann zuverlässig auf die Matte vor jener Tür, hinter der ich kniete, hingespendet, hingerichtet.

Denn ich hatte mich schon in die Bücher katapultiert, die mich aller Erwartung nach in größte Schwierigkeiten bringen würden: unsere kränksten Geschichtsbücher. Darin lungerte ich herum. Ich beugte mich über die Sätze, beritt die tempusreichen, nachgebenden Wörter, besetzte sie, bis die Ereignisverläufe nur mir allein gehörten.

Der Mann wusste das. »Was wirst du als Geld verwenden?«, so verpackte er sein Wissen.

Auf diesen Bahnen verlief unser Leben monatelang. Mit dem Ohr an der Tür hörte ich, wenn ich wollte, das eifrige Geschneide einer Schere, das motorische Geschiebe der Nähmaschine oder, nicht ganz so oft, die – geheimen, dienenden – Kantilationen der Telefonstimme des Mannes. (Er musste immer wieder einen Unterstützer anrufen.) Mir fiel auf, dass eine Frau ab und zu an meinem Fenster vorbeiging; wir begannen, einander zuzuwinken. Zunächst war das nichts Ernstes oder Bedeutiges, doch schon bald ergriff uns beide eine Art Grüßinkontinenz: Uns zuckten die Arme hoch, und selbst unsere Handgelenksneigung hatte irgendwann etwas Kommunikatives, Rufendes. Als ich das erste Mal ganz rauskletterte, führte sie mich dorthin, wo sie angeblich schlief: ein niederes Milieu aus Cremes, Sofortbezahlung, Transportbehältern für mehrstöckige Torten, die sich an das städtische Umfeld lehnten. Meine Hände fügten sich ihrer rosafarbenen, zwinkernden Unterschwelligkeit. (Die Frau war vorherrschend gebaut.) Wir verabredeten ein weiteres Treffen auf halber Strecke. Sie sagte, in welcher geeigneten Gegend.

Eine weniger sträfliche Form des Rückblicks bestand allerdings darin, darauf zu bestehen, dass man seinen Lebensunterhalt auch damit bestreiten konnte, anderen in der Stadt Gründe zu liefern, einen als blutsverwandt anzusehen – bei ihnen anzuklopfen, Platz nehmen zu dürfen und dann, in höflichen, tröstlichen Abständen, als bisher entferntester Verwandter bezeichnet zu werden. Ich fasste also ihre Aschenbecher an, hinterließ vielsagende Wohlgerüche auf Sofas und Stühlen. Ich löcherte gern ihre Leben. Ausnahmsweise einmal hätten Mütter gut daran getan, sich unbemerkt zu zweit oder dritt zu besprechen. Wie sehr hätten sie danebengelegen, wenn sie ihre Kinder auch weiterhin insgeheim pünktlich zur vollen Stunde gezählt hätten? Als es endlich Zeit zum Essen war, begegneten wir Pünktchen in flachen Schüsseln. Nachher dann wurde ich abwechselnd gehasst und gut unterhalten – ich musste zu jedem Vertrauensbeweis gute Miene machen. Ich weiß noch, wie ich mir Abende freihielt, um einen Hut zu basteln – eine einigermaßen vorhängige, andenkliche Angelegenheit, die schließlich mit böser Absicht berühmt wurde.

Was nicht alles vernachlässigt – nachlässig – wie am Schnürchen geht!

Denn nur aufgrund dieses Hutes, eines eingeschachtelten Modells davon, gelangte ich zum nächsten Mann: Er war aufdringlich, zukunftslos, geschickt. Wir mussten vor allem unterwegs sein.

Sein Haus und seine »Fundstücke« (ich darf nur aus seinem Testament zitieren) zerfielen irgendwann mir zu. Ich brauchte jemanden, der mich dorthin fuhr, damit ich es mir ansehen konnte. Soweit ich es erkennen konnte, sah es in dem Zusatzlicht, das ich auf fremden Rat hin mitgebracht hatte, lose und unbewältigt aus.

Nach der Versteigerung: der rasche, rasch vergebene Niedergang in die Ehe.

Delora: Sie muss den eigentlichen Vorkommnissen schon vorausgelebt haben, denn ihr Magen nahm nichts mehr auf. (Sie besaß aber im Hinblick auf Größe und Feuchtigkeit auch einige Vorteile.)

Grete: Wenn wir morgens die Laken ausgeschüttelt hatten, sagte sie, sie sehe überall »blaue Kristalle« auf dem Boden. (Die kehrt sie angeblich immer noch zusammen.)

Liann: ein verbrachtes, verschwindendes Mädel. (Sie ist die Karriereleiter ihrer Schwestern hochgeklettert.)

Ich war hoffentlich unmöglich.

Ich sagte hoffentlich allen das Gleiche: dass der Körper sich unter keinen Umständen jemals *selbst* darstellen durfte.

Besser zu dieser Jahrestagsbeichte passt aber die Wahrscheinlichkeit, dass später im Leben einmal ein

Junge nach Feierabend nach mir schaute. (Nur der Junge hatte Arbeit.)

Dann wurde der Junge krank.

Der Arzt presste sein Gesicht (das des Arztes) zusammen, während er (der Arzt) Englisch schlechtsprach.

Beide gaben mir ihr Geld, damit sie es nicht für Essen ausgeben mussten.

NICHT DIE HAND, SONDERN WO DIE HAND SCHON WAR

Die Leute werden Sie an Ihre Geheimnisse erinnern.

Machen Sie sich also eine Zeitlang einen Begriff von einem Mann mit einer erwachsenen Tochter.

Mit erwachsen meine ich, sie wohnt nicht mehr da, wo ich wohnen kann.

Mit Tochter meine ich, sie verströmt, leidet an, erkrankt an.

Ich gehe immer noch manchmal dahin, wo sie untergekommen ist. Der Bus gleicht eher einem Wartezimmer als einem Flur, aber ich sitze auch kaum.

Habe ich auch nur gesagt, dass ich einmal bei ihr aufs Klo musste und dann ganz selbstverständlich in dem Schränkchen unter dem Waschbecken etwas aufgetaucht ist? Mindestens eine oder zwei Minuten habe ich gebraucht, um es zu erkennen: Es handelte sich um den verjüngten Plastikstab, dessen Amt es ist, die Toilettenpapierrolle im Rahmen der Halterung zu halten. Damals aber hielt ich ihn, zeitweilig, für etwas anderes. Denn er lag da ganz allein – vereinzelt, ungehalten. Er wirkte wertgeschätzt, privilegiert. Da Frauen besser sind, oder es besser haben, dürfen sie etwas besitzen, Geräte, die anzufassen Männer nie einen Grund haben sollten. Selbst in meinem Alter (ich bin in den schütternden Vierzigern) hat man schon Pech, wenn man auch nur daran erinnert wird, wo sie lagern. Das hier war allerdings mal leichter zu beheben.

Am schwersten auszuhalten war für mich schon immer das Geräusch gewesen, das kleine Gegenstände machen, wenn sie in eine neue Ordnung gebracht werden. Ich weiß aber noch, wie ich die Klorolle ergriff, den Stab durch die Kartonröhre führte und das Ganze in die Vorrichtung einsteckte, die an eine rosa Kachel geklebt war.

»Papa«, hörte ich sie sagen, und sie klopfte nicht einmal an die Tür, kratzelte auch nicht mit den Fingernägeln dagegen, sondern streichelte das Ding einfach. (Mein Ehrenwort, ich konnte erkennen, wie die Tür in ihrem Rahmen ganz leicht hin- und herwackelte.)

Ersparen Sie mir den Anblick von Leuten, die auf sich allein gestellt sind.

Das war eine Ehe, die schon ziemlich früh nichts mehr bewirken konnte. (Aufgetürmte Kleinigkeiten werden nicht plötzlich groß.) Es würde sich kaum lohnen, sich daran zu erinnern, wenn der Laden, für den meine Frau arbeitete, Immobilien, nicht in ein neueres Gebäude gezogen wäre, das, wie mir inzwischen scheint, eilig hochgezogen worden war, um Leute darin zusammenzuwürfeln. (Verschiebbare Raumteiler aus Glas, alles Module, beweglich, unbeständig.) Meine Frau mochte Männer, die erkennbar ausgenutzt, sichtlich am Ende waren. (Er war ein Grundbuchdurchsucher, einen Stock höher, wie ich später herausfand.) Eine Zeitlang erarbeitete ich einen eigenen Ehebruch, als Ausgleich. Im Mittelpunkt stand eine körperlich unmittelbar verwendbare Frau vorsichtigen Auftretens, eine Punktionskraft. Unsere Gefühle füreinander entbehrten jeder Grundlage in uns selbst, es war wahrscheinlich einfach eine sture Verbeugung vor früheren und noch kommenden Menschen, aber wir bedienten eine gewisse, nicht leicht fassbare Idealvorstellung der Untreue und die damit verbundenen, gehässigen Anständigkeiten. In Kürze: Ich ging mit ihr, und dann gingen wir beide, »zusammen«, wie sie das nannte, mit jemand Drittem, und dann waren es nur noch die beiden, verkuppelt und mit gespielter Überraschung und Reue.

Dann tat ich, wofür ich mich immer noch verantworten muss.

Trotzdem verlange ich dem, was ich nicht sehen kann, viel ab.

Wenn es darum geht, ein Gesicht anzuschauen, das einen auf neue Gleise bringt, und sich zu fragen, inwiefern es sich dabei um eine entstellte, abgeurteilte Version eines anderen handelt, das einem noch nicht zuwider ist, und ihm dann, in der verbleibenden Zeit (angenommen, Sie beide sitzen im Bus), ein paar rasche, harsche Nettigkeiten beizubringen, wenn es also darum geht, ihm grundlos, missbilligend ein Verdienst zuzusprechen, dann würde ich sagen, dass meine Sicht auf solche Gesichter ihnen inzwischen einfach etwas wegnimmt, dass ich mich bemühe, die Gesichtszüge zu ermüden und zu entleeren, bis sie gänzlich eigenschaftslos sind und ich allen anderen, die ich sehe, die Zuständigkeit für die entsprechende weibliche Person übertragen (jenen also ihr Aussehen zugründen, diese wiederum dort zur Ordnung rufen) kann: Wohin auch immer ich gelange, ich stelle sie mir in den Weg.

Das sage ich nur, weil ich einen bestimmten Laden zu Fuß erreichen kann, Drogerie und Lebensmittelgeschäft in einem, und dort schaue ich Leute an, bei denen es sich fast nie um diese weibliche Person handelt.

Ich laviere von einem Gang zum nächsten, akkumuliere. Ich habe einen dieser roten Einkaufskörbe aus Plastik in der Hand.

Zwischen mir und den Kassiererinnen könnte es kaum verschwiegener zugehen. Die erste lässt sich auf tiefe Haare herunterbrechen, eine alles überragende Stirn. Die zweite ist eine aufflackernde Begabung, die schnell verfliegt. Sie verdreht jeden Artikel, den sie eingibt, und philosophiert einen trockenen Raucherhusten. Alles – Weintrauben, Bleichmittel, Einwegrasierer – wird mit demselben Hustgeräusch heruntergemacht. Die dritte ist eigentlich ein Junge (so weit, so gut!), dem aber sicher, schlank bewusst ist, dass sein aktueller Körper (vor allem die flusenfarbigen Fetzen von Armen und Händen) nicht zählt.

Heute bin ich bei der dritten, meiner Kaumfrau. Ich schaue zu, wie der dick verstrichene Mann vor mir seine heimatliche Skyline aus Packungen und Dosen auf dem langen, schwarzen Band aufbaut. Das, wovon ich lebe, die Schokoladenkekse, die Nudeln, sinkt hinter den glänzenden Flächen der jeweiligen Verpackungen zusammen, steht nicht für sich ein.

Und da sehe ich, wie sie in den Laden kommt, einen Einkaufswagen nimmt. Meine Augen und mein Mund ruhen noch fest auf ihrem Gesicht, obwohl sie sich kaum dazu durchringen kann, das zu tragen: verbissene Lippen, jedes grüne Auge eingesunken, minimiert, hinter einer dicken Entlastungsscheibe.

Wir tun dasselbe wie immer: begleiten einander hinaus.

Ein Kassettenrekorder mit Sprachaktivierung hält mich darüber auf dem Laufenden, was in meinem Schlaf gesagt wird. Das Ding steht am Kopfende meines Bettes, und morgens spiele ich mir die Aufnahme vor. Was ich da höre, liegt genau genommen jenseits des Sprachlichen, aber meist fällt es mir nicht schwer, einzelne Gefühlsgänge, Lasten und bessere Möglichkeiten, nie zu erfahren, was mir zugestoßen ist, zu identifizieren. Ich habe festgestellt, dass die Geräusche am besten nach den Menschen zu sortieren sind, gegen die sie sich richten – die Leute, die ohne mein Wissen dafür sorgen, dass ich den Mund aufmache. Die Kassiererin zum Beispiel, also die, die übergangsweise ein Mädchen ist: Sie sorgt dafür, dass ich günstig zu murmeln anfange, kehlig und für mich ganz ungewohnt. Die mit dem geringschätzigen Husten lässt mich oberlehrerhafte Widerlegungen herausbläffen. Die Tonlage, in die ich gegenüber der Frau verfalle, die ich eben heiraten musste, ist wohl vor allem gleichmäßig, vernünftig. Und dann gibt es die, mit der ich wie durch ein – ja, was eigentlich – spreche. Einen Knebel? Eine OP-Maske? Eine Taschentuchdeko? Es klingt verkrampft, eingedickt. Toll finde ich, wie das von der Konsistenz her immer fester wird. Das hört sich wirklich nach was an.

So höre ich mir zu, ohne mir Glauben zu schenken, und der Frühling geht ins Land. Dann beschließe ich, in eine andere Stadt in der Nähe umzuziehen, eine nicht ganz so handliche. Schon nach ein paar Tagen beschwere ich mich beim Hausmeister über Lärm aus der Wohnung unter mir. Die Übeltäterin sei »eine Frau im Urlaub«. Wohl oder übel zeigt der Hausmeister so lange Mitgefühl mit mir, bis wir unten angekommen sind. Von der neuen Wohnung aus pendele ich fünfundfünfzig Minuten lang mit dem Bus zur Arbeit, statt der gewohnten, vertieften zwölf. Meine Karriere geht in die Brüche. (»Unkollegial«, »unzureichender Einsatz für die Teamgemeinschaft«, ein »Riesenstapel unerledigter Beschwerdebriefe mit auf Absenderwunsch unkenntlich gemachten Namen, eine Auswahl in Kopie anbei« usw.) Nach einer Woche hektischen Schlafes fange ich, freiberuflich, als Registerersteller an. Ich stelle Register für Bücher eines Universitätsverlags zusammen. Ich merke, wie sehr ich schmale Zeilen liebe, rechts ausfransende Absätze, den Anschein konsolidierter Intelligenz. Die Arbeit ist still und zufriedenstellend. (Ein mimeografiertes Informationsblatt, die vom Redaktionsbüro zusammengestellte Fibel, beschreibt den idealen Ersteller eines Registers als jemanden, »der sich, präzise und anonym, mit dem Schnee von gestern abgibt«.) Ich arbeite allein, werde ordnungsgemäß pro Buch bezahlt. Das Wichtigste ist, sich in die Gesellschaft, den Klüngel all der Fakten zu schleusen, in die der Autor zuerst vorgedrungen ist, und dann mit dem, was man liest, zusammenarbeiten zu wollen. Dann muss man sich für Einträge, *Siehe-auchs* und (wenn nötig) Untereinträge und Unteruntereinträge entscheiden. Und sonst, na ja. Seitenzahlen sind auch kein Hexenwerk. Das Alphabet aufsagen kann ohnehin jeder. (Die Fibel beschreibt ausführlich, wie leicht man, auf den kleinsten »unpassenden Anstoß« hin, die »gesamte Arbeit« eines Buches vom Autor weglenken oder »in völlig anderem Licht erscheinen lassen« kann, und außerdem dürfe man nicht der verständlichen, aber letztlich nur ganz selten wirklich verstandenen Versuchung erliegen, »Leitmotive«, »unverarbeitete Anliegen« des eigenen Lebens in die alphabetisch angeordnete biografische Anklageschrift einzuarbeiten, die einem jeden Registereintrag folgt, bei dem es sich um einen Personennamen handelt. Die anderen Ermahnungen und Warnungen betreffen vor allem den Umgang mit Zahlen.)

Ich bestimme meine Arbeitszeiten selbst und arbeite vom Bett aus. In meiner Freizeit (die es laut Fibel gar nicht gibt, denn »wer ein Register erstellt, ist immer im Dienst«) ordne ich die Sachen in meiner Wohnung gern so an, dass sie mir Hinweise geben. Im Bad hänge ich das Bild einer freudig Duschenden auf (sonst bade ich, und zwar zu lange), in der Küchenzeile die irgendwo ausgeschnittene Geschichte eines Mannes, der sich selbst vor dem Ersticken bewahrt hat. Eines Morgens werde ich beim Zahnarzt zurückgelehnt, damit ich gereinigt werden kann. Die Dentalhygienikerin ist mir neu: groß, unstill, von sich selbst nicht allzuweit entrückt. Einer laminierten Karte an ihrer Hüfte entnehme ich ihren vollständigen Namen. Sie schenkt mir einen gutaussehenden Zettel über Zahnfleischerkrankungen und ein Päckchen mit hakenartigen Zahnseidehaltern für meine Brücke. Die hänge ich nachher an die Wand über meinem Bett.

Wochenlang geht das so: alle zwei, drei Tage ein Buch. (Der Fibel entnehme ich die beruhigenden Worte, dass man beim Erstellen eines Indexes sehr wohl in so hohem Tempo arbeiten darf.) Ich verzichte inzwischen auf die Karteikarten, die Schuhkartons, die Buntstifte. Ich alphabetisiere alles auf unlinierten, losen Blättern und drücke die Ergebnisse dann in die schmutzige Pica meiner Schreibmaschine. (Die Punze beim kleinen o kommt immer schattiert heraus.)

Mir fällt auf, dass der Strahl aus dem Wasserhahn an meinem Waschbecken immer dünner wird. Ich muss mich mit dem Strahl aus dem Hahn an der Badewanne behelfen, wenn ich mir die Augen befeuchten will. Ich hänge das Bild der Duschenden ab und ersetze es durch einen Zeitungsartikel über die Schwierigkeiten des Einschlafens und die problematische Frage, was man dann im Schlaf eigentlich machen soll.

Beim zweiten Abendessen mit der Dentalhygienikerin vermischt sich eine neue Feststellung (ihr zufolge vergisst man das, was einem mitten in der Nacht einfällt, was man sich ausdenkt und für sein Eigentum hält und in den neuen Tag mitnehmen will, aus dem einfachen Grund, dass die nächste Runde Schlaf beginnt und alles wieder einfordert) mit älteren (der Tiefkühler ihres Bruder funktioniert nicht richtig, da ist alles einfach nur weich und feucht; sie saß auf dem Totenbett ihrer Tante, auf der Bettkante) und verliert etwas von der Beschränktheit ihres Wertes. Schon sagt sie, man habe Kinder, um sich in die Zukunft zu exportieren, was, wie ich sehr wohl weiß, augenscheinlich unrichtig ist.

»Wie viele hast du?« sagt sie.

In den Redaktionen der Umgebung habe ich irgendwann Leute, die mich weiterempfehlen, und ich bekomme Anfragen für dieses oder jenes Buch. Da leiert sich zum Beispiel einer ein kleines Buch über die Geschichte der Gewerkschaften aus den Rippen. Innerhalb einer Stunde habe ich die Fahnen in der Hand und fange mit meiner eingezwängten Arbeit an. Zu der Dentalhygienikerin, die neben mir im Bett sitzt, sage ich, dass einem das Leben manchmal wie die schwer zu erkennende, aber trotzdem vollkommene Gesamtheit von Menschen und all den falschen Vorstellungen von ihnen vorkommt, und schon ist der nächste, sammelfreudige Augenblick im Gange. (Das bisschen Licht aus dem Lämpchen pfuhlt sich ihr um die Beine. Der unverhinderte Druck ihrer Hand auf meinem Arm, wenn ich eine Seitenzahl aufschreibe. Mein sanfter Hinweis darauf, dass man an sich halten kann, ohne sich im Bett zu voller Größe aufzuschwingen.)

Sie freut sich so sehr darüber, dass sie die Rezeptionistin auf der Arbeit in den Senkel gestellt hat, dass sie die Rede noch einmal in all ihrer verspäteten Gänze wiederholt, wobei ihr ein besonders reichhaltiges, anklagendes *Sie* gelingt. So werde ich am letzten angesprochen: direkt, aber als Platzhalter.

Weitere Wochen. (Die Tage fangen an wie mit Hilfe eines Krans, mit Pumpen, dann folgen selbstbewusste Schritte durch die langen, aufgereihten Stunden.) Als ich eines Abends von einem Spaziergang nach Hause komme, sehe ich vor meiner Haustür ein (bedeutungsvoll?) zusammengeknülltes Küchentuch. Ich nehme es mit rein, falte es auf, schaue mir seine saugkräftige Oberfläche genau an, entdecke keine Lippenstiftspuren, Verfärbungen, Kritzeleien, Abschuppungen, Schleimbällchen, Krümel- oder Dreckansammlungen. Keine noch so staubige, nachlässige Nachricht. Also lasse ich das Küchentuch auf einem Tischende liegen. Der Mond im Fenster wirkt selbstzufrieden und rund. Die Dentalhygienikerin geht nicht mehr ans Telefon. Ich bade wieder. Ich finde heraus, wie ich, mithilfe von Klarsichthüllen und Fettstiften, von der Wanne aus arbeiten kann. Mein Mittagsschlaf ist, wenn ich denn Zeit dafür habe, feindselig und zielgenau. (Am Ende fühle ich mich abgeräumt.) Eine nicht ganz unvorhergesehene Nachlässigkeit, eine rachsüchtige Unaufmerksamkeit, schleicht sich schließlich in meine Arbeit ein. Die Redakteurin des Gewerkschaftsbuchs ruft mich an. »Können Sie mit Kritik umgehen?«, sagt sie. (Alle meine Antworten fangen inzwischen an mit »Wie ich schon sagte ...«) Im Bus dahin beobachte ich, wie sich ein Mann mit einem engen, passenden Gummiband beschäftigt. Im Bus zurück schlage ich den Ordner auf, starre auf das Wäldchen aus grünen Fragezeichen, die mir überall entgegensprießen, und lese, was ich meiner Erinnerung nach eingereicht habe:

Tochter: die Abend für Abend auf dem Weg ins örtliche Kino verfolgt wird und dann im selben, muffigen Dunkel sitzt, um gefühlsduselige Dokus über »tödliche, aber aufrichtige Missverständnisse« anzuschauen, 00 darüber, »alles zu tun, damit der Dreck weggeht«, 00; die eine anatomische Illustration für eine Landkarte hält, 00; »andere bei ihren Verletzungen unterbrechen«, 00; der andere glichen, 00 angestrebte Vorhänge der, 00; Annäherung an den Körper der, 00; Anspruch auf »im Schlaf erworbenes Wissen«, 00; zur Art und Weise, »nicht selbst neunzehn, zwanzig, fünfundzwanzig zu werden, sondern von jemandem immer eine Altersstufe weitergedreht zu werden und das mitmachen zu müssen«, 00; Äste nach einem Sturm, spaßeshalber verglichen mit einem Geweih, 00 über die Aufforderung, »dir etwas an die Füße zu ziehen«, 00 aufgefundene Überbleibsel der Akne der (atlasähnliches Notizbuch mit einer Doppelseite für jeden Tag, auf der Rückseite ein die linke Hälfte ihres Gesichts repräsentierendes Oval mit Kreisen, die Pickel darstellen; auf der Vorderseite die rechte Hälfte, wobei die in blasser Bleistifterei ausgeführte Legende unten erklärt, welche Schraffuren und Schattierungen welche Phase im Wachstumszyklus eines jeden Pickels darstellen [»früh«, »voll ausgebildet«, »zurückgehend«]; »wie seitenweise Sternkarten«), 00; über das »Ausbleiben von Leuten und Orten«, 00; Ausreden im Liegen (»Ich schone nur mein Herz«), 00; »Aussagen gegen die Sprache«, 00; Aussicht der, von Bett und Schreibtischstuhl aus, 00; »Aussichtskosmetik« des Gesichts der, 00; in der Badewanne, 00; Bartflaum der, 00; über die »Bedeutung« von Möbeln (»Die richten dich auf«), 00; bedrängt, 00; über die »Begleit- oder Nebengewalt, die man dem bereits Geschehenen zufügt«, 00; Beifußsaison und die, 00; über die »beiläufige Angewohnheit, alles einfach verblassen zu lassen«, 00; deren Beine weggeschlagen werden, 00; Bemerkung,

dem in den Weg gelegt« werden sollen, der dann weiß, wem was ursprünglich gehörte, und zusichern kann, dass es in andere Hände gelangt ist usw.«, 00; als »Schwitzfigur«, 00; Selbstbeschau und die, 00; »sich selbst in den Schatten stellende« Art und Weise, ein Zimmer zu betreten, 00 und »auf die siebenundzwanzig zu gehen, draufzugehen«, 00; über den »sinnlosen Sinneswandel zwischen Wendepunkten«, 00; Sitzkissen der, 00; beim Sonnenbaden, 00; von Sparflamme beleuchtete Küche der, 00; spielerisches Sitzen auf einem Stuhl der noch warm war von der, 00 als Staplerin, Packerin, Eintüterin Regalbefüllerin, 00; Stemmen der 00; über ihre »Stimmbandmodifikationen, um haltlos zu klingen«, 00; und wie eine Stimme am Telefon sie auffordert, den Arm ganz auszustrecken, und dann fragt, ob sie »gegen etwas angehe«, worauf sie antwortete, »das Sofa«, nur um dann gesagt zu bekommen, sie solle »dagegenhalten damit ich höre, dass es wirklich da ist«, 00; Stimme, die angeblich aus dem Mund »desertiert«, 00; und »den Tag im klaren Stadtlicht verstreichen zu lassen und dabei nur die schlummerigsten Dinge einander vorzuhalten«, 00; Tagesbett der (»nur das hier mit den Decken als Laken, dem bis in die Morgenstunden murmelnden Klo«), 00; Taschentuch unter dem Kissen, »nur für den Fall des Nasenblutens«, 00; über »Tatsachen, die sich noch beweisen müssen«, 00; und wie man »den Teil der Menschheit repräsentiert, der auf jedem Möbelstück einen Farn pflegt«, 00; »der Teil des Lichts, zu dem ich nicht mehr gehöre«, 00; Telefon als »schwarzes Plastikunglück«, 00; Telefon, irreführende Bezugnahme auf das »Sprechbechersieb«, 00; Telefonpersönlichkeit der, 00; Tendenz, Bekannte bei der zweiten Begegnung an ein und demselben Tag barsch anzugehen, 00; über den Tesafilmstreifen und wie er auf dem Weg zum ausbesserungsbedürftigen Blatt Papier Staub und Haare anzog (Fingerabdrücke auf der Oberseite des Streifens ernstlich sichtbar), 00; »teuflische Nachempfindungen« der, 00; Tiefenkleidung der, 00; am Tisch, 00; »überschwängliche« Zigarette der, 00; »uneinheitliches, sich

Ich lasse mich zu weiteren Arbeiten breitschlagen: Warenmonteur, Verlustdämpfer, Hilfsschreibkraft B. Aufgrund der Art und Weise, wie die anderen Insassen des Busses ihr Mittagessen in kargen, die Zeit totschlagenden Speiseröhrennachbeben wieder ans Licht bringen, entdecke ich, zufällig, dass ich die Geschmackseindrücke, die Geschmackserlebnisse, die ich einst genoss, als ich zu ihren Schulzeiten noch Seite an Seite mit ihr das Essen herunterschluckte, wieder hervorzaubern kann. Ich bin inzwischen ziemlich gut darin, mir die Süßsäure eines billigen, längst nicht mehr guten Bonbons zu vergegenwärtigen. Der Geschmack ist wieder da, ich entnehme ihn dem, worin er so lange gefangen war, und dann atme ich ihn durch den Mund in die ohnehin schon miese Luft aus. Das gelingt mir extramolekular und ohne jeden Respekt für das bisschen Physiologie, das daran beteiligt ist. Die Leute, und aus irgendeinem Grund vor allem Männer, spüren, was ich da mache, freunden sich mit dem an, was sie da einatmen, und rücken mir hoffnungsvoll, nach und nach immer näher. Bevor sie aussteigen müssen, bitten mich manche, auf kleine Zeitungsschnipsel zu spucken, die sie dann falten und in ihre Sportsakkotaschen stecken, für später. Eines Nachmittags fängt ein neben mir sitzender Mann an, laut darüber nachzudenken, wie lange er schon etwas auf eine wachsähnliche Sorte Luftschokolade mit all ihrer abgestandenen Farblosigkeit, oder Reife, hielt, und mir fiel ein, wie ich ihr einmal im Schlussverkauf einen heruntergesetzten Hasen gekauft habe, und ich beschwöre den fernen, verhuschten Geschmack der Schokolade in meinem Gaumentrog herauf und setze meine Lippen punktgenau, wiederbelebend, auf seine.

HINWEISE ZUR TEXTGESTALT UND DANKSAGUNG

Englischsprachige Ausgaben dieses Buches veröffentlichten in den USA Alfred A. Knopf, 3rd bed und Calamari Archive und in Italien, im Rahmen von *The Complete Gary Lutz,* Tyrant Books. Die vorliegende Übersetzung beruht auf dieser letztgenannten Fassung; an einigen wenigen Stellen habe ich im Zusammenhang mit Gesprächen über die entstehende deutsche Version auch den Originaltext noch einmal revidiert, und der deutsche Text folgt diesen Revisionen. Aufgenommen wurden außerdem neun zu diesem Werk gehörige Erzählungen, die in den früheren Einzelausgaben nicht, aber in *The Complete Gary Lutz* in der Abteilung »Stories Lost and Late« enthalten waren. Hinzu kommt »Die noch Erreichbare«, die Übersetzung von »She Who Is Still Within Reach«, erschienen in der Zeitschrift *Socrates on the Beach.* Hiermit liegt also *Stories in the Worst Way* zum ersten Mal vollständig in der von mir intendierten Gestalt vor. Die deutsche Übersetzung von fünf der hier vorliegenden Erzählungen erschien zuerst in der Zeitschrift *Krachkultur.*

Ich danke Christophe Fricker für die tadellose, kluge Übersetzung, Martin Brinkmann für die seelenvolle Grundlegung dieses Projekts und die Begleitung bis in den Druck, und Lisel Virkler, Anna DeForest, Gordon Lish, dem verstorbenen Giancarlo DiTrapano, Derek White, Elizabeth Ellen, Vannessa Barnier, Greg Gerke, Lauren Leja, Thomas Vasko, Keith Jones, Carol L. Steen, Melinda Caffin sowie Fat Possum Records, dem National Endowment for the Arts und der Foundation for Contemporary Arts für Ermutigung und Unterstützung.
Garielle Lutz

Ich bin Martin Brinkmann, Jens Berger, dem Deutschen Übersetzerfonds und Garielle Lutz zu tiefem Dank für die gute Zusammenarbeit und großzügige Förderung verpflichtet.
Christophe Fricker

GARIELLE (FRÜHER GARY) LUTZ

stammt aus Pennsylvania, wo sie bis heute lebt. Sie studierte Prosa bei Gordon Lish und war Stipendiatin des National Endowment for the Arts und der von John Cage und Jasper Johns gegründeten Foundation for Contemporary Arts. Sie hat sechs Erzählungsbände veröffentlicht, darunter *Geschichten der übelsten Sorte* (*Stories in the Worst Way*, 1996/2019) und zuletzt *Worsted* (2021).